व्रत-उपवास के धार्मिक और वैज्ञानिक आधार

व्रत-उपवास के धार्मिक और वैज्ञानिक आधार

शशिकांत 'सदैव'

प्रभात पेपरबैक्स
www.prabhatbooks.com

प्रकाशक

प्रभात पेपरबैक्स

4/19 आसफ अली रोड, नई दिल्ली–110002

फोन : 23289777 • हेल्पलाइन नं. : 7827007777

इ–मेल : prabhatbooks@gmail.com ❖ वेब ठिकाना : www.prabhatbooks.com

संस्करण

प्रथम, 2019

अ.मा.पु.स. 978-93-5322-237-6

———————— ★ ————————

VART-UPVAS KE DHARMIK AUR VAIGYANIK ADHAR

by Shri Shashikant 'Sadaiv'

Published by **PRABHAT PAPERBACKS**

4/19 Asaf Ali Road, New Delhi-110002

ISBN 978-93-5322-237-6

यह पुस्तक समर्पित है हर उस इनसान को जो धर्म, आस्था, परंपरा या भय के नाते वर्षों से व्रत-उपवास तो कर रहा है, परंतु इनके पीछे छिपे धार्मिक एवं वैज्ञानिक महत्त्व से अनजान है। यदि वह इनसे परिचित हो जाए तो इन्हें करने का लाभ कई गुना बढ़ जाता है।

यह पुस्तक क्यों?

भारतवर्ष के अलावा शायद ही विश्व में कोई ऐसा देश हो, जिसमें पूजा-पाठ, जप, तप और व्रत में इतनी आस्था हो। देवी-देवताओं की नगरी, त्योहारों का देश, आस्था पर मर मिटनेवाले लोग—यही पहचान है भारत की। इतना ही नहीं, यहाँ हर धर्म में जिस प्रकार पूजा-पाठ का अपना स्थान है, उसी प्रकार व्रत भी हर धर्म का अनूठा अंग है। जिस प्रकार सर्वमनोकामनाओं की पूर्ति के लिए मंत्र, जप, पाठ-पूजा का विधान है, उसी प्रकार व्रतों का मनुष्य की आस्था से गहरा तालमेल है। यों तो सभी धर्मों में व्रत की विशेष महत्ता है, परंतु हिंदू धर्म के तो व्रत मानो प्राण हैं। किसी भी इच्छित वस्तु को प्राप्त करने का साधन ही व्रत है।

जब भी 'व्रत' शब्द का जिक्र होता है तो मन स्वत: ही किसी देवी-देवता के नाम से या किसी धार्मिक कृत्य से जुड़ जाता है और भोजन के त्याग का चित्र उभर आता है, शायद यही कारण है कि जब भी हम कोई व्रत रखते हैं तो साथ में 'उपवास' शब्द भी जोड़ देते हैं। अधिकतर लोगों का मानना है कि व्रत यानी भोजन का त्याग करना। संबंधित देवी-देवता की पूजा-अर्चना करना, धार्मिक अनुष्ठान या कर्मकांड करना आदि। इसलिए उपवास शब्द व्रत के साथ इस कदर जुड़ गया है कि दोनों एक ही हो गए हैं। एक आम आदमी की नजर में दोनों का एक ही अर्थ है या फिर दोनों एक-दूसरे के पर्याय हैं। जबकि दोनों एक-दूसरे से बिल्कुल भिन्न हैं।

भले ही व्रत-उपवास का वास्तविक अर्थ कुछ भी हो, लेकिन जनमानस में यह धर्म, आस्था एवं श्रद्धा का प्रतीक है। कुछ लोग इसे धर्म के साथ जोड़कर देखते हैं तो कुछ ज्योतिषीय उपायों की तरह लेते हैं। स्वास्थ्य की दृष्टि से इसके अलग लाभ हैं तो मनोविज्ञान की दृष्टि से इनका अपना महत्त्व है। शायद यही कारण है कि व्रत-उपवास का चलन सदियों नहीं, युगों पुराना है। एक तरफ हिंदू शास्त्र व्रत-उपवास जैसे धार्मिक कर्मकांडों की पैरवी करते नजर आते हैं तो दूसरी ओर खुद ही इसी

बात पर जोर देते हैं कि 'भूखे भजन न होय गोपाला', अर्थात् भूखे पेट तो भगवान् का भजन भी नहीं हो पाता।

हमारे शास्त्रों में, धर्मों में दोनों ही बातें मिल जाती हैं। व्रतों के पक्ष में भी और व्रतों के विपक्ष में भी, लेकिन पलड़ा फिर भी व्रतों को रखने की ओर ही झुकता मालूम पड़ता है। सच तो यह है लोग व्रत चाहे विश्वास में रखें या अंधविश्वास में, लेकिन अधिकतर लोग व्रत के प्रति अपनी सहमति जताते हैं और यह पुस्तक व्रत के सही अर्थ और पक्ष को रेखांकित करती है।

वैदिक काल में व्रत आत्मिक उन्नति के साधन थे। उपनिषद् काल में यही स्थिति रही, किंतु पौराणिक युग में व्रत मनोकामना या मनोवांछित फल पाने का माध्यम बन गए और साथ-साथ कई कथाएँ भी इनमें जुड़ती गईं, जो पाप से विमुक्त कर पुण्य-प्राप्ति का मार्ग दिखाती थीं। कालांतर में ये कथाएँ व्रत में अभिन्न रूप से पढ़ी जाने लगीं।

स्वास्थ्य और धर्म दोनों ही दृष्टि से उपवास का एक खास महत्त्व है। व्रत करने से सांसारिक और पारलौकिक अर्थात् दोनों लोकों का फल प्राप्त होता है। शरीर विज्ञान से जुड़े विशेषज्ञों की नजर में उपवास शरीर शुद्धि का एकमात्र उपाय है। सात दिनों में से केवल एक दिन भोजन न करें तो हमारा शरीर स्वस्थ रहता है, चंचल मन की गति पर अंकुश लगता है। पारमार्थिक दृष्टि से आत्मकल्याण की प्राप्ति होती है। अगर हम सांसारिक दृष्टि से विचार करें तो शरीर को स्वस्थ रखना भी एक बड़ा धर्म है। उपवास विषय-वासना से निवृत्ति का अचूक हथियार है। आयुर्वेद के प्रसिद्ध ग्रंथ 'चरक संहिता' से लेकर आज के विभिन्न चिकित्सकीय शोधों ने भी उपवास के अनेक लाभ बताए हैं।

अधिकतर लोगों को शिकायत रहती है कि उनके द्वारा किए गए व्रत-उपवास का कोई लाभ नहीं हो रहा, क्योंकि वह जानते ही नहीं कि व्रत न केवल कई बार निष्फल हो जाते हैं, बल्कि जीवन में कष्टों को और भी बढ़ा देते हैं। इतना ही नहीं, हर वार व संबंधित देवता का अपना व्रत-विधान है। उसकी अपनी उद्यापन विधि है तथा हर व्रत के अपने नियम हैं, पर वह बिना जाने व्रत-उपवास को अपने लाभ व मनोकामनाओं की पूर्ति के लिए उन्हें रखने में जुट जाता है।

व्रत रखना गलत नहीं है, लेकिन जरा सोचो तो हम क्या कर रहे हैं? क्यों कर रहे हैं? क्या व्रतों का संबंध देवी-देवताओं से है? या हमारी मनोकामनाओं की पूर्ति से? या फिर इस आशा से कि आज नहीं तो कल, वैसे नहीं तो ऐसे, हमें सुख मिल

ही जाएगा। इतना कुछ तो करके देखा है, चलो व्रत भी रख के देख लें। हम सबकुछ करके देख लेना चाहते हैं, सिवाय इसके कि हम कुछ सोचना नहीं चाहते। चिंतन-मनन नहीं करना चाहते। इस बात पर गौर ही नहीं करना चाहते कि हम क्या और क्यों कर रहे हैं, बस किए जा रहे हैं। यह पुस्तक इन सभी सूक्ष्म विषयों पर गहराई से आपको सोचने-समझने का अवसर देती है। साथ ही इनके धार्मिक, आध्यात्मिक, वैज्ञानिक एवं स्वास्थ्य संबंधी पहलू तथा लाभ दोनों को उजागर करती है।

अनुक्रम

क्यों चला व्रतों का चलन?

भले ही व्रत-उपवास का वास्तविक अर्थ कुछ भी हो, लेकिन जनमानस में धर्म, आस्था एवं श्रद्धा का प्रतीक है। कुछ लोग इसे धर्म के साथ जोड़कर देखते हैं तो कुछ ज्योतिषीय उपायों की तरह लेते हैं। स्वास्थ्य की दृष्टि से इसके अलग लाभ हैं तो मनोविज्ञान की दृष्टि से इनका अपना महत्त्व है। शायद यही कारण है कि व्रत-उपवास का चलन सदियों नहीं, युगों पुराना है। एक तरफ हिंदू शास्त्र व्रत-उपवास जैसे धार्मिक कर्मकांडों की पैरवी करते नजर आते हैं तो दूसरी ओर खुद ही इसी बात पर जोर देते हैं कि 'भूखे भजन न होय गोपाला', अर्थात् भूखे पेट तो भगवान् का भजन भी नहीं हो पाता।

लंबी तपस्या के बाद भगवान् बुद्ध ने स्वयं इस बात का अनुभव किया कि भूखे रहने से मात्र शरीर को कष्ट होता है, ऐसा करने से किसी मोक्ष या निर्वाण की प्राप्ति नहीं हो सकती। ध्यान या भक्ति की राह में स्वयं को निराहार रखना गलत है।

हमारे शास्त्रों में, धर्मों में दोनों ही बातें मिल जाती हैं। व्रतों के पक्ष में भी और व्रतों के विपक्ष में भी, लेकिन पलड़ा फिर भी व्रतों को रखने की ओर ही झुकता मालूम पड़ता है। सच तो यह है कि लोग व्रत चाहे विश्वास में रखें या अंधविश्वास में, लेकिन अधिकतर लोग व्रत के प्रति अपनी सहमति जताते हैं।

कुछ लोग श्रद्धा से रखते हैं तो कुछ लोग भय से, कुछ लोग शारीरिक स्वास्थ्य के लिए रखते हैं तो कुछ लोग मानसिक शांति के लिए। कारण भले ही कोई हो, लेकिन लोगों के जीवन में व्रत-उपवास का विशेष स्थान है। आइए जानते हैं, उन कारणों को, जिनके चलते व्रत-उपवास का चलन शुरू हुआ।

भक्ति का सहज भाव

देखा जाए तो व्रत-उपवास को किसी ने कहीं से पढ़कर या देखा-देखी नहीं

शुरू किया, बल्कि परमात्मा में लीन भक्तों का यह सहज, स्वत: भाव था, जिसे व्रत-उपवास कहना भी गलत है; क्योंकि उन्होंने सोच-समझकर किसी फल की प्राप्ति या भगवान् को प्रसन्न करने के लिए व्रत नहीं किए, बल्कि वह भगवान् के ध्यान में, भक्ति में इतने लीन हो गए थे कि उनका खाना-पीना, सोना-जागना अपने आप ही छूट गया। उनके लिए यह प्रयास नहीं बल्कि एक अवस्था थी। इसलिए धर्म एवं अध्यात्म के जगत् में जो भी लोग परमात्मा के निकट हुए हैं, वे अपने आपसे तथा सांसारिक क्रियाकलापों एवं औपचारिकताओं से अपने आप छूट गए हैं। अत: यह कहा जा सकता है कि व्रत-उपवास भक्तिभाव का प्रतीक है। यह अवस्था हर उस इनसान के स्तर एवं तल को दरशाती है, जो स्वयं को भूलकर अपने आपको पूर्ण रूप से परमात्मा के चरणों में समर्पित कर देता है। तल्लीनता का समय और स्थान से कोई सरोकार नहीं, इसीलिए व्रत-उपवास कब और क्यों शुरू हुए, यह कहना मुश्किल है, क्योंकि इसका संबंध समय से नहीं, भक्ति के सहज भाव से है। हाँ, मगर यह कहा जा सकता है, इनके शुरू होने के पीछे इनसान की भगवान् के प्रति अपार श्रद्धा एवं आस्था ही रही है।

भगवान् की याद

संसार की मोह-माया में, चमक-धमक में लोग भगवान् को कहीं न भूल जाएँ, इसलिए व्रत-उपवास को रोजमर्रा की जिंदगी में शामिल किया गया, ताकि इसी बहाने से लोग भगवान् का स्मरण तो करेंगे। लोग चाहते थे, इनसान को यह सदा याद रहे कि उससे शक्तिशाली भी कोई है, जो सदा हमें देखता-परखता रहता है। यदि व्रत-उपवास को लोग करते रहेंगे तो संबंधित रीति-रिवाज, संस्कार-परंपराओं तथा धार्मिक कर्मकांड एवं अनुष्ठान आदि का महत्त्व एवं अस्तित्व कभी धुँधला नहीं पड़ेगा।

व्रत-उपवास के बहाने से इनसान इनसे सदा जुड़ा रहेगा। इन सबके चलते इनसान न केवल पाप करने से घबराएगा, बल्कि उसके व्यवहार में दया एवं करुणा का भी भाव बना रहेगा। भले ही इनसान कितनी ही ऊँचाइयों के छू ले, पद, प्रतिष्ठा, सम्मान आदि प्राप्त कर ले, लेकिन उसे ध्यान रहना चाहिए कि उससे ऊँचा भी कोई है। इसलिए जीवन में कभी किसी बात का अभिमान नहीं करना चाहिए, क्योंकि भगवान् की अदालत में कोई ऊँचा-नीचा नहीं है। वह सभी के कर्मों का हिसाब रखता है आदि; यह सब तभी संभव है। जब इनसान को यह याद रहे कि भले ही परमात्मा दिखता नहीं है; लेकिन वह फिर भी सदा हमारे आस-पास हर पल मौजूद

है। इनसान में इसी याद को बनाए रखने के लिए व्रत-उपवास को उसके जीवन के साथ जोड़ा गया, जिसका चलन धीरे-धीरे बढ़ता चला गया।

धार्मिक आस्था

व्रत-उपवास का मुख्य कारण रहे हमारे धार्मिक शास्त्र, जिनके द्वारा इनसान को पंडित, पुरोहित एवं ऋषि-मुनियों द्वारा देवी-देवता का व उनसे जुड़े वारों का ज्ञान हुआ तथा इस बात का पता चला कि फलाँ व्रत करने से फलाँ देवी-देवता प्रसन्न होते हैं। व्रत-उपवास को भक्ति का, परमात्मा को पाने का एक मार्ग बताया गया, जिसके चलते लोगों में न केवल उत्सुकता जगी, बल्कि भगवान् को पाने तथा मोक्ष प्राप्त करने की गहरी आस्था भी जगी और लोग व्रत-उपवास द्वारा भगवान् को प्रसन्न करने में जुट गए।

भगवान् का भय

व्रत-उपवास को सीधे देवी-देवताओं के साथ न केवल जोड़ा गया, बल्कि यह भ्रांतियाँ भी फैलाई गईं कि जो लोग देवी-देवताओं के व्रत-उपवास नहीं करते, उनसे भगवान् नाराज हो जाते हैं, जिसके चलते जीवन में कई कष्ट व बाधाएँ उत्पन्न हो जाती हैं। इसलिए कई लोगों ने या तो भगवान् के भय से बचने के लिए व्रत रखने आरंभ किए अथवा किसी-न-किसी दूसरे की देखा-देखी, होड़ में व्रत रखना शुरू किया। लोगों को लगा कि यदि जीवन में सुख-शांति चाहिए तो व्रत-उपवास ही एकमात्र उपाय है।

ज्योतिषीय उपाय

इतना ही नहीं, व्रतों को ज्योतिषियों ने रहस्यमयी शक्ति एवं ग्रहों की चाल से भी जोड़ दिया। कई लोग तो ऐसे हैं, जो व्रत किसी भगवान् की भक्ति या भय के कारण से नहीं, ज्योतिषी द्वारा बताए गए उपाय की वजह से रखते हैं, उनके लिए व्रत-उपवास अपने ग्रहों की स्थिति को ठीक करने का माध्यम भर हैं। फिर वह शनि के प्रकोप से बचने का शनि का व्रत हो या मंगल के कष्ट को कम करने के लिए मंगल का व्रत। शनि की साढ़ेसाती हो या राहु की कुदृष्टि! ज्योतिषियों की मानें तो हर तरह के कष्ट से बचने एवं मनोकामनाओं को पूरा करने के लिए ढेरों व्रत हैं।

मनोकामनाओं की पूर्ति

इन्हीं उपायों तथा पुराणों में स्थित कहानियों के चलते ऐसे भी कई व्रत सामने आने लगे हैं, जिन्हें मनोवांछित परिणाम प्राप्त करने के लिए बड़े ही जोरों-शोरों से रखा जाने लगा है। अधिकतर लोगों का मानना है कि बताए गए व्रत-उपवास को यदि पूर्ण विधि-विधान द्वारा नियमित रूप से किया जाए तो वह जरूर फलते हैं अर्थात् जिस मनोकामना के लिए व्रत रखा गया है, वह अवश्य पूर्ण होती है। फिर वह मनचाहे वर के लिए सोमवार का व्रत हो या पति की लंबी आयु के लिए करवाचौथ का व्रत; बच्चे के लिए अहोई का व्रत हो या फिर संतान-प्राप्ति के लिए कृष्ण का व्रत। व्रतों का यह सिलसिला इनसान की मनोकामनाओं से जुड़ा रहा और यह जीवन का अहम हिस्सा बन गए।

बेहतर स्वास्थ्य के लिए

तमाम कारणों में से व्रत-उपवास को करने का एक कारण आरोग्यता भी बताया गया है। प्राचीन काल के वैद्य हों या आज के आधुनिक डॉक्टर—दोनों का ही मानना है, यदि हफ्ते में एक दिन उपवास यानी भोजन का त्याग किया जाए तो स्वास्थ्य अच्छा रहता है। हफ्ते भर जो हम खाते हैं, वह ठीक से पच नहीं पाता, जिसके कारण शरीर में कई तरह के रोग होने की संभावना बढ़ जाती है। ऐसे में एक दिन का व्रत न केवल हमारे अपच को ठीक करता है, बल्कि हमारे हाजमे को भी ठीक रखता है। आयुर्वेद के अनुसार, व्रत-उपवास रखने से अरुचि, अजीर्ण, उदरशूल, वातव्याधि एवं मंदाग्नि जैसे घातक रोगों से बचा जा सकता है। इसलिए कितने लोग तो ऐसे हैं, जो स्वास्थ्य की दृष्टि से नियमपूर्वक व्रत-उपवास करते हैं, ताकि वह दुरुस्त रहें।

आत्म-रूपांतरण

व्रत-उपवास को रखने का एक कारण आत्म-रूपांतरण भी रहा है; क्योंकि जब कोई व्रत रखता है तो उसे उस दिन भोजन का ही नहीं, अपनी वाणी का भी त्याग करना होता है, अर्थात् मौन रहना होता है। ऐसा करने के लिए स्वयं पर नियंत्रण चाहिए। संयम चाहिए। व्रत के जरिए इनसान की इच्छाशक्ति और सुदृढ़ होती है। वह स्वयं पर काबू पाना सीखता है। मौन एवं एकांतवास भी व्रत का एक अहम हिस्सा है, ताकि इनसान संसार के शोर-गुल से दूर हो सके, शांत हो सके, आत्मनिरीक्षण कर सके। चिंतन-मनन द्वारा आत्मा को अनुभव कर सके। वह ऊर्जा का भंडार है,

इस बात को समझ सके तथा अपने भीतर बहती ऊर्जा को एकाग्र कर उसे सही, सच्चे, सकारात्मक, सात्त्विक रास्ते पर लगा सके; स्वयं को रूपांतरित कर सके। देखा जाए तो व्रत-उपवास को शरीर, मन और आत्मा के शुद्धीकरण के साथ-साथ भीतर आध्यात्मिक गुणों के विकास के लिए भी अपनाया गया।

अनाज एवं भोजन की बचत

बढ़ती जनसंख्या व अनाज की कमी ने भी व्रत-उपवास को बढ़ावा दिया। कहते हैं—व्रत-उपवास इसलिए भी रखे गए, ताकि अन्न की बचत हो सके तथा हर भूखे को भी भोजन मिल सके। एक समय ऐसा भी था, जब गरीबी और भुखमरी—दोनों की बड़ी तादाद ने अपना पाँव पसार रखा था। तब न केवल खानेवाले अधिक थे, बल्कि खेतों में अनाज भी कम था। ऐसे में व्रत-उपवास को ही एकमात्र उपाय समझा गया। लोगों ने प्रण किया कि हफ्ते में कम-से-कम एक दिन निराहार रहा जाए, ताकि जिन लोगों को भोजन नहीं मिलता, उन्हें भी मिले। ऐसा करने से पेट भी ठीक रहेगा तथा भोजन के साथ-साथ देश में अन्न की समस्या भी सुधर जाएगी।

कामवासना पर नियंत्रण

व्रत-उपवास को रखने का एक उद्‍देश्य इनसान में स्थित कामवासना को शांत करना भी है। भोजन से न सिर्फ शरीर में ऊर्जा का विस्तार होता है, बल्कि तामस (आलस) भी बढ़ता है। यदि हम हफ्ते भर खाते रहेंगे तो शरीर में ऊर्जा का स्तर बढ़ता रहेगा और बढ़ी हुई ऊर्जा सदा निकलने का मार्ग खोजती रहती है, जिसके कारण लोग सबसे पहले काम (सेक्स) को ही चुनते हैं। इसलिए ऐसा न हो, ब्रह्मचर्य न टूटे या फिर इस कामवासना का अतिक्रमण न हो, इसके लिए व्रत-उपवास को चुना गया। शास्त्रों में इसलिए व्रत-उपवास को इतना महत्त्व दिया गया है। शास्त्रों में तो एक दिन का नहीं, कई-कई दिनों का उपवास रखने के लिए कहा गया है और यदि कुछ खाने के लिए कहा भी है तो वह भी एक बार। वह भी सात्त्विक, बिना नमक-मिर्च का, बिना लहसुन-प्याज का सादा भोजन या फिर फलाहार, ताकि ऊर्जा उतनी ही निर्मित हो, जितनी भक्ति के लिए या जीने के लिए जरूरी है, इससे ज्यादा नहीं। सच तो यह है कि भोजन भी एक तरह की मादकता पैदा करता है, जिसके चलते ध्यान-कीर्तन में बाधा पैदा उत्पन्न होती है और विचार निर्मल और स्वच्छ नहीं रह पाते।

□

क्या है व्रत, क्या है उपवास, कितने भिन्न, कितने समान?

जब भी 'व्रत' शब्द का जिक्र होता है तो मन स्वत: ही किसी देवी-देवता के नाम से या किसी धार्मिक कृत्य से जुड़ जाता है और भोजन के त्याग का चित्र उभर आता है। शायद यही कारण है कि जब भी हम कोई व्रत रखते हैं तो साथ में उपवास शब्द भी जोड़ देते हैं। अधिकतर लोगों का मानना है कि व्रत यानी भोजन का त्याग करना, संबंधित देवी-देवता की पूजा-अर्चना करना, धार्मिक अनुष्ठान या कर्मकांड करना आदि। इसलिए उपवास शब्द व्रत के साथ इस कदर जुड़ गया है कि दोनों एक ही हो गए हैं। एक आम आदमी की नजर में दोनों का एक ही अर्थ है या फिर दोनों एक-दूसरे के पर्याय हैं, जबकि दोनों एक-दूसरे से बिल्कुल भिन्न हैं।

क्या हैं व्रत?

व्रत अर्थात् दृढ़ता, निश्चय, संकल्प। किसी बात के लिए दृढ़निश्चयी होना, संकल्प लेना, ठान लेना, मजबूती से बीड़ा उठाना कि यह तो मैं हर कीमत पर करके ही रहूँगा, चाहे कितनी भी मुसीबतें आएँ, उद्‌देश्य से नहीं डगमगाऊँगा, चुनौतियों का सामना करूँगा, परीक्षाओं से नहीं घबराऊँगा, कार्य को बीच में नहीं छोड़ूँगा, पूरा करके ही दम लूँगा आदि। इस तरह का किया गया प्रण, इस तरह का किया गया स्वयं से वादा, इस तरह का अटूट निश्चय ही 'व्रत' कहलाता है और व्रत का उपवास या धर्म से कोई संबंध नहीं।

व्रत तो दूर की बात है, लोगों को उपवास तक का सही-सही अर्थ नहीं पता। अधिकतर लोगों का मानना है कि उपवास अर्थात् भोजन न करना, अन्न को त्यागना, भूखे पेट रहना या किसी सात्त्विक निर्देशित आहार का सेवन करना ही उपवास है। यहाँ

पर प्रश्न उठना लाजिमी है। यदि यह उपवास नहीं है तो फिर वास्तव में 'उपवास' क्या है? कैसे यह व्रत शब्द के साथ जुड़ गया? क्यों लोग व्रत और उपवास को एक ही समझते हैं तथा व्रत के नाम पर भोजन को त्याग देते हैं, कैसे? यह सबकुछ जरा सोचने जैसा है।

क्या है उपवास?

'उपवास' शब्द बना है 'उप' और 'वास' के योग से। 'उप' यानी ऊपर, ऊँचा। 'वास' यानी टिकना, रहना। 'उपवास' का अर्थ हुआ—अपने से ऊपर उठकर, जो हमसे ऊँचा है, श्रेष्ठ है, शक्तिशाली है, उसके पास टिकना, रुकना, रहना। ऐसे के पास वास करना, जो हम सबसे ऊपर है, ऊँचा है। वह है सर्वशक्तिशाली, परब्रह्म परमात्मा। स्वयं को संसार के तमाम तरह के आकर्षणों एवं वासनाओं से बचाकर, उस परमसत्ता के लोक में पहुँचाने का, ऊपर उठाने का नाम है 'उपवास'।

भोजन और उपवास

लेकिन यहाँ अब यह प्रश्न उठता है कि यदि यह उपवास है तो इसमें भोजन का त्याग क्यों? सच तो यह है उपवास में भोजन छोड़ना नहीं पड़ता, छूट जाता है। उपवास एक ऐसी अवस्था का नाम है, जब भक्त भगवान् में इतना लीन हो जाता है कि उसे खाने-पीने की सुध नहीं रहती। उसे इस बात का भी होश नहीं रहता कि वह शरीर है, उसके शरीर की, पेट की कोई जरूरतें भी हैं। वह स्वयं से इतना ऊपर उठ चुका होता है कि स्वयं की भूख-प्यास का सवाल पीछे छूट जाता है। प्रभु का दर्शन, प्रभु का मिलन, प्रभु का साथ ही उसका स्वाद बन जाता है। वही उसकी खुराक हो जाती है। भजन ही भोजन हो जाता है। वह भक्ति एवं ध्यान के रस में इतना डूब जाता है कि उसे संसार एवं संसार की चीजें छोड़नी नहीं पड़तीं, उससे छूटने लगती हैं। भोजन की भूख भक्ति की भूख में बदलने लगती है। प्राणों की बस एक ही प्यास बचती है और वह है परमात्मा की अमृत वर्षा! ऐसी अवस्था में पहुँचे हुए इनसान की स्थिति को कहते हैं 'उपवास'; जब भजन ही भोजन बन जाता है, न कि दिन भर के भूखे पेट रहनेवालों के प्रयास को।

व्रत और उपवास

अब प्रश्न उठता है—'व्रत' और 'उपवास' भिन्न-भिन्न अर्थ रखनेवाले शब्द

जुड़ कैसे गए? अर्थात् व्रत-उपवास एक-दूसरे के पर्याय कैसे हो गए? क्यों इन्हें एक ही अर्थ में प्रयोग किया जाता है?

जब हम किसी शक्ति या ध्येय में समाते हैं तो एक संकल्प लेते हैं, स्वयं से एक वादा करते हैं। इस उद्‌देश्य की पूर्ति के लिए हम जी-जान लगा देते हैं, तब हमारी भूख-प्यास गौण हो जाती है, हमारा जुनून, हमारी प्रतिज्ञा प्रमुख हो जाती है। इसलिए जब हम किसी चीज का व्रत करते हैं तो हमारा भोजन खुद-ब-खुद ही छूट जाता है। 'उपवास' की तरह भोजन हमसे छूट जाता है, हमें छोड़ना नहीं पड़ता।

व्रत एक प्रकार का तप है, त्याग है, तपस्या है, साधना है, जिसमें भोजन छूट जाता है, जिसके कई उदाहरण हमें अपने पुराणों में, शास्त्रों में दिख जाते हैं। सभी जानते हैं, माता पार्वती ने भगवान् शिव को पाने की कठिन तपस्या की थी। उन्होंने शिव को पति रूप में पाने का प्रण किया था, जिसमें वह इतनी मग्न हो गई थीं कि संसार एवं संसार की चीजों की याद नहीं रही। इस कठिन व्रत के चलते उन्हें भगवान् शिव पति रूप में प्राप्त हुए। लेकिन आगे चलकर पार्वती का यह दृढ़ निश्चय व संकल्प महिलाओं में मनोवांछित वर की प्राप्ति के व्रत के रूप में रखा जाने लगा, जिसमें महिलाएँ न केवल पूजा-अर्चना करती हैं, बल्कि दिन भर का उपवास भी करती हैं। ऐसा ही एक उदाहरण है 'सावित्री' का।

सावित्री ने इस बात का स्वयं से वादा किया कि वह यमराज से अपने पति सत्यवान के प्राण वापस लेकर आएगी और वह इस कोशिश में जुट गई। उसका यह लक्ष्य ही उसका व्रत था, जिसके चलते वह यह भी भूल गई कि उसे भूख भी लगती है, उसे भोजन छोड़ना नहीं पड़ा, उससे भोजन छूट गया। उसने इस बात का दृढ़ निश्चय किया कि वह तब तक अन्न ग्रहण नहीं करेगी, जब तक यमराज उसके पति के प्राण नहीं लौटा देता। उसके इस व्रत को देखकर यमराज भी पिघल गया और उसने सावित्री को उसका पति जीवित लौटा दिया।

कालांतर में इस घटना का अर्थ कुछ का कुछ हो गया। महिलाओं को लगा, यदि भोजन को पति के नाम पर त्यागा जाए तो उससे पति की आयु में वृद्धि होती है और वे इस भावना से उपवास करने लगीं। सच तो यह है, जितने भी व्रत हैं, उन सबके पीछे यही कहानी है। भगवान् बुद्ध ने जब संसार में दुःख देखा तो उन्होंने स्वयं से एक वादा किया कि वह जानकर रहेंगे कि इनसान के जीवन में इतना दुःख क्यों है? इस प्रश्न के उत्तर को पाने में वह इतने लीन हो गए कि बुद्धत्व को प्राप्त हो गए। उनकी अवस्था ऐसी थी कि भोजन का खयाल ही नहीं रहा। लेकिन लोग हैं

कि सोचते हैं कि भोजन के त्यागने से ही परमात्मा की प्राप्ति या मोक्ष आदि संभव है। ऐसे ही तमाम कारणों एवं उदाहरणों के चलते व्रत-उपवास एक हो गए और लोग व्रत एवं उपवास को धार्मिक कृत्य एवं मनोकामनाओं को पूरा करने का जरिया बनाते गए तथा यह दोनों एक साथ प्रचलन में आ गए।

एक व्रत यह भी

व्रत-उपवास न केवल एक साथ जुड़ गए हैं, बल्कि धर्म और धार्मिकता का अहम हिस्सा भी हो गए हैं वरना व्रत तो वह भी है, जिसे गांधीजी ने देश के लिए सत्याग्रह के नाम पर किया था, लेकिन उसे हम अनशन कहते हैं। आए दिन लोग अपने हक के लिए, कामनाओं की पूर्ति के लिए, अन्याय के खिलाफ रोज एक व्रत लिये दिल्ली के 'पार्लियामेंट स्ट्रीट' पर अमूमन नजर आ जाते हैं; लेकिन हम उसे उनका व्रत नहीं कहते। हम कहते हैं—वह भूख हड़ताल पर हैं, अनशन पर हैं, कोई व्रत-उपवास नहीं; क्योंकि हमें उनके आस-पास कोई भगवान् की मूर्ति या तसवीर नजर नहीं आती, कोई धूपबत्ती, कोई नारियल, कोई भजन-कीर्तन नजर नहीं आता है। परंतु यदि देखा जाए तो यह भी व्रत है।

देश के लिए किया गया वीरों का बलिदान भी व्रत है। सीमाओं पर देश की रक्षा करनेवाले सिपाहियों का जीवन भी व्रत है, जो हर मौसम में, दिन-रात देश की सेवा में रहते हैं। कई बार तो कई दिनों तक भूखे-प्यासे भी रहते हैं। देखा जाए तो इनका जीवन अपने आपमें व्रत है। यह अपने लिए नहीं, दूसरों के लिए जीते हैं, दूसरों के सुख के लिए जगते हैं; लेकिन धर्म के नाम पर किया गया व्रत इनसान सिर्फ अपने स्वार्थ के लिए, अपनी मनोकामनाओं की पूर्ति के लिए करता है।

यदि इनसान सही अर्थों में व्रत-उपवास का अर्थ और महत्त्व समझ जाए तो न केवल धर्म से बल्कि स्वयं से भी मुक्त हो जाए। धर्म के नाम पर इस देश में जितना अंधविश्वास जन्म लेता है, इतना किसी और के नाम पर नहीं होता। सच तो यह है कि धर्म की आड़ लेकर लोग अधिक पाप करते हैं; क्योंकि धर्म को हमारे देश में भगवान् से जोड़ा गया है। इसलिए इससे जुड़े कार्यों को न केवल पूजा जाता है, बल्कि इसकी पनाह में सब चीजें आसानी से पनप जाती हैं और प्रचलन में आ जाती हैं। फिर व्रत-उपवास तो बड़ी मामूली बात हैं।

□

व्रतों से जुड़े लाभ, दान, मंत्र और सावधानियाँ

भारतवर्ष के अलावा शायद ही विश्व में कोई ऐसा देश हो, जिसमें पूजा-पाठ, जप, तप, व्रत में इतनी आस्था हो। देवी-देवताओं की नगरी, त्योहारों का देश, आस्था पर मर मिटनेवाले लोग, यही पहचान है भारत की। हर धर्म में जिस प्रकार पूजा-पाठ का अपना स्थान है, उसी प्रकार व्रत भी हर धर्म का अनूठा अंग है। जिस प्रकार सर्वमनोकामनाओं की पूर्ति के लिए मंत्र, जप, पाठ-पूजा का विधान है, उसी प्रकार व्रतों का मनुष्य की आस्था से गहरा तालमेल है। यों तो सभी धर्मों में व्रत की विशेष महत्ता है, परंतु हिंदू धर्म के तो व्रत मानो प्राण हैं। किसी भी इच्छित वस्तु को प्राप्त करने का साधन ही व्रत है। व्रत का दूसरा नाम उपवास भी है। व्रत को तीन भागों में विभक्त किया गया है—

1. **कायिक व्रत**—एक ही बार भोजन करना या फलाहार करके अच्छा काम करने को 'कायिक व्रत' कहते हैं।
2. **वाचिक व्रत**—सत्य बोलना या मौन धारण करना ही 'वाचिक व्रत' है।
3. **मानसिक व्रत**—अहिंसा, ब्रह्मचर्य का पालन, सादगी, मन से सभी के प्रति प्रेम ही 'मानसिक व्रत' कहलाता है। कहा जाता है कि व्रत धारण करने से मनुष्य की इच्छाशक्ति, बौद्धिक शक्ति, वैचारिक शक्ति के साथ-साथ मनोकामनाओं की पूर्ति भी होती है। पूजा-पाठ, जप-तप के साथ अगर व्रत का भी सहारा लिया जाए तो कैसे भगवान् प्रसन्न नहीं होंगे, कैसे वे अपने भक्तों पर कृपा नहीं करेंगे! जिस तरह भारतवर्ष में ये करोड़ों देवी-देवता हैं, उसी प्रकार व्रतों की भी कोई गिनती नहीं है। हर एक व्रत पर प्रकाश डालें तो पन्ने भरते चले जाएँगे, लेकिन इनका

व्याख्यान हम पन्नों में समाहित न कर पाएँगे। आइए, डालें मनुष्य के व्रतों पर नजर—

रविवार का व्रत—प्रात:काल उठकर स्नानादि से निवृत्त होकर व्रत करनेवाले जातक को अपने पूजनीय देवता की प्रिय वस्तु को अर्पित करके, दीप, धूप जलाकर अपने देव की पूजा करें। मास के प्रथम रविवार या सूर्यषष्ठी, रथ सप्तमी तथा शुक्ल पक्ष के प्रथम रविवार से शुरू करके प्रत्येक रविवार को कम-से-कम बारह या एक वर्ष पर्यंत व्रत रखें।

पूजनीय देवता—सूर्य और विष्णु भगवान्।

सूर्य बीज मंत्र—ॐ ह्रीं ह्रीं स: सूर्याय नम:।

सूर्य मूल मंत्र—ॐ घृणि सूर्याय नम:।

दान की वस्तुएँ—केसर, सोना, ताँबा, लाल कपड़ा, लाल पुष्प, गेहूँ, शक्कर, घी, नारियल, मिष्टान्न सहित सूर्योदय काल में दान करें।

भोज्य पदार्थ—हलवा, मीठे पदार्थ, गेहूँ की रोटी, शक्कर, दलिया। नमक न खाएँ।

व्रती स्वयं लाल चंदन या केसर का तिलक लगाएँ। सूर्य की शांति हेतु माणिक्य रत्न स्वर्ण की अँगूठी में धारण करना भी शुभ रहता है।

व्रत से लाभ

चर्म रोग, सौभाग्य-वृद्धि, अच्छे स्वास्थ्य, नेत्र रोग, शत्रु-विजय, मान-सम्मान के लिए इस व्रत को रखा जा सकता है।

उद्यापन में बारह ब्राह्मणों को मीठा भोजन खिलाना उत्तम है।

सोमवार का व्रत

यह व्रत श्रावण, चैत्र, वैशाख, कार्तिक या मार्गशीर्ष के महीनों के शुक्ल पक्ष के प्रथम सोमवार से प्रारंभ करें।

पूजनीय देवता—शिवलिंग व शिव-पार्वती की पूजा करें।

चंद्र बीज मंत्र—ॐ श्रां श्रीं श्रौं स: चन्द्रयसे नम:।

चंद्र मूल मंत्र—ॐ चं चन्द्रमसे नम:।

दान योग्य वस्तुएँ—बर्फी, सफेद चंदन, चावल, चाँदी, मिश्री, गाय का घी, दूध, दही, खीर, सफेद फूल आदि का दान सायंकाल में करना चाहिए।

भोज्य पदार्थ—खीर-पूड़ी, दूध-दही, चावलों का सेवन करें, नमक निषेध है।

व्रती सोमवार के दिन सफेद वस्त्र धारण करें। दस, सोलह, इक्कीस, चौवन व्रत रखें। व्रत का उद्यापन करके ग्यारह या सोलह ब्राह्मणों को खीर, पूड़ी या मिष्टान्न भोजन कराकर दक्षिणा दें। चंद्र की शांति हेतु मोती या चंद्रमणि चाँदी की अँगूठी में जड़वाकर अनामिका में धारण करें।

व्रत से लाभ—व्यापार में लाभ, मानसिक शांति, सौभाग्य वर प्राप्ति, पति-पत्नी के कलह, कष्टादि से निवृत्ति मिलती है। यदि व्रती सफेद चंदन का तिलक धारण करें, 'ॐ नमः शिवाय' उच्चारण करके शिव-पार्वती का पूजन करें, शिवलिंग पर दूध-जल मिलाकर ग्यारह लोटे चढ़ाएँ। बेल-पत्र, फल, नारियल चढ़ाकर आरती करें तो उसकी मनचाही कामनाओं की पूर्ति हो सकती है।

मंगलवार का व्रत

यह व्रत शुक्ल पक्ष के प्रथम मंगलवार से या मास के प्रथम मंगलवार से प्रारंभ करना चाहिए।

पूजनीय देवता—हनुमान, गौरी माता, काली माता, दुर्गा माता की पूजा करें।

मंगल बीज मंत्र—ॐ क्रां क्रीं क्रौ सः भौमाय नमः।

मंगल मूल मंत्र—ॐ अं अंगारकाय नमः।

दान की वस्तुएँ—ताँबे का बरतन, सोना, नारियल, मसूर, शक्कर, घी, कनेर के पुष्प, गेहूँ, केसर सूर्यास्त से पहले दान करें। गाय को लड्डू, आटे का मीठा पेड़ा, बंदरों को चना देना उत्तम है।

भोज्य पदार्थ—गेहूँ के आटे का हलवा या मिष्टान्न एक समय व्रत में खाएँ; नमक का प्रयोग न करें।

व्रती प्रातः स्नानादि से निवृत्त होकर श्री हनुमानजी की लाल पुष्प, सिंदूर और नारियल चढ़ाकर पूजा करें। हनुमान चालीसा बीज मंत्र की नित्य माला जप करें। माँ दुर्गा के लिए लाल पुष्प, इलायची, नारियल, फल, लाल वस्त्र से पूजा करें।

व्रत से लाभ—शत्रु-विजय, पुत्र-प्राप्ति, भूमि, वाहनादि का सुख, स्वास्थ्य लाभ, ऋण से मुक्ति आदि के लिए यह व्रत लाभकारी है।

बुधवार का व्रत

इस व्रत का आरंभ मास के प्रथम बुधवार से या शुक्ल पक्ष के प्रथम बुधवार से करना चाहिए।

पूजनीय देवता—गणेश, सरस्वती, श्रीकृष्ण, राम, विष्णु भगवान्।

बुध बीज मंत्र—ॐ ब्रां ब्रीं ब्रौं सः बुधाय नमः।

बुध मूल मंत्र—ॐ बुं बुंधाय नमः।

दान की वस्तुएँ—मूँग, दुर्वा, खाँड, हरा वस्त्र, फल, लड्डू, केला, काँसा, सोना सूर्यास्त से पहले दान करें। चींटियों को तिल, चावल, शक्कर डालते रहना उत्तम है।

भोज्य पदार्थ—पंजीरी, मूँग के लड्डू, मूँग का हलवा।

व्रती को प्रातः स्नानादि से निवृत्त होकर पंचामृत तैयार करके उसमें तुलसी डालकर भगवान् को स्नान कराएँ, विष्णु सहस्रनाम का पाठ, गणेश चालीसा, सरस्वती स्तवनादि का पाठ करें। पीला चंदन लगाएँ। पान पत्ता, फलादि से अगरबत्ती, दीपक जलाकर पूजा करें।

लाभ—धनागम, व्यापार, बुद्धि, गूँगापन, विवेक, संतान प्राप्ति, पदोन्नति, मनोविकार आदि में यह व्रत कल्याणकारी है। कम-से-कम अठारह, इक्कीस, पैंतालीस सप्ताह तक व्रत रखें। उद्यापन में अठारह बालकों को मूँग से बने पदार्थों का भोजन कराएँ तथा दक्षिणा दें।

वीरवार का व्रत

यह व्रत मास के प्रथम गुरुवार, शुक्ल पक्ष के पहले गुरुवार को आरंभ करें। गुरुवार को अनुराधा या पुष्य नक्षत्र में यह व्रत अति उत्तम है।

पूजनीय देवता—राम, गुरु, सरस्वती, विष्णु

गुरु बीज मंत्र—ॐ ग्रां ग्रीं ग्रौं सः गुरवे नमः।

गुरु मूल मंत्र—ॐ बृं बृहस्पत्ये नमः।

दान की वस्तुएँ—हल्दी, पीले पुष्प, पीला कपड़ा, पुस्तिका, लेखनी, पीला चंदन, पीला फल, लड्डू, बेसन की मिठाई आदि का दान संध्या में करें।

भोज्य पदार्थ—चना दाल, बेसन से बनी मिठाई, पीले चावल।

व्रती को प्रातः स्नान आदि से निवृत्त होकर पीला चंदन, लड्डू, हल्दी, जनेऊ, फलों से पूजा करें। अगरबत्ती, दीपक जलाकर तीन या पाँच माला प्रति गुरुवार जप करें। सोलह गुरुवार या तीन वर्ष तक व्रत धारण करें।

व्रत से लाभ—बुद्धि, यश, विद्या, वैवाहिक सुख, पुत्र-प्राप्ति, धन-धान्य की वृद्धि आध्यात्मिक व मानसिक शांति की प्राप्ति होती है।

उद्यापन में सोलह ब्राह्मणों या बच्चों को भोजन कराएँ। गुरु से संबंधित वस्तुओं का प्रयोग करें।

शुक्रवार का व्रत

यह व्रत मास के प्रथम शुक्रवार से या शुक्ल पक्ष के प्रथम शुक्रवार को प्रारंभ करें। श्रावण मास के प्रथम शुक्रवार को ज्येष्ठ नक्षत्र में पड़ने वाले शुक्रवार को व्रत रखना उत्तम है।

शुक्र के पूजनीय देवता—लक्ष्मी देवी, दुर्गा माता।

शुक्र बीज मंत्र—ॐ शुं शुक्राय नमः।

दान योग्य वस्तुएँ—चीनी, मिश्री, चावल, सफेद वस्त्र, सफेद पुष्प, दूध की मिठाई, दूध, सफेद चंदन आदि का दान सूर्योदय काल में श्रेष्ठ होगा।

भोज्य पदार्थ—दूध के पदार्थ, चावल-खीर।

व्रती को स्नानादि से निवृत्त होकर धूप, दीप, लौंग, इलायची, पान पत्ता, खीर-चावल, सफेद पुष्प से पूजा करनी चाहिए। तीन, सात या दस माला का जप करें।

लाभ—संगीत साधना, वस्त्राभूषण, वाहन, भौतिक सुख, विवाह, धन आदि की प्राप्ति होती है। उद्यापन में इक्कीस बालकों को शुक्र से संबंधित वस्तुओं का भोजन कराएँ तथा दक्षिणा दें।

शनिवार का व्रत

यह व्रत प्रथम शनिवार या शुक्ल पक्ष के प्रथम शनिवार से शुरू कर सकते हैं।

पूजनीय देवता—शिवलिंग, शनि देवता।

शनि बीज मंत्र—ॐ प्रां प्रीं प्रौं सः शनये नमः।

शनि मूल मंत्र—ॐ शं शनये नमः।

दान की वस्तुएँ—काला चना, नारियल, काला जूता, कस्तूरी, काला वस्त्र, सरसों का तेल, लोहा, उड़द का दान उत्तम है।

भोज्य पदार्थ—उड़द के आटे के पदार्थ, उड़द, सरसों के तेल में बने पदार्थ।

व्रती को सुबह स्नान कर दूध, जल, काले तिल मिलाकर शिवलिंग पर चढ़ाएँ। शनि की प्रतिमा को पंचामृत स्नान कराकर पुष्प, धूप, दीप, तिल, सरसों के तेल से पूजा करें। पीपल के वृक्ष के चारों ओर सात बार सूत का धागा लपेटकर पीपल की जड़ में जल मिलाकर दूध चढ़ाएँ। शनि देव का ध्यान करें। महामृत्युंजय जप करें। कम-से-कम अठारह व्रत धारण करें।

लाभ—लौह कार्य, यश, विपत्ति-नाश, शत्रु-नाश, अल्पमृत्यु भयनाशक, उत्तम व्यापार, लौह-मशीनरी कारखानों में वृद्धि की प्राप्ति होती है। उद्यापन में इक्कीस ब्राह्मणों या बालकों को भोजन कराएँ।

विशेष व्रत और उनका महत्त्व

गणगौर या गौरी तृतीया व्रत—अखंड सौभाग्य की प्राप्ति के लिए।

अरुंधती व्रत—बाल वैधव्य को दूर करने के लिए।

श्रीगणेश चतुर्थी व्रत—संकट दूर करने के लिए।

अक्षय तृतीया व्रत—यश और कीर्ति के लिए।

वट सावित्री व्रत—पति की मंगल कामना एवं अखंड सौभाग्य की प्राप्ति के लिए।

देवशयनी एकादशी—मनचाहा फल और सुख-समृद्धि के लिए।

गुरु पूर्णिमा—गुरु के प्रति सम्मान व्यक्त करने के लिए एवं गुरु की कृपा प्राप्ति के लिए।

कोकिला व्रत—उत्तम संतान और परिवार की सुख-समृद्धि के लिए।

नागपंचमी व्रत—नाग दंश से बचने के लिए।

जन्माष्टमी व्रत—श्रीकृष्ण के प्रति आस्था एवं जन्मोत्सव मनाने के लिए।

हरतालिका व्रत—सुयोग्य पति और पति की दीर्घायु के लिए।

अनंत चतुर्थी व्रत—अनंत फल प्राप्ति के लिए, कष्ट निवारण के लिए।

दशहरा व्रत—श्रीराम के प्रति आस्था।

शरद पूर्णिमा—संतान की मंगल कामना के लिए।

नवरात्र या दुर्गा पूजा—मनचाहा फल और सुख-समृद्धि के लिए, धन, वैभव, यश और कीर्ति के लिए।

करवा चौथ—पति की मंगल कामना एवं अखंड सौभाग्य की प्राप्ति के लिए।

महाशिवरात्रि—पापों के विनाश, कालसर्प के दोष दूर करने के लिए, मन की शुद्धि के लिए एवं शिव कृपा की प्राप्ति के लिए।

होली पूर्णिमा—बुराई को खत्म करने के लिए।

श्री सत्यनारायण व्रत—मानसिक शांति, धन, वैभव, यश और कीर्ति के लिए।

निर्जला एकादशी—पापों से मुक्ति के लिए।

नित्य, काम्य और नैमित्तिक व्रतों के अलावा और भी कई ऐसे व्रत होते हैं,

जो बिना किसी कामना के किए जाते हैं, जैसे—आयाचित व्रत, मौन व्रत, नक्त व्रत, प्रदोष व्रत आदि।

व्रत संबंधित कुछ मुख्य बातें

संतान-प्राप्ति के लिए प्रतिदिन स्नान के पश्चात् वट वृक्ष की 108 प्रदक्षिणा लगाएँ। तीन सौ दिन में 28,000 प्रदक्षिणा पूर्ण होने चाहिए। संतान-प्राप्ति अवश्य होगी।

किसी भी समस्या के समाधान के लिए प्रत्येक शनिवार को वट वृक्ष की जड़ों पर मीठा जल चढ़ाकर दीपक जलाएँ।

कालसर्प के दोष से बचने के लिए पलाश के फूलों को गौमूत्र में मिलाकर चूर्ण तैयार कर लें और उसे सुखाकर रख लें। हर बुधवार को स्नान के समय थोड़ा सा चूर्ण बाल्टी के पानी में मिला लें और उस पानी से स्नान करें। 'ॐ रां राहवे नमः' का जाप प्रतिदिन करें। यह क्रम 72 बुधवार करें।

व्रत एवं पूजा में फूलों का महत्त्व

देव पूजा में फूलों का बहुत महत्त्व है। सभी फूलों का नाम गिनाना कठिन है। अतः जो फूल रंग, रूप तथा सुगंध से युक्त हों, उन सभी फूलों को भगवान् को चढ़ाना चाहिए। नकली या प्लास्टिक के फूल कभी भी भगवान् को नहीं चढ़ाना चाहिए। फूल सदैव भगवान् के चरणों में अर्पित करें।

गणेशजी—तुलसी को छोड़कर सभी फूल चढ़ाना चाहिए। तीन पत्ती की 21 दूर्वा गणेशजी को चढ़ाना चाहिए।

देवी—अपमार्ग, लाल फूल, बेला, चमेली, श्वेत कमल, चंपा, कुंद, कनेर।

शिवजी—आक के फूल, बेलपत्र, शमी के पत्ते, कच्चा दूध, धतूरा, सफेद फूल।

विष्णुजी—तुलसी पत्र, लाल कनेर के फूल, कमल, चंपा, कुंद, पलाश के फूल, आक के फूल चढ़ाने से दस अशर्फियाँ चढ़ाने का फल प्राप्त होता है।

संसार में सुख-दुःख, हानि-लाभ, जीवन-मरण, दरिद्रता-संपन्नता आदि स्पष्ट रूप से दिखाई देते हैं। प्रत्येक मनुष्य के जीवन में कुछ क्षण ऐसे होते हैं, जब उसकी बुद्धि निर्मल और सात्त्विक रहती है तथा उन क्षणों में किए हुए कर्म शुभकामनाओं से समन्वित एवं पुण्यवर्धन करनेवाले होते हैं। यदि हम अपना समय परोपकारी, शुभ

कार्यों के निमित्त अर्पित करें तो इसका पुण्य हमें अवश्य प्राप्त होगा। व्यक्ति को श्रद्धा-भक्ति से जीवन-पर्यंत प्रतिदिन स्नान, ध्यान, व्रत, तप आदि नित्य कर्म नियमित रूप से करना चाहिए। इस तरह से अनगिनत व्रत हैं, जिन्हें अपनी मनोकामनाओं की पूर्ति के लिए रखा जा सकता है।

एक बार एक सज्जन ने मुझसे प्रश्न किया। कई बार किसी और को किसी के स्थान पर व्रत रखने को कहा जाता है, तो क्या इस तरह से मनोवांछित फल की प्राप्ति हो सकती है? प्रश्न बहुत गहरा था। किसी के स्थान पर किसी और के द्वारा रखे गए व्रत से फलों की प्राप्ति हो सकती है। कई बार किसी कारणवश जातक कुछ व्रत नहीं रख सकता। उसके स्थान पर पत्नी या पिता व्रत रखते हैं। जिस इनसान ने व्रत नहीं रखा तो उसे कैसे उस व्रत का फल मिलता है? जब भी कोई इनसान किसी के लिए व्रत रखता है तो वह व्रत पाठ-पूजा मंत्रों की शुरुआत यही सोचकर कर सकता है कि वह यह व्रत फलाँ-फलाँ व्यक्ति के लिए रख रहा है तो भगवान् उसे इस व्रत का फल दें। इसी आस्था और विश्वास के साथ वह व्रत का पालन करता है कि इस व्रत का फल उस व्यक्ति को जरूर मिले, जिसके लिए वह व्रत रख रहा है। इसलिए उस व्यक्ति का नाम और व्यक्ति की आस्था व प्रार्थना सब कार्य करती हैं—फलों की प्राप्ति के लिए।

उनका एक यह प्रश्न भी था कि व्रत के समय देवता को उसकी प्रिय वस्तुओं का भोग लगाया जाता है और खुद भी उससे संबंधित वस्तुएँ खाई जाती हैं। बृहस्पति के व्रत में खुद पीले चावल, पीले फल क्यों खाए जाते हैं? इन सब बातों के पीछे एक आध्यात्मिक तथ्य छुपा है। जब हम भगवान् को प्रसन्न करना चाहते हैं तो हमें सफलता तभी मिलती है, जब हम तन और मन से उसकी भक्ति में रँग जाएँ, उसके ही हो जाएँ। इसलिए जब व्रती व्रत रखता है तो वह अपने देवता को प्रसन्न करने के लिए उसका प्रिय भोजन उसे अर्पित करता है तथा उसके रंग में रँगने के लिए खुद भी उसका प्रिय भोजन ग्रहण करता है। इस तरह की आस्था, प्रेम, विश्वास ही व्रतों के फलों को सार्थक करते हैं। तो देरी किस बात की, व्रतों की तैयारी करें तथा अपने भगवान् को प्रसन्न करें।

□

व्रत रखने से पहले जरा सोचें

व्रत रखना गलत नहीं है, लेकिन जरा सोचो तो हम क्या कर रहे हैं? क्यों कर रहे हैं? क्या व्रतों का संबंध देवी-देवताओं से है? या हमारी मनोकामनाओं की पूर्ति से? या फिर इस आशा से कि आज नहीं तो कल, वैसे नहीं तो ऐसे, हमें सुख मिल ही जाएगा? इतना कुछ तो करके देखा है, चलो व्रत भी रखकर देख लें! हम सबकुछ करके देख लेना चाहते हैं, सिवाय इसके कि हम कुछ सोचना नहीं चाहते। चिंतन-मनन नहीं करना चाहते, इस बात पर गौर ही नहीं करना चाहते कि हम क्या और क्यों कर रहे हैं, बस किए जा रहे हैं।

शास्त्रानुसार हर व्रत का संबंध किसी-न-किसी देवी-देवता से है और हर देवी-देवता का संबंध सप्ताह के किसी-न-किसी वार से है। जब सभी दिन भगवान् के दिन हैं, हर पल भगवान् का पल है, वह सदा हर क्षण में हर कण में मौजूद है तो किसी खास दिन किसी खास देवी-देवता का व्रत ही क्यों? क्या खाना छोड़ने से, पूजा-अर्चना करने से ग्रहों को, चाँद-तारों को तथा देवी-देवताओं को पता चलता है, जो वह अपना लाभ पहुँचाने लग जाते हैं? यदि हाँ, तो इसका मतलब यह हुआ कि ये सब नुकसान भी पहुँचाते हैं, इनसान का बुरा भी चाहते हैं! और शास्त्र कहते हैं, यदि समय पर विधि अनुसार उपाय न किए जाएँ, व्रत-उपवास आदि न रखे जाएँ, तो और भी कष्ट एवं पीड़ा को सहन करना पड़ता है। सत्य क्या है? यह कहना मुश्किल है, क्योंकि आस-पास इतने तर्क हैं, इतना अंधविश्वास है, इतनी भ्रांतियाँ, इतना प्रकोप फैला हुआ है कि इनसान को लगता है—व्रत रख ही लिया जाए।

इनसान वैसे भी आशावादी है। जब व्रत-उपवास आदि न रखकर उसे कोई लाभ नहीं मिलता, तब वह यही सोचता है कि इन्हें भी रखकर देख लो, शायद

इनसे लाभ मिल जाएँ! शायद इनके रखने से बिगड़े काम बन जाएँ! कोई इस आस में व्रत रख रहा है तो कोई भगवान् एवं देवी-देवता के प्रकोप से बचने के लिए तो कोई एक दूसरे की देखा-देखी व्रत रख रहा है। सदियों से, युगों से धर्म के नाम पर व्रत-उपवास रखा जा रहा है, वह भी बिना सोचे-समझे कि यह क्या है ? क्यों है ? इनका लाभ क्या है ? आदि।

सच तो यह है कि इनसान इन सबके चक्कर में पड़ना भी नहीं चाहता, वह नहीं चाहता कि युगों पुरानी इस परंपरा को, इस रिवाज को तोड़ा जाए। बात पाप-पुण्य, सही-गलत, अच्छे-बुरे की नहीं है, बात सिर्फ आशा और सुख से जुड़ी है। जिस भी चीज से इनसान के सुखों की आशाएँ बँधती हैं—इनसान उनका बिना सोचे-समझे अनुकरण कर लेता है।

क्या जो लोग व्रत-उपवास आदि नहीं रखते, वह सभी लोग दु:खी हैं ? भगवान् उन पर अपनी कृपा बरसाने से मना कर देता है ? क्या उनके आँगन में सूर्य की किरणें नहीं पहुँचतीं ? क्या उनके खून का रंग बदल जाता है ? या फिर जो लोग नियमित तौर पर व्रत-उपवास आदि रखते हैं, वह सुखी और संतुष्ट होते हैं ? उनका मन साफ होता है ? उन्हें कोई कष्ट, कोई बीमारी आदि नहीं होती ? यदि यह सही है तो इसका अर्थ यह हुआ हमारा भगवान्, हमारे देवी-देवता न केवल सेवा एवं स्तुति के भूखे हैं, बल्कि पक्षपाती एवं स्वार्थी भी हैं। वह केवल उन्हीं की सुनते हैं, जो उनका व्रत-उपवास करते हैं, उनको कभी भोग तो कभी दान चढ़ाते हैं।

यह देवी-देवता के, भगवान् के लक्षण तो न हुए! यह तो आदमी की पहचान हुई, यानी कि चीज के बदले चीज! भगवान् तो सदा देता है, तभी तो वह 'दाता' कहलाता है। वह हर भेद-भाव, हर ऊँच-नीच से परे है। वह सबको देता है। बिना किसी लालच के, बिना किसी उम्मीद एवं इच्छा के देता।

देखा जाए तो बुरा कुछ भी नहीं, गलत कुछ भी नहीं है, सिवाय हमारी सोच के। और सोच भी यह कि हम जो कुछ कर रहे हैं, वह ठीक कर रहे हैं, वरना न व्रत रखना गलत है और न ही व्रत का न रखना गलत है। इस धरती पर जो कुछ है, जहाँ भी है, वह सब ठीक है, शुभ है, इनसान के हित के लिए है। यदि कहीं कोई अहित है, कष्ट है तो उसका जिम्मेदार खुद इनसान और उसकी नासमझी है।

एक तरह से व्रत-उपवास आदि रखना गलत नहीं, लेकिन इनका सही अर्थ

एवं महत्त्व तो पता हो। समस्या तो यह है, इनको रखने के पीछे इनसान की सोच, अज्ञानता, अंधविश्वास, मंशा, स्वार्थ, भय, होड़ और आडंबर आदि ऐसे तमाम कारण हैं, जो इनसान को सही मायने में भगवान् से मिलने नहीं देते और रुकावट बनकर सुख देने की बजाय कष्ट देने लगते हैं। इसलिए व्रत रखने से पहले जरा सोचें यह क्या, क्यों है ? तथा इन व्रतों में हम कहाँ हैं ?

□

तन का नहीं, मन का होता है व्रत

अधिकतर लोगों की नजर में व्रत का संबंध तन व तन से किए गए धार्मिक कर्मकांड एवं भोजन के त्याग से है। उनको लगता है कि मन भले ही कुछ भी करे, लेकिन तन कृत्यों द्वारा पूजा-अर्चना में अवश्य लगा होना चाहिए। इसलिए जो लोग ऐसा करते हैं, लोग उन्हें धार्मिक समझते हैं। न केवल लोग उन्हें धार्मिक समझते हैं, बल्कि समाज में उन्हें बड़े ही आदर एवं सात्त्विक भाव से देखा जाता है। इसके विपरीत जो लोग पूजा-अर्चना, व्रत-उपवास आदि नहीं करते, लोग उन्हें नास्तिक की श्रेणी में रखते हैं।

सभी की नजर में तन से किए गए कृत्यों का मूल्य है; क्योंकि तन से किए गए कार्य को देखना सरल है। फिर लोग इस झंझट में नहीं पड़ते कि किसके मन में क्या है ? किसमें भगवान् के प्रति कितनी श्रद्धा है ? आदि। उनका पूजा-पाठ, भजन-कीर्तन, व्रत-उपवास आदि उनको शरीफ या धार्मिक कहलाने के लिए काफी है। यही सोच और विश्वास इनसान को भटकाए हुए है। इस सोच के कारण न केवल इनसान स्वयं से अर्थात् भीतर बैठे वास्तविक परमात्मा से मिलने में चूक जाता है, बल्कि धर्म एवं अध्यात्म की गलत परिभाषा भी गढ़ लेता है।

सच तो यह है कि एक या कुछ दिनों की पूजा करने से, भजन-कीर्तन करने से, व्रत-उपवास द्वारा भोजन छोड़ने से कोई धार्मिक नहीं हो जाता और यदि हो भी जाता हो तो ऐसी धार्मिकता तब तक अधूरी है, जब तक मन साफ न हो; क्योंकि सारा खेल मन का है। मन से किए गए व्रत का ही महत्त्व है। मन का दान, मन का त्याग ही असली त्याग है, असली व्रत है, असली उपवास है। और मन के व्रत का अर्थ है—वासनाओं का त्याग, भीतर छिपे छल-कपट का त्याग, व्यसनों का त्याग-कुविचारों पर नियंत्रण, वाणी पर नियंत्रण आदि।

देखा जाए तो मन का गिर जाना, मन का रम जाना ही असली धार्मिकता के

लक्षण हैं तथा मन को तिरोहित करने का संकल्प ही असली व्रत है। लेकिन मन को किसने देखा है? और जो दिखता नहीं, लोग उसको मानते नहीं। मन को समझना, मन को देखना व मन से मुक्त हो जाना ही व्रत है।

व्रतों का संबंध केवल भोजन या संबंधित ईष्ट देवता की पूजा-अर्चना से ही नहीं है, बल्कि स्वयं के आत्मिक विकास एवं रूपांतरण से भी है। अमूमन व्रत को हम भोजन के त्याग से ही जोड़कर देखते हैं, लेकिन एक व्रत वाणी का भी होता है, जिसे 'मौन व्रत' कहा जाता है। कामवासना का व्रत भी होता है, जिसे 'ब्रह्मचर्य व्रत' कहते हैं। ऐसे कई व्रत हैं, जिन्हें संकल्प के साथ रखा जाता है; परंतु भोजन को त्यागा नहीं जाता। जो मात्र दिनों के लिए नहीं, महीनों एवं वर्षों के लिए भी रखे जाते हैं। ऐसे व्रतों का उद्देश्य किसी देवी-देवता को प्रसन्न करना या दु:खों से मुक्ति पाना नहीं होता, बल्कि स्वयं को नियंत्रित, संयमित, संयोजित एवं संतुलित करना होता है। ऐसे व्रत हमारी आत्मा के उत्थान के लिए होते हैं, हमारे भीतर आध्यात्मिक गुणों का विकास करने के लिए होते हैं।

सच तो यह है मौन एवं नियंत्रण हर व्रत का एक अहम हिस्सा है। लेकिन आज लोग व्रत तो रखते हैं, लेकिन दिन भर बोलते रहते हैं, एक-दूसरे की चुगली करते रहते हैं। उनकी वासनाएँ ज्यों-की-त्यों बनी रहती हैं। मन क्रोध, लोभ, मोह, माया, आलस्य आदि से घिरा रहता है। इन सबकी कोई चिंता नहीं करता। सब सदा एक ही बात की चिंता करते हैं कि भूल से कहीं दिन में कुछ खा न लें! समय पर पूजा-अर्चना हो, समय पर व्रत खुले आदि।

आज व्रत-उपवास का वास्तविक महत्त्व व अर्थ इसलिए लुप्त होता जा रहा है, क्योंकि लोगों ने व्रत को भोजन के त्याग एवं मूर्तिपूजा आदि के साथ ही परिभाषित कर दिया है। उनका मन कहीं है और तन कहीं। दोनों में कोई तालमेल नहीं। यदि तन के साथ मन भी व्रत में शामिल हो जाए तो व्रत को रखने का कोई लाभ है, अन्यथा मात्र तन से किया गया व्रत एक आडंबर है, जो सिर्फ अंधविश्वास ही बढ़ाता है। □

व्रत-उपवास का बिगड़ता स्वरूप

क्या हमारे जीवन में ऐसा कोई व्रत है, जब हम कह सकें कि हम एक दिन के लिए गुस्सा छोड़ देंगे, किसी की निंदा या चुगली नहीं करेंगे या फिर हम वाट्सअप-फेसबुक या मोबाइल के बिना खुद को एक दिन रखेंगे? शायद नहीं। खाना छोड़ना आसान है, मंदिर जाना, माथा टेकना आसान है, इसलिए हम इतने भर को करके समझ लेते हैं कि वह नीली छतरीवाला खुश हो जाएगा और हमारा भाग्य बदल जाएगा, जबकि बात कुछ और है। व्रतों के बदलते व बिगड़ते स्वरूप को बता रहे हैं।

—शशिकांत 'सदैव'

जब भी व्रत-उपवास का जिक्र उठता है तो मन में सबसे पहले खयाल आता है कि हमें खाना नहीं खाना है, फिर मंदिर जाना है, पूजा-अर्चना करनी है, दान-पुण्य आदि करना है और शाम को भगवान् को पकवानों का भोग लगाना है और फिर स्वयं का पेट भरना है। यों तो व्रत-उपवास का सीधा संबंध धर्म से व उससे जुड़ी श्रद्धा-आस्था से है। कुछ लोग अपने इष्ट को मनाने, प्रसन्न करने व मनोकामनाओं को पूर्ण करने के लिए व्रत रखते हैं तो कुछ लोग संबंधित धार्मिक परंपराओं के चलते चले आ रहे व्रतों को इसलिए रखते हैं कि यदि वह व्रत नहीं रखेंगे तो उनका भगवान् उनसे नाराज हो जाएगा। कुछ ऐसे भी हैं, जो स्वास्थ्य की दृष्टि से भी व्रत रखते हैं, यानी एक दिन का अन्न त्याग कर देते हैं, ताकि पेट की पाचन क्रिया को सही किया जा सके।

व्रत-उपवास का वास्तविक अर्थ

बहरहाल, यदि हम शब्दों की गहराई की बात करें तो 'व्रत' शब्द का अर्थ

होता है—दृढ़ता या किसी अच्छी चीज पर अडिगता, किसी अच्छे कार्य का प्रण करना तथा 'उपवास' का अर्थ होता है, हमसे जो ऊपर है, यानी परमात्मा उसके पास वास करना। उसकी याद में, ध्यान में इतना रम जाना, खो जाना कि खाने-पीने का भी होश न रहे। हम अपने तल से ऊपर उठकर उस परम के इतने निकट हो जाएँ कि अपनी कोई माँग या इच्छा ही न बचे। ऐसी अवस्था को कहते हैं—उपवास। परंतु हम खाना तो छोड़ देते हैं, पर मन, वचन और विचारों के व्रत पर कोई ध्यान नहीं देते। हमारा व्रत मात्र एक धार्मिक क्रिया या कर्मकांड बनकर रह जाता है। व्रत के एक दिन पहले ही हम तय करना शुरू कर देते हैं कि आज रात डटकर खा लो, कल दिन भर तो हमें कुछ नहीं खाना है। कल मंदिर जाना है, पूजा करनी है, दान देना है, पर एक बार भी यह नहीं सोचते या इस बात का प्रण करने की कोशिश नहीं करते कि कल हम कम-से-कम बोलेंगे, मौन रहेंगे, गुस्सा नहीं करेंगे, किसी की बुराई या चुगली इत्यादि नहीं करेंगे, झूठ नहीं बोलेंगे आदि। क्या इस तरह का व्रत हम कभी हफ्ते में तो क्या साल में एक बार भी कभी लेते हैं? शायद नहीं! जबकि हमारे यहाँ सप्ताह के सातों दिन किसी-न-किसी देवी-देवता के व्रत रखने का चलन है।

खाना छोड़ सकते हैं, मोबाइल नहीं

हैरानी की बात तो यह है हम जिस देवी-देवता के लिए व्रत रखते हैं, उस दिन अपना काम, दुकान, टी.वी., मोबाइल, सोशल नेटवर्किंग साइट्स आदि किसी का त्याग नहीं करते। बस सुबह-शाम की पूजा करके मान बैठते हैं कि हो गया सब! मन पूरे दिन संसार में, संसार की रोजमर्रा की गतिविधियों में ज्यों-का-त्यों ही उलझा रहता है। सच तो यह है कि आज एक दिन का खाना छोड़ना आसान है, पर बिना मोबाइल के रहना असंभव है।

क्या व्रत के दिनों में हम कभी मूल्यांकन करते हैं कि जिस-जिस चीज के हम गुलाम हैं, आदी हैं, उनसे मुक्त होने का प्रण करेंगे? शायद नहीं। हम खाना का त्याग करके, मंदिर में माथा टेककर ही खुश हो जाते हैं और सोच बैठते हैं कि भगवान् खुश हो जाएगा और हमारा भाग्य बदल जाएगा। सच तो यह है, आदमी ने छोड़ना कभी कुछ सीखा ही नहीं। उसका दिमाग छोड़ने की नहीं और पाने की होड़ से भरा है। वह सदा पाना ही चाहता है। यह व्रत-उपवास, कर्मकांड आदि भी उसके पाने की लालसाओं को ही दरशाते हैं। यह प्रतीक है कि आदमी त्याग की भाषा जानता ही नहीं है। इसलिए व्रतों में भी अपने चढ़ाए गए प्रसाद या चढ़ावे को

याद रखता है तथा उनका हवाला देकर अपनी मनोकामनाओं को आगे करता है।

कहने को व्रत पर पकवानों का सेवन

यह जो हम बार-बार कहते हैं कि व्रत में हम खाना छोड़ते हैं, भोजन का त्याग करते…क्या हम सच में खाना छोड़ते हैं? शायद नहीं। सच तो यह है व्रत के दिनों में हम और दिनों से अधिक पौष्टिक और स्वादिष्ट भोजन करते हैं। आम दिन भले ही हम फल-सलाद खाएँ न खाएँ, बादाम-काजू खाएँ न खाएँ, जूस-नारियल पानी आदि न पिएँ, परंतु व्रत में जरूर खाते-पीते हैं—सच तो यह है, वैसे हम दिन में तीन बार भोजन करते हैं, पर व्रत में दिन भर खाते हैं। व्रत की नमकीन, व्रत के लड्डू, व्रत के चिप्स, व्रत की मिठाई, व्रत के चावल, व्रत का आटा, व्रत का नमक, व्रत के आलू…व्रत के नाम पर सबकुछ मिलता है। बाकायदा दुकानें सजती हैं। सच तो यह है, न केवल दुकानें सजती हैं, घर में भोग एवं प्रसाद के नाम पर विशेष व्यंजन बनते हैं, जो कहने को भले ही सादा, बिना लहसुन-प्याज का खाना होता है, परंतु पूरी तरह घी-तेल में डूबा होता है। चाशनी में डूबे, मेवों से लैस पकवान, मिठाई व खीर-हलवे से व्रत खोला जाता है। और फिर हम कहते हैं कि हम व्रत में खाना नहीं खाते!

नवरात्रों में तो लोग नौ-नौ दिनों के व्रत रखते हैं, यानी कहने को वह नौ दिन खाना नहीं खाते, परंतु नौ दिनों तक वह विशिष्ट भोजन खाते हैं। हाँ, इनमें कुछ ऐसे लोग भी होते हैं, जो प्रतिदिन मात्र लौंग के दो जोड़ों पर रहकर नौ दिनों तक व्रत रखते हैं। व्रत एक दिन का हो या नौ दिन का या फिर रोजों के रूप में महीने भर का, यदि हम दिन भर भोजन का त्याग करते हैं तो उस त्यागे हुए भोजन का क्या करते हैं? यानी जितनी बार, जितने दिन हम खाना नहीं खाते हैं, क्या उतने वक्त का खाना हम किसी जरूरतमंद को देते हैं? नहीं। खाना त्यागने से कौन सा भगवान्, कैसे, कितना और कब खुश होगा तथा इससे हमको कब और कितनी दुआएँ मिलेंगी, मुझे नहीं पता, न ही यह पता है कि मंदिरों में चढ़ाए गए फल-फूल, घी-दूध, तेल-शहद व भोजन आदि भगवान् कितना खाते होंगे, पर एक बात मैं दावे से कहता हूँ कि यही भोजन किसी जरूरतमंद को खिलाएँ तो न केवल उसका पेट भरेगा, बल्कि वह दुआएँ भी देगा। इसलिए हमें चाहिए कि जब भी हम व्रत के जरिए अपने अन्न का त्याग करें तो उतने दिनों का त्यागा हुआ अन्न, किसी जरूरतमंद को अवश्य दें, जो कि हम नहीं करते हैं।

व्रत के नाम पर अन्न का तिरस्कार

यों तो हिंदू धर्म में व्रतोपवास बारह महीने चलते हैं, परंतु नौ दिनों तक चलनेवाले नवरात्रों के व्रतों का अपना विशेष महत्त्व है और वह इसलिए नहीं कि यह नौ दिनों तक रखे जाते हैं, बल्कि यह साल में दो बार मनाए जाते हैं तथा इस व्रत का समापन अष्टमी-नवमी के रूप में कन्या पूजन के साथ बड़ी धूमधाम से मनाया जाता है।

अष्टमी-नवमी के दिन माता के भक्त अपने व्रत एवं पूजा को सार्थक अंजाम देने के लिए गली-मोहल्लों में कन्याओं को ढूँढ़ते नजर आते हैं। शायद यही वे दिन होते हैं, जिसमें मैंने समाज को लड़कियों की जरूरत महसूस होते हुए देखा है, वरना देवी की पूजा करनेवाले देश में लड़कियों को कितना सम्मान मिलता है, यह मुझे बताने की जरूरत नहीं। जन्म से ही बोझ समझी जानेवाली लड़कियाँ अष्टमी-नवमी के दिन पूजनीय बन जाती हैं और फिर तीसरे दिन किसी बच्ची की हत्या या उसके साथ रेप की घटना अखबार व टी.वी. चैनलों में शीर्ष पर आने के लिए खड़ी होती हैं।

बहरहाल, कन्या पूजनेवाले घर अधिक होते हैं, कन्याएँ कम। लोग कन्याओं को पूज-पूजकर उन्हें प्रसाद देते रहते हैं। व्रतों के नाम पर हलवा, पूड़ी, चने का वितरण इतना ज्यादा होता है कि बचता और फिंकता है। अष्टमी और नवमी के अगले दिन आप सड़क, पार्क या पुलिया पर तथाकथित प्रसाद के ढेर को सरलता से फैला देख सकते हैं। जो बताता है कि गाएँ भी खाकर थक गई हैं, अब उन्हें भी नहीं खाना है। क्या व्रत के नाम पर यह अन्न का निरादर नहीं है ?

क्या ऐसे व्रत से भगवान् खुश होते होंगे ? कभी आपने सोचा है कि दस लाख लोग, यदि अपने नौ दिनों का अन्न बचाकर बाँटें तो कितने घरों के लोगों का भला होगा ? शायद नहीं, पर सोचिएगा जरूर।

नवरात्र का व्रत स्त्री-शक्ति को व उसके महत्त्व को पहचानने का व्रत है। जीवन में उसके योगदान को समझने का व्रत है। यदि हमारी आखों में स्त्री के प्रति सम्मान नहीं तो हमें ऐसे व्रतों को रखने का अधिकार नहीं। व्रत से ज्यादा हमें स्त्री व अन्न को महत्त्व देना होगा। इन दोनों के सम्मान के बिना व्रतों का, विशेषतौर पर नवरात्रों के व्रतों का कोई महत्त्व नहीं है।

मैं व्रत-उपवास के खिलाफ नहीं हूँ, बस सही व्रत एवं उपवास के पक्ष में हूँ।

जिन पर्वों का शाब्दिक अर्थ तक हमें मालूम नहीं, उनके गूढ़ अर्थ को जानना तो और मुश्किल है। इसलिए हमें व्रतों के धार्मिक, आध्यात्मिक एवं वैज्ञानिक अर्थों के साथ-साथ इनके व्यावहारिक पक्ष को भी समझने की जरूरत है, तभी इनको रखने व मनाने का कुछ महत्त्व है। असली व्रत वही है, जिससे स्वयं का तो भला हो ही, साथ ही दूसरे का, समाज व राष्ट्र का भी भला हो।

□

भारतीय संस्कृति में व्रती जीवन

पौराणिक जनजीवन में व्रतों-नियमों का जितना महत्त्व वर्णित है, उसे देखकर लगता है कि धर्ममूलक भारतीय संस्कृति ने निश्चित ही भारतवर्ष के मनुष्यों में एक सकारात्मक आस्था भाव (मानवता) जगाने के साथ जीवन-मूल्यों की रक्षा की है। व्रती जीवन पर आधारित हमारी संस्कृति में इसी को सबसे बड़ा जीवन-मूल्य माना गया है। अत: व्रतों की वास्तविक धारणा और उनके व्यापक अर्थ-अभिप्राय को समझने हेतु हमें पौराणिक जीवन की घटनाओं की तह तक जाना अनिवार्य है। वनवास काल में जब मर्यादा पुरुषोत्तम श्रीराम ने वनवासियों के व्रत नियमों, धर्मों का पालन करना प्रारंभ किया तो इस दृष्टि से उन्होंने दुर्गम वनों में बने तपोवनों में निवास करनेवाले मुनियों-तपस्वियों को भी आश्चर्य में डाल दिया। वस्तुत: ऐसी कठोर चर्या का पालन कोई साधारण मानव नहीं कर सकता है।

तेरह वर्षों के वनवास गमन में युधिष्ठिर ने अपने पुरोहित ऋषिवर धौम्य से कहा, "हे गुरु! वनवास का मार्ग अपनाकर द्यूतक्रीड़ा में वचनानुसार हमें तेरह वर्ष वन में ही व्यतीत करने हैं। अत: हे ऋषिवर! हमें वनवासोचित व्रत-धर्म का उपदेश करें।"

युधिष्ठिर के यह पूछने पर उनके पुरोहित धौम्य मुनि बोले, "हे पांडुपुत्र युधिष्ठिर! तुम अपने भ्राताओं में सबसे बड़े और धर्म तत्त्व को जाननेवाले धर्मज्ञानी हो। तथापि तुमने धर्मानुसार वनवास के नियम धर्म का परिचय जानना चाहा है, अत: ध्यान से सुनो। हे वत्स! व्रत और उपवास दोनों की विधि और पालन में अंतर है। व्रत साक्षात् एक तपस्या है। तुम्हारे महात्मा व्रती पूर्वजों ने संपूर्ण पृथ्वी का समय-समय पर जिस दृढ़ निष्ठा से पालन किया है, उसमें उनके व्रती जीवन का ही योग रहा है। उपवास व्रत की सहायक एक दैनिक, साप्ताहिक, मासिक योग क्रिया है, जिससे किसी भी पालनीय व्रत को और बल ही मिलता है। इस प्रकार पुरोहित धौम्य ने विस्तार से पांडवों को समयानुरूप व्यवहार का ज्ञान देकर कृतार्थ किया।

वस्तुत: भारतीय ऋषि-मुनियों ने तो अपने जीवन में व्रतों की महत्ता मानी ही है, सामान्य जनों, राजर्षियों, इंद्र, राजाओं ने भी इस परंपरा से अपने जीवन को प्रेरणादायी बनाया है। ऋषि जीवन में धर्मतत्त्व के किसी एक नियम का दृढ़ता से पालन करना व्रत कहा गया है। वैदिक, पौराणिक भारत के प्राचीन इतिहास में ऐसे अनेक पवित्र व्रतों का भिन्न-भिन्न आख्यानों-कथाओं के माध्यम से ज्ञान होता है, जैसे—सत्य-पालन का व्रत, ब्रह्मचर्य व्रत, क्षमा व्रत, इंद्रियदमन, अस्तेय व्रत, शौच व्रत, यज्ञकर्म व्रत, तपश्चर्या व्रत आदि। व्रत संन्यास व्रत, सेवा व्रत, त्याग व्रत, परोपकार व्रत आदि। सभी व्रतों में बड़ा है धर्मव्रत, जिसमें सारे एकाकी व्रतों की आचार धारणा समाविष्ट हो जाती है।

भारतीय संस्कृति में व्रत का आचरण समाज जीवन के सभी रूपों में रहा है। प्रत्येक व्रत के नियम में स्वयं को भौतिक कार्यों से तपाना महत्त्व रखता है। कितनी ही कठिनाई आए, सांसारिक बाधाएँ एवं संघर्ष आएँ, किंतु व्रत का दृढ़ता से पालन करना राजा और प्रजा के जन-जीवन में मुख्य धारणा रही है। उदाहरण के लिए हरिश्चंद्र जैसे राजर्षि अपने सत्यादि व्रतों के लिए लोक विख्यात रहे हैं। ब्रह्मा के मानसपुत्रों—सनक, सनंदन, सनातन, सनत्कुमार और नारद तथा परशुराम, भीष्म, हनुमान के ब्रह्मचर्यव्रत जग-विख्यात हैं। कपोत की रक्षार्थ स्वयं का मांस दे देनेवाले शिवि और कवच-कुंडल भी दान में दे देनेवाले कर्ण के प्रसंगों में क्षत्रियों के रक्षाव्रत और दानव्रतों के उदाहरण मिलते हैं। ऋषि-मुनियों द्वारा पालित कुछ व्रत, जैसे—मौनव्रत, वानप्रस्थ, अहिंसा, चातुर्मास, पारायण, दक्षिणायंत व्रत आदि भी ऐसे व्रत रहे हैं, जिनका पालन मृत्यु समय तक भी दृढ़ता से किया गया। ध्यान रखने की यह बात है कि व्रतों का मुख्य प्रयोजन काम, क्रोध, लोभ, मोहादि पर विजय पाते ही धैर्य और संतोष के साथ मुख्य नियम में दृढ़ रहकर आत्मभाव में स्थिर होना है। जीवन के उत्तरार्ध में किए जानेवाले इन व्रतों में इसी कारण वैराग्य की महत्ता स्वीकार की गई है। यह वैराग्यभाव ही मोक्ष मार्ग का प्रथम द्वार है।

इसी प्रकार समाज में भिन्न-भिन्न अधिकारी-कर्मचारी, विद्यार्थी, अध्यापक, पति-पत्नी, सबके अपने व्रत हैं। जैसे अधिकारी में दायित्व को समझना, कर्मचारी में कर्तव्य, विद्यार्थी में स्वाध्याय, अध्यापक में अध्यापन, पति में पत्नी-रक्षण, पत्नी में पातिव्रत्य आदि उन सबके अपने-अपने व्रत भारतीय संस्कृति में निर्धारित रहे हैं। हमारी संस्कृति के इस जीवन-मूल्य (व्रतीजीवन) की शिक्षा का अपने आचार-विचार में पालन होने पर ही हम भारतीय लोग विश्व को फिर से चरित्र, संस्कार और जीवन

जीने की कला का ज्ञान दे सकते हैं। भारत के विश्व गुरुत्व का प्रमुख कारण हमारा सर्वश्रेष्ठ जीवन-मूल्य एवं व्रती जीवन ही रहा है।

व्रत स्वभाव को सुधारता है

'चित्त विभ्रमः' बोले, संसार किसको कहते बोले 'चित्त विभ्रमः' या तो मनोराज्यो या तो 'दिध्रस्वपन्मं' इती संसार रघुनंदन वसिष्ठ रामायण में ऐसा शब्द आया, ये 'चित्त विभ्रमह' हुआ है। महाराज ये स्वभाव बिगड़ गया है तो ये सत्संग, ये भजन, ये कीर्तन, ये मंत्र, ये व्रत जो आप कर रहे हैं, इसका केवल एक ही कारण है, आप अपने स्वभाव को सुधार रहे हो। यहाँ कोई नहीं ऐसा शरीरधारी जिसका स्वभाव बिगड़ा हुआ नहीं है और जिनका सुधर जाता है, वो स्वामी रामतीर्थ। 33 वर्ष की अवस्था में जब उनका सुधर गया, सुधर यानी बिगड़ा हुआ नहीं था। एक तुरीय अवस्था तक जब वे पहुँचे, कैवल्यपद तक जब वे पहुँचे, अशुद्धता जब उनके बुद्धि, शरीर में नहीं, तो पंच भौतिक शरीर जो है, यह आकाश, वायु, तेज, जल, पृथ्वी का बनाया हुआ, इसी में चैतन्य का परम चैतन्य तत्त्व जो है, वह निवास कर ही नहीं सकता, प्राण निकल गया। इसका फल यही होता है महाराज, और कुछ है ही नहीं, स्वभाव विजयो महाप्रभुजी कह रहे हैं—'शिक्षयतै, शाल्यते अनेन सह इति शिक्षा' इसको शिक्षा कही जाती है। 2 और 2=4 अरे भई! यह तो कुत्ते को भी पता है कि घर में आज रोटी मिली थी। 2 दिन पहले उस घर में नहीं मिली थी। आज वहाँ जाना, यहाँ नहीं जाना। यह तो कुत्ते को भी ज्ञान है। इसको ज्ञान नहीं कहा जाता। गुरु महाराज यही बुद्धि को सुधारेगा तो यहाँ सात्त्विक श्रद्धा धेनु सुहाई, जप, तप, व्रत, यम, नियम अपारा।

पत्थर के ऊपर यदि लगातार जल का प्रवाह होता ही रहे तो पत्थर भी अपना आकार बदल देगा। अपार का अर्थ यह ही है तू करते जा, करते जा, करते जा; ये जप, तप, व्रत, पाठ-पूजा का अर्थ तुम्हें परमात्मा मिल जाए, ये संभव ही नहीं है महाराज; क्योंकि परमात्मा की प्राप्ति अधिकार से नहीं, आग्रह से नहीं, अनुग्रह से होती है।

इसीलिए गोस्वामीजी ने शब्द लिख दिया—'अपाश'। जै श्रुति कह मुझ धर्म अचारा—ये आधी चौपाई लिखनी बहुत जरूरी थी 'जै श्रुति कह मुझ धर्म अचारा'। जप, तप, व्रत, पाठ-पूजा—इनमें मनमानी नहीं होनी चाहिए। आजकल वे लोग अपने-अपने मंत्र बना लेते हैं, अपनी रीत बना लेते हैं, मैं अभी-अभी चर्चा कर रहा था—सिद्धांत के हिसाब से होना चाहिए। जै श्रुति कह, ग्रह यानी जो आदेश मिला है,

श्रुति वेद का। मंत्र यदि शास्त्रसम्मत न हो, युक्ति-युक्त न हो और संत अनुमोदित न हो तो महाराज तुम निष्फल हो जाओगे। मंत्र जो है, युक्ति-युक्त होना चाहिए। संत अनुमोदित होना चाहिए। परंपरागत होना चाहिए। ईश्वर परमात्मा से प्रेरित होना चाहिए। जो मन चाहा, वे मंत्र ले लिया और आप जाप जपने लगे, ऐसा नहीं होगा। यम-नियम जो अपने चाहा, अपना लिया, ऐसे नहीं चलेगा। महाराज पतंजलि के आधार पर ही चलना पड़ेगा। मन का संयम-नियम कैसे किया जाता है—यम से बहिर्मुख शुद्धि होती है, नियम से अंतर्मुख की शुद्धि होती है। इसलिए यम-नियम बताया गया। यदि जीवन में यम-नियम नहीं तो जीवन का कोई सार नहीं प्रभु! तो ये संयम, नियम, व्रत, पाठ, पूजा। ये श्रद्धा जब हमने तृण खाया शास्त्रसम्मत और जब दूध हो गया तो दूध को थन में से बहाने के लिए बछड़ा चाहिए। 'भाव बच्छ सिसु पाइ पेन्हाई' भाव रूपी बछड़ा होना चाहिए। व्रतराज में हमको यही बताया कि परमात्मा कोई शब्द में, कोई पत्थर में, कोई तीर्थ में, कोई मूर्ति में नहीं है। 'भाव ही विध्यते देवो तस्मात भाव कारणम्' भाव है तो देव है। भाव नहीं तो कुछ नहीं महाराज! ये हमारे सज्जन लोग वैष्णव जो हैं न, ब्रह्म संबंध लेने के बाद ठाकुरजी की सेवा करते हैं। ठाकुरजी ये भाव है, जो ठाकुरजी हैं। नहीं तो सब पीतल की मूर्ति हैं। महाराज जैसे चाहा जल लेकर उनको स्नान करा दिया। मनचाहा वो पहना दिया। आपने कभी पूछा, ठाकुरजी, आज तेरे को नीला पहनाऊँ या पीला पहनाऊँ? गुलाबी पहनाऊँ या केसरिया पहनाऊँ? आपने पूछा उनसे, बिना पूछे जो चाहा पहना दिया।

तू काहे को चिंता कर रहा है, विश्वासरूपी पात्र चाहिए, जिसमें यह दूध आनेवाला है। व्रत सफल होनेवाला है।

व्रत के नियम

- व्रत करनेवाले व्यक्ति को क्रोध, लोभ, मोह, आलस्य, चोरी, ईर्ष्या आदि नहीं करना चाहिए। व्रती को क्षमा, दया, दान, शौच, इंद्रिय निग्रह, देव पूजा, अग्निहोत्र और संतोष से काम करना उचित और आवश्यक है।
- व्रत के समय बार-बार जल पीने, दिन में सोने, तांबूल चबाने और स्त्री-सहवास करने से व्रत बिगड़ जाता है।
- जल, फल, फूल, दूध, दही, औषधि के सेवन और गुरु (पूज्य जनों) के वचन—इनसे व्रत नहीं बिगड़ता।

होमावशिष्ट खीर, सत्तू (भुने हुए जौ का चूर्ण), जौ, शाक (तोरई, ककड़ी,

मेथी आदि), गो दुग्ध, दही, घी, मूल, आम, नारंगी और कदली फल (केला) व्रत में खाने योग्य हैं।

- व्रत में गंध, पुष्प, माला, शुभ्र, स्वच्छ वस्त्र धारण करने चाहिए। सौभाग्यवती स्त्रियों को विष्णु धर्म के अनुसार व्रत-पूजाओं में लाल वस्त्र धारण करने चाहिए।
- व्रत करनेवाले व्यक्ति के लिए आचमन करना आवश्यक है। नहाते-धोते, खाते-पीते, सोते, छींक लेते समय और गलियों में घूमकर आने पर यदि आचमन किया हुआ हो तो भी दुबारा करना आवश्यक है। यदि जल न मिले तो दक्षिण कर्ण का स्पर्श कर लें। हाथ के पोरुओं को बराबर करके हाथ को गौ के कान जैसा बनाकर आचमन करें।
- अधोवायु (अपाश्वाक) के निकल जाने, रोने, क्रोध करने, बिल्ली और चूहे से छू जाने के बाद, जोर से हँसने और झूठ बोलने पर जल स्पर्श करना आवश्यक होता है।
- बहुत दिनों में समाप्त होनेवाले व्रत का पहले संकल्प कर लिया हो तो उसमें जन्म और मरण का सूतक नहीं लगता। व्रतों में अशौच आने पर व्रत करते रहें, दान और पूजा न करें।
- बड़े व्रतों का प्रारंभ करने पर स्त्री रजस्वला हो जाए, तो उससे भी व्रत में कोई बाधा नहीं आती।
- व्रत में, तीर्थयात्रा में, अध्ययन काल में तथा श्राद्ध में दूसरे का अन्न लेने से, जिसका अन्न होता है, उसी को पुण्य प्राप्त होता है।
- किसी विपत्ति, रोग अथवा यात्रा के कारण धर्म-कर्म अपने से न हो सके तो वायु पुराण के अनुसार पति, पत्नी, ज्येष्ठ पुत्र, पुरोहित, भाई अथवा मित्र को अपना प्रतिनिधि बनाकर उससे कराया जा सकता है। यदि इनमें से कोई उपलब्ध न हो तो यह काम ब्राह्मण से कराया जा सकता है।

व्रत किस प्रकार करें

मनुष्यों के हित के लिए महर्षियों ने अनेक साधन बताए हैं। उनमें एक साधन व्रत भी है।

मनुष्य जीवन को सफल बनाने में व्रत की बड़ी महिमा मानी गई है। देवल के अनुसार व्रत और उपवास के नियम पालन से शरीर को तपाना ही तप है।

व्रत में भोजन किया जा सकता है। उपवास में निराहार रहना पड़ता है। इनके कायिकादि तीन भेद हैं—

- शस्त्राघात, मर्माघात और कार्य हानि आदि जनित हिंसा के त्याग से कायिक।
- सत्य बोलने और प्राणिमात्र से निर्वैर रहने से वाचिक।
- मन को शांत रखने की दृढ़ता से मानसिक व्रत होता है।

प्रयोजन सिद्धि के लिए तीन भेद

- पुण्य-संचय के लिए एकादशी आदि 'नित्य व्रत' कहलाते हैं।
- पाप-क्षय के निमित्त चांद्रायणादि 'नैमित्तिक व्रत' कहलाते हैं।
- सुख-सौभाग्यादि के वट सावित्री आदि 'काम्य व्रत' माने जाते हैं।

□

व्रतों के भेद

वैदिक काल में व्रत आत्मिक उन्नति के साधन थे। उपनिषद् काल में यही स्थिति रही, किंतु पौराणिक युग में व्रत मनोकामना या मनोवांछित फल पाने का माध्यम बन गए और साथ-साथ कई कथाएँ भी इनमें जुड़ती गईं, जो पाप से विमुक्त कर पुण्य-प्राप्ति का मार्ग दिखाती थीं। कालांतर में ये कथाएँ व्रत में अभिन्न रूप से पढ़ी जाने लगीं। विभिन्न कालों के अध्ययन उपरांत व्रतोपवास 11 प्रकार के माने गए हैं—

1. **कायिक**—शस्त्राघात, मर्माघात और कार्य हानि से उत्पन्न हिंसा को त्यागने को कायिक व्रत कहते हैं।
2. **वाचिक**—सत्य बोलने और प्राणिमात्र के हितार्थ मृदुभाषी बनने तथा कटु वाणी, निंदा आदि का त्याग वाचिक व्रत कहलाता है।
3. **मानसिक**—समस्त प्राणियों के प्रति वैमनस्य भाव को त्यागकर मन को शांत करने की दृढ़ता से किया व्रत मानसिक व्रत कहलाता है।
4. **नित्य व्रत**—जिस व्रत का पालन करना हमेशा के लिए आवश्यक है और जिसके न करने से मनुष्य दोषी होता है, वह नित्य व्रत कहलाता है। सत्य वचन बोलना, पवित्र रहना, इंद्रियों पर नियंत्रण करना, क्रोध न करना, अश्लील भाषण न करना, परनिंदा न करना आदि। पुण्य-संयम के साथ एकादशी व्रत नित्यव्रत के अंतर्गत आता है। उसमें किसी कामना का समावेश नहीं होता है, वरन् भक्ति एवं प्रेम महत्त्व रखते हैं।
5. **नैमित्तिक**—किसी प्रकार के पातक हो जाने पर या अन्य किसी प्रकार के निमित्त के उपस्थित होने पर पापक्षय के उद्देश्य से चांद्रायण कृच्छ प्रभृति जो व्रत होते हैं, नैमित्तिक व्रत कहे जाते हैं।
6. **काम्य व्रत**—किसी कामना विशेष से प्रोत्साहित होकर किए जानेवाले व्रत काम्य व्रत कहलाते हैं, जैसे कि पुत्र-प्राप्ति के लिए राजा दिलीप ने

काम्य व्रत किया था। वट सावित्री एवं करवाचौथ भी काम्य व्रत की श्रेणी में आते हैं।

उल्लेखनीय है कि नित्य व्रत, नैमित्तिक और काम्य व्रत में द्रव्य विशेष के भोजन और पूजन आदि की साधना के द्वारा साध्य व्रत 'प्रवृत्तिरूपी' होते हैं, जबकि केवल उपासना करने के द्वारा साध्य व्रत 'निवृत्तिरूपी' होते हैं। इन्हें विधिपूर्वक करने से यथोचित फल मिलता है।

7. **एकभुक्त व्रत**—एकभुक्त व्रत के तीन अन्य भेद हैं—
   - दिन या आधा दिन व्यतीत होने पर स्वतंत्र एकभुक्त व्रत होता है।
   - मध्याह्न या दोपहर में 'अन्योग' किया जाता है।
   - प्रतिनिधि एकभुक्त व्रत समयानुसार आगे-पीछे भी किया जा सकता है।
8. **नक्त व्रत**—यह व्रत प्राय: रात्रि में किया जाता है। खास बात है कि गृहस्थ इसे रात्रि होने पर करते हैं, जबकि संन्यासी एवं विधवा सूर्यास्त से पहले करते हैं।
9. **अयाचित**—इस व्रत में बिना माँगे जो कुछ मिले, उसे निषेध काल में बचाकर रखना और दिन या रात्रि में जब भी अवसर मिले, तभी केवल एक बार ग्रहण करना अयाचित व्रत कहा जाता है।
10. **मितभुक्व्रत**—मितभुक्व्रत में एक निश्चित मात्रा में (जैसे दस ग्रास) भोजन किया जाता है। उल्लेखनीय है कि अयाचित एवं मितभुक्व्रत परम सिद्धि प्रदान करनेवाले होते हैं।
11. **चांद्रायण**—चंद्रदेव को प्रसन्न कर, चंद्रलोक की प्राप्ति और पापों से निवृत्त होने के लिए यह व्रत किया जाता है।

इस व्रत में अन्न यानी आहार की मात्रा चंद्र कला के बढ़ने और घटने के आधार पर बढ़ती-घटती रहती है, जैसे—शुक्ल पक्ष की प्रतिपदा को 1, द्वितीय को 2...इसी आधार पर पूर्णिमा तक 15 ग्रास भोजन करते हैं और फिर कृष्णपक्ष की प्रतिपदा को 1 ग्रास कम कर 14, द्वितीया को 13...आदि। इसी क्रम में ग्रासों की संख्या कम करते जाते हैं और अमावस्या को निराहार रहने से चांद्रायण होता है। यह यवमध्य चांद्रायण कहलाता है।

12. **प्राजापत्य**—12 दिनों के इस व्रत के आरंभ के पहले 3 दिनों में प्रतिदिन जितना मुँह में आए, उतना ही '22 ग्रास' भोजन करते हैं। अगले 3 दिन तक 26 ग्रास, तत्पश्चात् 3 दिन तक पूरी तरह पकाए हुए अन्न से 24

ग्रास भोजन ग्रहण करते हैं और उसके बाद 3 दिन तक निराहार रहते हैं।

इनके अलावा भी कई प्रकार से व्रतों का वर्गीकरण किया गया है। कुछ व्रत केवल पुरुषों के लिए हैं, जैसे—श्रावण शुक्ल पूर्णिमा, हस्त या श्रवण नक्षत्र में लिया जानेवाला उपाकर्म व्रत, तो भाद्रपद शुक्ल तृतीया को आचरणीय हरितालिका व्रत केवल स्त्रियों के लिए होता है। जबकि एकादशी व्रत दोनों कर सकते हैं।

इसी तरह समय, मास, ऋतु, तिथि, वार, नक्षत्र, योग, वरण एवं भक्ति के आधार पर भी व्रतों का वर्गीकरण किया जा सकता है, जैसे—महाव्रत 16 वर्ष, वेदव्रत व ध्वजव्रत 12 वर्ष, पंचमहाभूत व्रत, संतानाष्टमी व्रत, शक्रव्रत, शीला-वाप्ति व्रत एक वर्ष में पूरे होते हैं। सत्यनारायण व्रत कभी भी किया जा सकता है।

बसंत ऋतु में अरुंधती व्रत होता है। चैत्र मास में वत्सराधिपव्रत, वैशाख में स्कंदषष्ठीव्रत, ज्येष्ठ मास में निर्जला एकादशी, आषाढ़ में हरिशयन, श्रावण में उपाकर्म, भाद्रपद में हरितालिका, आश्विन में नवरात्र, कार्तिक में गोपाष्टमी, मार्गशीर्ष में भैरवाष्टमी, पौष में मार्तंड, माघ में षट्तिला और फाल्गुन मास में महाशिवरात्रि व्रत होता है।

महालक्ष्मी व्रत भाद्रपद शुक्ल अष्टमी को प्रारंभ होकर 16 दिनों में पूरा होता है। प्रत्येक संक्रांति को मेष संक्रांति के दिन 'सुजन्मावाप्ति व्रत' होता है।

तिथि आधारित व्रतों में एकादशी व्रत, वार आधारित व्रतों में रविवार को सूर्य व्रत, नक्षत्रों में अश्विनी नक्षत्र में शिव व्रत, योगों में विष्कुंभ योग में घृतदान व्रत तथा करणों में नववरण में विष्णुव्रत किया जाता है।

संवत्सर, रामनवमी, कृष्णजन्माष्टमी, महाशिवरात्रि, दशावतार व्रत को 5 महाव्रत कहा गया है।

उपवास के प्रकार

उपवास के मुख्यत: 13 भेद माने गए हैं—

1. **प्रात: उपवास**—इस उपवास में दिन एवं रात्रि का भोजन किया जाता है, किंतु प्रात: नाश्ता नहीं किया जाता।
2. **एकाहारोपवास**—इस उपवास में दिन भर में केवल एक बार भोजन में सिर्फ एक ही चीज खाई जाती है।
3. **अर्द्धोपवास**—इस उपवास में पूरे दिन में सिर्फ एक ही बार भोजन करना होता है। रात को भोजन नहीं करते। इसे रात का उपवास भी कहा जाता है।

4. **रसोपवास**—इस उपवास में अन्न तथा फल आदि भारी पदार्थ नहीं खाए जाते, सिर्फ फलों का जूस या रस अथवा सब्जियों का जूस लिया जाता है। दूध भी नहीं पीना होता है, इसे ठोस पदार्थों में माना जाता है।
5. **दुग्धोपवास**—इस उपवास में केवल दिन में 2 या 3 बार दूध पिया जाता है। इसको 'दुग्धकल्प' भी कहा जाता है।
6. **फलोपवास**—इस उपवास के अंतर्गत कुछ दिनों तक केवल फलों और सब्जियों के रस का सेवन किया जाता है।
7. **पूर्णोपवास**—इस उपवास में बहुत सारे नियमों का पालन करना पड़ता है। इसमें सिर्फ शुद्ध और ताजे जल के अलावा कुछ भी सेवन नहीं किया जाता।
8. **लघु उपवास**—3 दिन से 7 दिन तक के पूर्णोपवास को 'लघु उपवास' कहा जाता है।
9. **मठोपवास**—इस उपवास में केवल मट्ठा पिया जाता है। उसमें भी घी एवं खट्टेपन की मात्रा कम होनी चाहिए। इसे दो माह तक किया जा सकता है।
10. **दीर्घ उपवास**—जब बहुत दिनों तक पूर्णोपवास किया जाता है, तो इसे दीर्घ उपवास कहा जाता है। इसे 21 दिनों से अधिक तक रखा जा सकता है।
11. **साप्ताहिक उपवास**—सप्ताह में एक बार पूर्णोपवास करना 'साप्ताहिक उपवास' कहलाता है।
12. **कठोर उपवास**—पूर्णोपवास का बहुत नियम एवं सख्ती के साथ उपवास रखना 'कठोर उपवास' कहा जाता है। जिन लोगों को बहुत भयंकर रोग होते हैं, उन्हें यह उपवास करना होता है।
13. **टूटे उपवास**—2 से 7 दिनों तक जब पूर्णोपवास रखा जाए और कुछ दिनों हल्का प्राकृतिक भोजन लेकर फिर उपवास रखा जाए, इसे 'टूटे उपवास' कहा जाता है।

□

माह एवं ऋतु अनुसार व्रत-उपवास

आज के युग में कैंसर, ब्लडप्रेशर, मधुमेह, गठिया आदि रोगों से अधिकांश व्यक्ति पीड़ित हैं। कुछ रोग तो ऐसे हैं, जो धन के साथ-साथ शरीर का भी नाश कर डालते हैं।

सौ-दो सौ वर्षों के इतिहास का अवलोकन करें तो आज की तुलना में तत्कालीन भारतीय समाज अधिक स्वस्थ था, निरोग था। आज के जैसे भयंकर रोग कोसों दूर थे। सामान्य रोगों का आक्रमण नहीं होता था, ऐसी बात नहीं, परंतु वे लोग धर्मशास्त्र के अनुसार आचरण करके स्वस्थ तथा निरोग रहने का प्रयास अवश्य करते थे और उन्हें सफलता भी मिलती थी।

हमारे ऋषि-मुनियों ने मानव किस प्रकार स्वस्थ जीवन व्यतीत करे, इसकी खोज करके विज्ञान एवं आयुर्वेद के आधार पर धार्मिक व्रतों का अनुपालन करने का उपाय प्रस्तुत किया। इन व्रतों के पालन से अनेक सामान्य रोगों से मानव मुक्ति प्राप्त करके स्वस्थ जीवन का अनुभव करते-करते मानसिक तनाव से छुटकारा पाकर भगवत् प्राप्ति का सहज-सुलभ साधन भी प्राप्त कर सकता है, ऐसा विश्वास व्यक्त किया गया है।

भारतवर्ष में नव-वर्षारंभ से अर्थात् चैत्र शुक्ल प्रतिपदा से संवत्सरपर्यंत सभी तिथियों में व्रतों का विधान है। मास व्रत, वार व्रत, तिथि व्रत, नक्षत्र व्रत आदि तो प्रसिद्ध ही हैं। सभी व्रत करने संभव तो नहीं हैं, तथापि प्रत्येक मास में कम-से-कम एक या दो व्रतों का पालन अवश्य करना चाहिए।

चैत्र शुक्ल प्रतिपदा अर्थात् नववर्षारंभ को मुख-मार्जन स्नानादि से निवृत्त होने के उपरांत सर्वप्रथम कड़वे नीम के पत्तों का सेवन करने का विधान है। प्रतिदिन प्रात:काल कड़वे नीम के पत्तों का सेवन करने से रक्त शुद्ध होकर अनेक चर्म-रोगों से मुक्ति मिलती है।

इसी दिन से श्रीरामनवमी तक चैत्र नवरात्र-उत्सव का शुभारंभ होता है। अनेक स्त्री-पुरुष इसमें उपवास रखकर भगवान् श्रीराम और भवानी माता की उपासना करके दीर्घ शांति और सुख प्राप्त करने की कामना करते हैं।

वैशाख मास के शुक्ल पक्ष की तृतीया तिथि में अक्षय-तृतीया एक अत्यंत शुभ मुहूर्त है। इस पवित्र तिथि को उपवासपूर्वक जल से भरा हुआ मृत्तिका-कुंभ, फल-पंखा तथा दक्षिणा सहित दान करने का विधान है। इसी तिथि से प्रतिदिन मिट्टी के घड़े में भरा हुआ जल पीना प्रारंभ करना आरोग्यदायी माना जाता है। मिट्टी के संपर्क से जल शुद्ध होता है। पंच तत्त्वों में से ये दो तत्त्व जल और पृथ्वी शरीर के लिए पोषक बनते हैं। सर्दी के दिनों में बना हुआ तथा अग्निसंपर्क से पका हुआ मिट्टी का घड़ा अधिक उपयोगी माना गया है। फ्रिज में रखे हुए जल की अपेक्षा मटके का जल अधिक लाभकारी है।

'श्रीपुरुषसूक्त' में एक ऋचा है—'चंद्रमा मनसो जातः', अर्थात् परब्रह्म परमात्मा के मन से चंद्रमा की उत्पत्ति हुई है। चंद्रमा शीतल है। कहते हैं कि चंद्र-किरणों से अमृत की वर्षा होती है। मानव की संपूर्ण क्रिया मन से ही होती है। चंद्रमा और भगवान् श्रीगणेश का अद्वितीय संबंध है। इसी दृष्टि से मन की शांति हेतु और बुद्धि प्राप्ति हेतु श्रीगणेश चतुर्थी का उपवास फलदायी होता है। प्रत्येक मास में दो चतुर्थी आती हैं। अधिकांश लोग कृष्ण पक्ष की चतुर्थी का व्रत करते हैं। दिन भर उपवास रखकर शाम को भगवान् श्रीगणेश का पूजन करके चंद्रोदय के पश्चात् चंद्र का दर्शन कर भोजन करना उपयुक्त है। भगवान् श्रीगणेश को तिल-गुड़ का नैवेद्य या मोदक अधिक प्रिय है। चंद्रोदय के पश्चात् भोजन करने से अन्न में उत्पन्न चंद्रमा का अमृत एवं उसकी शीतलता मन को शांति प्रदान करती है।

धार्मिक व्रतों में एकादशी, प्रदोष और शिवरात्रि, श्रीकृष्णजन्माष्टमी, श्रीरामनवमी आदि का बड़ा महत्त्व है। वर्ष भर में चौबीस एकादशियाँ आती हैं। इनमें विष्णुशयनी, प्रबोधिनी एकादशी तथा महाशिवरात्रि व्रत का अपने आपमें बड़ा महत्त्व है।

यद्यपि साल भर धार्मिक व्रतों का अपार भंडार है, तथापि चातुर्मास व्रतों के पालन का आरोग्य प्राप्ति की दृष्टि से अनोखा एवं अद्वितीय महत्त्व माना गया है। यदि हम चातुर्मास में धार्मिक व्रतों का सही-सही पालन करें तो आरोग्य प्राप्ति के साथ-साथ आध्यात्मिक शांति की भी प्राप्ति कर सकेंगे।

चातुर्मास में वात-पित्त-प्रकोपक साग-सब्जियों का त्याग करना श्रेयस्कर होता है। साथ ही एक समय हल्का भोजन करना चाहिए।

एक कहावत है—वैद्यानां शारदी माता पिता च कुसुमाकरः, अर्थात् चिकित्सकों के लिए शरद ऋतु लाभकारी है। यह एक माता की भाँति वैद्य की तरह लोगों की परवरिश करती है तो वसंत ऋतु एक पिता की तरह उनका पालन-पोषण करता है। दोनों ऋतुएँ अपना प्रभाव मानव के स्वास्थ्य पर डालती हैं। अधिकांश व्यक्ति इन दो ऋतुओं के आगमन के साथ-साथ ज्वर, मलेरिया, पीलिया आदि रोगों से पीड़ित होते हैं। इन रोगों से बचने का घरेलू सामान्य उपाय धार्मिक व्रतों का पालन (आचरण) कर अपने खान-पान पर ध्यान देते हुए ईश्वर की आराधना करना है, इससे शरीर निरोग तो रहता ही है, आध्यात्मिक लाभ भी प्राप्त होता है।

वर्षा-ऋतु में अनेक सब्जियाँ सड़ती हैं, उनमें कीड़े प्रवेश करते हैं, तालाब आदि का जल दूषित हो जाता है। मच्छर, विभिन्न प्रकार के कीड़े-कीट वर्षा-ऋतु और शरद ऋतु में पैदा होते हैं। इन कीड़ों-मकोड़ों से रोग-मुक्ति के लिए धार्मिक व्रतों का विशेष रूप से आयोजन होता है।

आरोग्य की दृष्टि से कम-से-कम एक दिन उपवास करके उस दिन से संबंधित देवता की आराधना-पूजा-अर्चना करना पुण्यदायक है। सोमवार भगवान् शंकर के लिए, गुरुवार भगवान् दत्तात्रेय हेतु, शुक्रवार या मंगलवार माता भवानी के हेतु, शनिवार श्री हनुमान एवं शनिदेव की आराधना हेतु व्रत किया जाता है। सोमवार को शाम के समय भगवान् शंकर की पूजा-अर्चना करके भोजन करना उपयोगी होता है। अन्य दिन—रविवार और बुधवार को मध्याह्न के पश्चात् एक समय भोजन करना चाहिए। सामान्यतः दूध, फल, साबूदाना, सिंघाड़ा, मखाना आदि सात्त्विक, सुपाच्य और हल्के पदार्थों का सेवन करना अत्यंत लाभकारी है। संभव हो तो पूर्ण रूप से निराहार एवं निर्जल व्रत करना चाहिए। अधिकांश व्रतों-त्योहारों में दान करने की परंपरा है। दान का बड़ा महत्त्व है।

दान देना व्यक्ति के मानसिक विकास की दृष्टि से और सामाजिक कल्याण की दृष्टि से भी आवश्यक है। चातुर्मास के उपवास और नियम-धर्म इस दृष्टि से भी उपयोगी होते हैं। उपवास और नियम-धर्मों का पालन करनेवाले व्यक्तियों का स्वास्थ्य तो उत्तम रहेगा ही, साथ ही उनके व्यक्तित्व का भी विकास होगा।

अतः धार्मिक व्रतों का उचित पालन (आचरण) करने से शारीरिक शुद्धि होकर आध्यात्मिक शांति भी प्राप्त होगी। इन व्रतों के माध्यम से हम ईश्वर की भी प्राप्ति कर सकते हैं।

□

कामनाओं से संबंधित व्रत

उद्देश्य

1. सौभाग्य के लिए, मनोकामना पूर्ण करने के लिए।
2. सुख-शक्ति, ऐश्वर्य व शिव कृपा हेतु।
3. धन-प्राप्ति हेतु।
4. आरोग्य व स्वास्थ्य हेतु।
5. स्वास्थ्य के लिए।
6. संतान प्राप्ति हेतु व गर्भ रक्षा के लिए।
7. कृष्णजी को प्रसन्न करने हेतु।
8. संतान की जीवन रक्षा हेतु।
9. दांपत्य सुख-समृद्धि के लिए।
10. वैवाहिक सुख प्राप्ति हेतु।
11. अखंड सौभाग्य व मनोवांछित वर प्राप्ति हेतु।
12. कुँवारी कन्या वर प्राप्ति के लिए तथा विवाहित पति की दीर्घायु हेतु।
13. विद्या प्राप्ति हेतु।
14. ज्ञात-अज्ञात पापों के शमन के लिए।
15. रोजगार संबंधी समस्याएँ, बनते हुए कामों में विघ्न को दूर करने हेतु।
16. परिश्रम के पश्चात् पूर्ण फल प्राप्त न होना, मान-सम्मान व पदोन्नति के लिए।
17. सभी मनोकामनाओं की पूर्ति हेतु।
18. याददाश्त बढ़ाने हेतु।
19. चर्म रोग से मुक्ति के लिए।

व्रत

सौभाग्य शयन व्रत/अरुंधती व्रत
सोलह सोमवार
महाशिवरात्रि
महालक्ष्मी व्रत
कोजागर व्रत
निर्जला एकादशी
शरद पूर्णिमा
शीतलाष्टमी
पुत्रदा एकादशी
अहोई अष्टमी
जन्माष्टमी
गौवत्स द्वादशी
अनंग त्रयोदशी
अशून्य शयन व्रत
हरितालिका व्रत (तीज)
वट सावित्री
करवाचौथ
गणगौर
मंगलागौरी
गुरु पूर्णिमा
ऋषि पंचमी
गणेश चतुर्थी
अचला सप्तमी व्रत
एकादशी
कंडूरोगोपशमन व्रत

ध्यान

शिव-पार्वती
शिवजी

लक्ष्मीजी
आराध्य देव या कृष्ण
शीतलामाता
आराध्य देव या नारायण
अहोई माता
श्रीकृष्ण
कृष्ण गौ सहित
कामदेव-रति
विष्णु-लक्ष्मी
शिव-पार्वती गणेश
वट-वृक्ष पूजा
गौरीमाता
शंकर-पार्वती
पार्वतीजी
आराध्य देवी व गुरु
सप्तर्षि व अरुंधती पूजन
गणेश पूजन
सूर्य आराधना
श्रीनारायण
मोर पर बैठे कार्तिक भगवान्
गणेशजी

कब करें

चैत्रमास की शुक्ल तृतीया को
सावन के पहले सोमवार से
फाल्गुन कृष्ण पक्ष की चतुर्दशी
आश्विन कृष्ण पक्ष की अष्टमी
आश्विन मास की पूर्णिमा
ज्येष्ठ मास की शुक्ल एकादशी
आश्विन शुक्ल पूर्णिमा

चैत्र कृष्ण पक्ष की अष्टमी
पौष मास शुक्ल पक्ष की एकादशी
कार्तिक कृष्ण पक्ष की अष्टमी
भाद्रपद कृष्ण पक्ष की अष्टमी
भाद्रपद कृष्ण पक्ष की द्वादशी
चैत्र शुक्ल पक्ष तृतीया
श्रावण कृष्ण पक्ष की द्वितीया
भाद्रपद शुक्ल त्रयोदशी
ज्येष्ठ कृष्ण पक्ष की अमावस्या
कार्तिक कृष्ण पक्ष की चतुर्दशी
चैत्र कृष्ण पक्ष की प्रतिपदा
सावन के मंगलवार
आषाढ़ मास की पूर्णिमा
भाद्रपद शुक्ल पंचमी
भाद्रपद शुक्ल पक्ष चतुर्थी
माघ शुक्ल पक्ष की सप्तमी
शुक्ल/कृष्ण पक्ष की एकादशी
चैत्र शुक्ल पक्ष की षष्ठी
शुक्ल पक्ष की चतुर्थी

विशेष

कम-से-कम एक वर्ष मिथुन, सिंह, कन्या लग्न के लिए विशेष लाभकारी।

सभी आयु वर्ग के लिए।

महिलाएँ विशेषकर।

एकादशियों के बराबर यथाशक्ति दान करें।

रात्रि के समय गाय के दूध से बनी खीर में घी और सफेद खाँड़ मिलाकर चंद्रमा की रोशनी में रखकर अगले दिन ग्रहण करें।

इस दिन चूल्हा न जलाकर बासी भोजन ग्रहण करें। यह बुखार, पीलिया, नेत्र व त्वचा संबंधी रोगों में विशेष लाभदायक।

भोजन निषेध, केवल एक बार दूध का सेवन।

संतान के स्वास्थ्य के लिए भी किया जा सकता है।

कृष्ण कृपा से धन-संतान, पीढ़ियों का उद्धार व करोड़ों राजों का फल प्राप्त होता है। यह मोक्षदायिनी भी है।

गाय के दूध, दही, घी का निषेध।

स्त्री व पुरुष दोनों पारस्परिक प्रेम को प्रगाढ़ करने के लिए।

पति-पत्नी को करना चाहिए।

यह व्रत निर्जल भी किया जा सकता है।

इस दिन देवी सावित्री वट वृक्ष में रहती हैं।

कुँवारी कन्याएँ मनोवांछित वर की प्राप्ति के लिए यह व्रत कर सकती हैं।

कुँवारी कन्याएँ भी कर सकती हैं।

मांगलिक कन्याओं को अवश्य करना चाहिए।

विद्यार्थी इस व्रत को कभी भी कर सकते हैं।

नमक का प्रयोग वर्जित।

मनोवांछित कार्य सिद्ध होते हैं। गणपति बुद्धि, विद्या, विघ्नहर्ता व रिद्धि-सिद्धि प्रदानकर्ता हैं।

वर्ष भर रविवार व्रत करने का पुण्य प्राप्त हो जाता है।

चावल ग्रहण नहीं करना चाहिए।

ब्राह्मी बूटी का रस व घी का सेवन करें।

लक्ष्मी-नारायण व गणेश की धातु की मूर्ति का पूजन कर दान करें।

□

उपवास के समान कोई तप नहीं

उपवास हमारे शरीर को व्याधियों से ही नहीं बचाते, अपितु आत्मिक परिष्कार भी करते हैं। यही कारण है कि समय-समय पर तथा तिथि विशेष पर हमारे ऋषियों व आचार्यों ने उपवास के जल से तन-मन को शुद्ध कर लेने पर बल दिया। उपवास विषय एवं विकारों से निवृत्ति का उत्तम साधन है—

'विषया विनिवर्तने निराहारस्य'

उपवास का प्रचलन हर धर्म एवं संप्रदाय में रहा है। जैन संप्रदाय में प्रारंभ से उपवास का प्रचलन रहा है। मिस्र में प्राचीनकाल में कई धार्मिक पर्वों पर उपवास किया जाता था। यहूदियों में अपने सातवें महीने के दसवें दिन उपवास रखने का विधान है। रोमन लोग ईस्टर के पूर्व तीन सप्ताहों में शनिवार एवं रविवार के अतिरिक्त अन्य दिनों में उपवास रखते हैं।

धर्मग्रंथों में उपवास पर विस्तार से चर्चा की गई है। भिन्न-भिन्न तिथियों, मासों तथा पक्षों का भिन्न-भिन्न महत्त्व बताया गया है। लेकिन एक मास से अधिक का उपवास साधाणतया वर्जित बताया गया है। हर प्रकार से सभी लोग उपवास कर सकने के लिए समर्थ हैं। व्रत-उपवास करनेवाले ऐसे व्यक्ति को पग-पग पर यज्ञ का फल मिलता है। यहीं नहीं, रोगी अथवा पीड़ित व्यक्ति भी यदि उपवास करता है तो वह एक लाख वर्षों तक स्वर्ग में सुखपूर्वक निवास करता है, ऐसा महाभारत के दानधर्म पर्व में वर्णित है—

अर्तोवा व्याधितो वापि गच्छेदनशनं तु यः।
शतं वर्ष सहस्राणां मोदते स दिवि प्रभो॥

रोग से पीड़ित के लिए अब आधुनिक चिकित्सक भी व्रत-उपवास को बताने लगे हैं। उपवास करने से जो तात्कालिक लाभ होता है, उसकी महत्ता अब सभी समझने लगे हैं। तनाव, उदासी, चिड़चिड़ापन आदि तो उपवास से आसानीपूर्वक दूर

हो जाते हैं। इसके अलावा काम, क्रोध, लोभ, मोह, मत्सर आदि प्रबल मनोविकार भी उपवास के द्वारा क्षीण होते हैं।

उपवास यों तो सभी प्रकार के रोगों में अपना प्रभाव कुछ-न-कुछ अवश्य दिखाता है, लेकिन आमाशय तथा आँत के रोगों में यह अत्यंत लाभदायक है। पेट में भोजन की सड़ायँध से उत्पन्न विष के रक्त में लगातार घुलते रहने के कारण होनेवाले असह्य दर्द, तिल्ली और जिगर के कष्टदायक रोग में उपवास बहुत उपयोगी है। जीर्ण रोग फेफड़ों के व्रण, मोटापा, पेट दर्द, अतिसार, पेचिश, प्रदर, पित्त दोष, आंतरिक सूजन, मधुमेह, जुकाम, खाँसी आदि उपवास के माध्यम से शीघ्र ठीक हो जाते हैं।

सच तो यह है कि अत्यधिक एवं स्वाद के लिए किया अनियमित भोजन ही सारी बीमारियों की जड़ है। इसी जड़ पर आघात करता है उपवास, क्योंकि जब रोग का कारण ही नहीं होगा तो रोग ही क्यों होगा? सुश्रुत ने कहा कि जिस मनुष्य के आंतरिक अंग-अवयव निष्क्रिय पड़े हों, उचित ढंग से कार्य नहीं करते हों, उपवास से वे क्रियाशील हो जाते हैं। हमारे भारतीय ग्रंथों में ही नहीं, चीन व तिब्बत के ग्रंथों में भी हठीले रोगों का उपचार उपवास ही बताया गया है।

तात्पर्य यह है कि प्राचीन तथा प्रारंभिक सभ्यता में जब चिकित्सा का आधुनिक आविष्कार तथा औषधियों की भरमार नहीं थी, तब रोगों से मुक्ति का एकमात्र उपचार उपवास ही था। उपवास की महत्ता आज बड़े-बड़े देश अमेरिका, कनाडा, जर्मनी, फ्रांस, ऑस्ट्रेलिया, ब्रिटेन आदि अनुभव करके अपने देशों में सामूहिक उपवास केंद्र बनाने में लगे हैं।

सचमुच ही उपवास एक विशुद्ध वैज्ञानिक प्रक्रिया है। विशिष्ट समय में किए गए उपवास का परिणाम भी विशिष्ट होता है। सोमवार को चंद्रमा का विशेष प्रभाव होता है। अत: इस दिन के उपवास से कीर्ति, उज्ज्वल भविष्य, मान-सम्मान, प्रतिष्ठा प्राप्त होती है। मंगल के व्रत से दृढ़ता, कठोरता तथा बुधवार सौम्य, शिष्ट एवं कफ प्रधान होता है। गुरुवार के उपवास से हृदय का परिमार्जन होता है। इससे श्रेष्ठ भावनाएँ पनपती हैं। बुद्धि, धन व विद्या प्राप्त होती है। सुखोपभोग का गुण शुक्र में है। इसीलिए इसके लिए शुक्रवार का उपवास उत्तम है। स्थिरता हेतु शनि का उपवास बताया गया है। रविवार उपवास का महत्त्व सर्वाधिक है। रविवार में सातों दिनों का समन्वित प्रभाव रहता है। गायत्री महामंत्र के देवता भी रवि हैं। अत: रविवार के उपवास का प्रभाव सीधा मन पर पड़ता है। मन ही सारी क्रियाओं का केंद्रबिंदु है, इसीलिए रविवार के उपवास से आश्चर्यजनक लाभ होता है।

उपवास निर्विवाद रूप से आज के विज्ञान तथा आयुर्वेद में शारीरिक व मानसिक व्याधियों का कारगर उपचार माना जा चुका है। वैज्ञानिक कहते हैं कि सप्ताह में एक दिन तो व्रत रखना ही चाहिए। इससे पाचन तंत्र को विश्राम तो मिलता ही है, उसकी स्वत: सफाई भी हो जाती है। पाचन तंत्र मजबूत होता है तो दीर्घायु होती है। डॉ. एडवर्ड डूकर ने उपवास से रोगियों की नेत्र ज्योति, श्रवण शक्ति तथा घ्राणेंद्रियों में सुधार कराया। एडवर्ड डूकर ने प्रात: के स्वरूप आहार को छुड़वाकर रोगियों को दमा, बवासीर से मुक्ति दिलाई।

उपवास की महत्ता को बताते हुए महाभारत के दानधर्म पर्व 66वें श्लोक में कहा गया है—

ब्राह्मणेभ्य: परं नास्ति पावनं दिवि चेह च।
उपवासैस्ततथा तुल्यं तपकर्म न विद्यते॥

अर्थात् इस लोक और परलोक में ब्रह्मवेत्ता ब्राह्मणों से बढ़कर कोई पावन नहीं। उसी प्रकार उपवास के समान कोई तप नहीं। इसी उपवास के तप प्रभाव से विश्वामित्र ब्राह्मणत्व को प्राप्त हुए।

उन्होंने एक हजार दिव्य वर्षों तक प्रतिदिन एक समय ही भोजन करके भूख का कष्ट सहते हुए तप किया। अंतत: ब्रह्मर्षि कहलाए।

□

उपवास करें, स्वस्थ रहें

उपवास शरीर शुद्धि का एकमात्र उपाय है। स्वास्थ्य और धर्म दोनों ही दृष्टि से उपवास का एक खास महत्त्व है। शरीर को स्वस्थ रखना भी एक बड़ा धर्म है। उपवास विषय-वासना से निवृत्ति का अचूक हथियार है। आयुर्वेद के प्रसिद्ध ग्रंथ 'चरक संहिता' से लेकर आज के विभिन्न चिकित्सकीय शोधों ने भी उपवास के अनेक लाभ बताए हैं। प्रस्तुत लेख में उपवास के लाभदायक पक्षों पर प्रकाश डाला गया है।

शरीर में स्वत: अनेक प्रकार की ज्वलन क्रियाएँ होती रहती हैं। इससे जो ऊष्मा शरीर में रहती है, उसे 'शरीर का तेज' कहा जा सकता है। उपवास काल में इस तेज को बनाए रखने के लिए जो ज्वलन क्रिया होती है, उसमें शरीर के अंदर निहित चरबी 97 प्रतिशत, मांसपेशियाँ 30 प्रतिशत, शक्कर 75 प्रतिशत तथा रक्त 17 प्रतिशत जलते हैं। मस्तिष्क क्षमता में किसी प्रकार की कमी नहीं आती, वरन् बढ़ोतरी होती है। पाँच से सात दिन का साधारण उपवास समय-समय पर करते रहने से 75 प्रतिशत बीमारियों से बचा जा सकता है।

मौजूदा परिस्थितियों में उपवास का महत्त्व

उपवास से न केवल शारीरिक विकृति दूर होती है, बल्कि इससे मन व आत्मा भी परिष्कृत होती है। उपवास से पाचन तंत्र दुरुस्त रहता है, जिससे शरीर में उपस्थित विषाक्त पदार्थों का निष्कासन आसानी से हो जाता है। हर सप्ताह उपवास रखने से कॉलेस्टेरॉल की मात्रा घटने लगती है, जो धमनियों के लिए लाभदायक है। कुछ लोग उपवास को भूखों मरने की सजा कहकर नकारते हैं; लेकिन उपवास और भूखे मरने में अंतर है। आज की दौड़ने-भागने वाली जिंदगी, व्यस्त दिनचर्या, औरों से आगे बढ़ने में लीन मानव के शरीर को अनेक रोगों ने अपना घर बना रखा है। यद्यपि पहले

की अपेक्षा चिकित्सा विज्ञान ने आज दिन दूनी रात चौगुनी उन्नति कर ली है, किंतु फिर भी रोगों की संख्या कम होने की बजाय बढ़ती ही जा रही है। सच तो यह है कि बीमारियों का मानव शरीर पर हमला बोलने का मुख्य कारण उसका अनियमित खान-पान है। आज का बाजार फास्ट फूड से भरा हुआ है, जो न तो पौष्टिक होता है और न ही स्वास्थ्यवर्धक। उसके निरंतर सेवन से वह हर समय किसी-न-किसी गंभीर रोग से जकड़ा रहता है। आज के युग में रोगों से बचने एवं अपने खान-पान को नियमित एवं संतुलित रखने का सर्वोत्तम उपाय 'उपवास' है।

उपवास के प्रकार

प्रातःकालीन उपवास—इस उपवास में केवल सुबह का नाश्ता छोड़ना पड़ता है। दिन-रात में केवल दो बार ही भोजन की व्यवस्था होती है।

सायंकालीन उपवास—इस उपवास में रात का भोजन बंद कर देना होता है। पुराने रोगों में यह लाभकारी होता है। इस उपवास में सुपाच्य और प्राकृतिक भोजन किया जाता है।

रसोपवास—इस उपवास में ठोस आहार नहीं लिया जाता। फलों का रस, सूप आदि लिया जाता है। इसमें दूध भी वर्जित है, क्योंकि दूध ठोस खाद्य पदार्थ में माना गया है।

फलोपवास—इस उपवास में कुछ दिनों तक सिर्फ रसदार फलों, साग-सब्जी पर रहा जाता है। इस तरह के उपवास में बीच-बीच में एनिमा लेते रहना चाहिए। जो फल आपको पचे, उसी का सेवन करना चाहिए।

दुग्धोपवास—इस उपवास में कुछ दिन तक चार-पाँच बार केवल दूध पीकर रहना होता है।

मठोपवास—पाचन शक्ति कमजोर होने पर मठोपवास करना चाहिए। मट्ठा घी रहित होना चाहिए। इससे एक दिन पहले पूर्णोपवास कर लिया जाए तो अच्छा रहता है।

पूर्णोपवास—विशुद्ध ताजे जल के अतिरिक्त किसी प्रकार की खाद्य वस्तु न ग्रहण करना 'पूर्णोपवास' कहलाता है।

साप्ताहिक उपवास—सप्ताह में एक दिन पूर्णोपवास नियमपूर्वक करना साप्ताहिक उपवास कहलाता है। इससे शरीर स्वस्थ रहता है और रोग होने की संभावना कम होती है। ऑफिस में दिन भर बैठनेवालों को यह उपवास जरूर करना चाहिए।

उपवास से लाभ

धार्मिक दृष्टिकोण से लाभ : यदि पूर्ण विधि-विधान एवं निष्ठापूर्वक उपवास रखा जाए तो आरोग्यता तो बढ़ती ही है, आत्मबल व संकल्प शक्ति में भी वृद्धि होती है। मन में सात्त्विक एवं सकारात्मक विचार आते हैं। फलतः व्यक्ति अनेक मानसिक व्याधियों, जैसे—तनाव, अवसाद, हीनता आदि से मुक्त रहता है। सोचने-समझने की शक्ति व एकाग्रता बढ़ती है। इसके अलावा उपवास के दिन व्यक्ति प्रायः गंभीरतापूर्वक नियम-धर्म से चलता है। वह गाली-गलौज, क्रोध व मद्यपान आदि से दूर रहता है। कम बोलता है व हर समय ईश्वर-भक्ति में लगा रहता है।

वैज्ञानिक दृष्टिकोण से लाभ : वैज्ञानिक दृष्टिकोण से देखा जाए तो उपवास रोगों के लिए महौषधि है। इससे पाचन तंत्र दुरुस्त रहता है। फलतः भोजन का पाचन ढंग से हो जाता है। शरीर में मौजूद विषाक्त पदार्थों का निष्कासन आसानी से हो जाता है। दुर्बलता, रक्ताल्पता, भूख न लगना, साँस फूलना, आमाशय का कैंसर आदि व्याधियाँ तो दूर होती ही हैं, विभिन्न उदर रोग, जैसे- कब्ज, आँत संग्रहणी, बवासीर आदि से भी मुक्ति मिलती है। हृदय की धमनियाँ लंबे समय तक स्वस्थ रहती हैं। उपवास से मोटापा भी नियंत्रण में रहता है।

□

कैसे और क्यों रखें 'उपवास'?

उपवास आध्यात्मिक व मानसिक आरोग्य प्रदान करता है। क्या हैं उपवास के फायदे तथा इसको करने का सही तरीका आदि को जानने के लिए पढ़ें यह लेख।

'उपवास' शब्द हर धर्म, हर जाति के लिए जाना-पहचाना है। स्वास्थ्य पर पड़नेवाले इसके जादुई प्रभाव ने इसे इक्कीसवीं सदी में भी उपयोगी बनाया हुआ है। न सिर्फ भारत में, बल्कि दुनिया भर में अलग-अलग रूपों और नामों के साथ व्रत-उपवास वगैरह का प्रचलन बढ़ता ही जा रहा है। लेकिन मजेदार बात यह लगती है कि लोग व्रत-उपवास का वास्तविक रूप भूल चुके हैं और आजकल उपवास रखनेवाले लोग आम दिनों की अपेक्षा दोगुना खा लेते हैं। कुट्टू के आटे की पूड़ी-पकौड़ी, साबूदाने के पापड़, खीर, आलू के तरह-तरह के व्यंजन से भरी स्पेशल थालियाँ! वाकई यह समझना मुश्किल हो जाता है कि वास्तव में उपवास है क्या और इसे रखने का उद्देश्य क्या है?

तन और मन की शुद्धता

दरअसल सभी धार्मिक बातों में कुछ-न-कुछ ऐसा तथ्य छिपा रहता है, जिसका वैज्ञानिक आधार होता है और जो किसी-न-किसी रूप में मनुष्य जीवन के लिए फायदेमंद होता है। फायदेमंद बातें भी अनुशासन की वजह से लोग कम ही मानते हैं, अगर जब यही तथ्य 'धर्म' से जुड़कर सामने आते हैं तो किसी भी मनुष्य से इसका पालन कराना आसान हो जाता है। यही कारण है कि धर्म की परिभाषा में कहा जाता है कि 'धर्म वही, जिसे धारण किया जा सके।'

सभी धर्मों में अलग-अलग मान्यताओं, विश्वासों और नामों के साथ उपवास का जो स्वरूप दिया गया है, वह वास्तव में यही है कि संयमित आहार से या निराहार रहने से शरीर को अपनी इंद्रियों को नियंत्रण करना आता है। उपवास सिर्फ वजन ही

संतुलित नहीं रखता, यह काम, क्रोध, लोभ, मोह जैसे भावों को भी नियंत्रित करता है। उपवास सही ढंग से रखने के दौरान शरीर के सभी विषाणु बाहर आ जाते हैं और शरीर अपनी उत्पादकता, आत्मबल और प्रतिरोधक क्षमता को नए सिरे से प्रभावी बनाता है। उपवास से पाचन तंत्र पर बहुत गहरा प्रभाव पड़ता है। इसीलिए उपवास को सच्चे अर्थों में समझने के लिए इस बात को गहराई से समझना जरूरी है कि उपवास रखने का अर्थ सिर्फ भूखा रहना या एक समय का भोजन कर लेना भर नहीं है, बल्कि यह एक संपूर्ण पद्धति है और इसका सही लाभ तभी मिलेगा, जब इस पूरी पद्धति को पूरे समर्पण और सही ढंग के साथ अपनाया जाए। अपनी इन्हीं विशेषताओं के कारण उपवास बीमारियों में भी आश्चर्यजनक प्रभाव दिखाता है।

सही कारण, सही निवारण

जब भी उपवास रखें तो पूरे दिन ज्यादा-से-ज्यादा पानी पीते रहें, क्योंकि निराहार रहते हुए, पिया गया पानी शरीर की आंतरिक सफाई कर सारे विषाणुओं को बाहर निकाल देता है। पूरे दिन कुछ ठोस आहार न लेकर केवल तरल पदार्थ लेना भी बहुत अधिक लाभदायक होता है, क्योंकि यह आंतरिक पोषण भी पहुँचाता रहता है। लेकिन ध्यान रहे कि इस समय चाय, कॉफी, कोल्ड ड्रिंक या किसी भी प्रकार का अल्कोहल लेने से बचें। कई लोग तरल पदार्थ के नाम पर इनका भी सेवन करते रहते हैं। यदि निराहार रहना संभव न हो तो सप्ताह का कोई दिन चुनकर उस दिन केवल फल या केवल सब्जियों को अपने आहार में शामिल किया जा सकता है। मगर इसका मतलब फलों से भरी थाली या लगातार फल खाते रहना बिल्कुल नहीं है।

यदि व्रत रखने का कारण धार्मिक है और उस दिन एक ही समय भोजन लेना चाहें तो प्रयास कीजिए कि तले-भुने पूड़ी-पकौड़ों की जगह उबला हुआ, बिना घी-तेल और मसालोंवाला आहार लें। इस दौरान पानी ज्यादा-से-ज्यादा लगातार पीते रहें।

उपवास शरीर व मन को आराम देता है। जो शरीर प्रतिदिन भोजन पचाता है, उसे हफ्ते में एक दिन हल्का सुपाच्य भोजन देकर आँतों को विश्राम देना शरीर का उपवास व हफ्ते में एक दिन कुछ समय के लिए मौन व्रत धारण कर शांत रहना, मन का उपवास है।

क्या हफ्ते में एक दिन उपवास रखना ठीक है?

जी हाँ, सात दिन में एक दिन शारीरिक व मानसिक उपवास रखना अच्छे

स्वास्थ्य के लिए जरूरी है, क्योंकि उपवास रखने से रक्त शक्कर के स्तर में कमी आती है और इसके फलस्वरूप शरीर यकृत ग्लाइकोजेन में पाए जानेवाले जमा ग्लूकोज का इस्तेमाल करता है, जिससे बेसल मेटाबोलिक दर (बी.एम.आर.) घट जाती है। ऐसे में हारमोन उत्पादन की कार्यक्षमता बढ़ने लगती है, जिससे कि शरीर की वृद्धि को प्रोत्साहन मिलता है।

क्या उपवास से शीघ्रता से वजन घटाया जा सकता है?

वजन घटाने का कोई भी जल्द व आसान तरीका नहीं है। उपवास से सिर्फ अस्थायी रूप से वजन घटाया जा सकता है। लंबे उपवास के द्वारा शरीर में जमी चरबी का इस्तेमाल शरीर ऊर्जा के रूप में इस्तेमाल करने लगता है। लेकिन जैसे ही आप उपवास तोड़ते हैं तथा सामान्य रूप से भोजन ग्रहण करने लगते हैं, चरबी फिर से शरीर में जमा होने लगती है, जिसके फलस्वरूप पहले से अधिक वजन बढ़ने लगता है। वजन घटाने का सही तरीका उचित खुराक और व्यायाम ही है।

क्या उपवास ब्लडप्रेशर व हृदय रोगी के लिए ठीक है?

जी हाँ, कुछ समय तक उपवास करने से ब्लडप्रेशर तथा कोलेस्टेरॉल के स्तर में कमी आती है। इससे उपापचय दर तथा शरीर की विभिन्न क्रियाएँ धीमी पड़ने लगती हैं तथा शरीर का रक्त शक्कर स्तर गिरने लगता है। शरीर की वसा ऊर्जा में परिवर्तित होने लगती है, जिसका इस्तेमाल शरीर अंगों के कार्य संचालन के लिए करता है, जिसके फलस्वरूप ब्लडप्रेशर स्तर में गिरावट आती है।

उपवास का सबसे अच्छा तरीका कौन सा है?

प्रतिदिन के कार्यक्रम को इस प्रकार संतुलित किया जाए कि शरीर को प्रतिदिन आराम मिलता रहे, उपवास का यही अच्छा तरीका है। शाम को करीब 6 या 7 बजे रात का भोजन कर लें और हल्का नाश्ता अवश्य ले लें, जिसमें अंकुरित फल, दूध, छाछ, भीगा हुआ दलिया आदि कुछ लें और उसके 5-6 घंटे पश्चात् दोपहर का हल्का सुपाच्य पौष्टिक भोजन ले लें। इसका मतलब है, सोने जाने से पहले कोई भोजन नहीं और न ही आधी रात को कुछ खाना-पीना। ऐसी स्थिति में आपके सोने के दौरान आपका पाचनतंत्र भोजन को पचाने के बजाय शरीर की स्वाभाविक रूप से सफाई करता रहेगा। यदि शरीर की अच्छी तरह सफाई करनी हो तो सायं का

खाना बंद कर दें। उस जगह जूस का इस्तेमाल करें या नीबू पानी या नारियल पानी का इस्तेमाल करें। शरीर से विषाक्त पदार्थों को बाहर निकालने का तथा चुस्त-स्फूर्त रहने का यह एक अच्छा तथा पारंपरिक तरीका है। इस प्रक्रिया को सात दिन में एक बार करना ठीक है।

उपवास दुनिया की सबसे प्राचीन तथा प्राकृतिक रोग शमन पद्धति है। पुरानी व असाध्य बीमारियों से पीड़ित लोगों के लिए उपवास अत्यंत लाभकारी है। जब कोई व्यक्ति उपवास शुरू करता है तो वह शरीर तथा मन की शुद्धीकरण प्रक्रिया को उत्प्रेरित करता है, जो कि शरीर की प्रत्येक कोशिका तथा ऊतकों तक पहुँचती है। इससे रोग प्रतिरोधक प्रणाली को और ताकत मिलती है।

उपवास से ध्यान लगाने जैसा एहसास मिलता है। विचार सकारात्मक होते हैं, जिससे कि मन व तन के बीच एक सौहार्दपूर्ण संबंध कायम होता है, जिससे कि मन एकाग्र होने लगता है। उपवास के दौरान पूरी तरह अनाहार रहने पर मस्तिष्क को पूरा विश्राम मिलता है जिससे कि सहजता से गहरी नींद आती है।

उपवास करना वैज्ञानिक दृष्टि से भी फायदेमंद है। उपवास करने से आप खुद को हल्का महसूस करने के साथ-साथ अपने को चुस्त-दुरुस्त व जोशीला पाते हैं। इसकी वजह वह ऊर्जा है, जो कि उपवास के दौरान आपको उत्साहित बनाए रखने में प्रयुक्त होती है। साथ ही शरीर से विषाक्त पदार्थों के उत्सर्जन तथा हार्मोन उत्पादन की क्षमता बढ़ने से मिलती है।

उपवास उम्र बढ़ने की प्रक्रिया को धीमा करता है, जिससे कि आपकी उम्र उल्लेखनीय रूप से बढ़ सकती है। उपवास के दौरान उम्र पर अंकुश लगानेवाला हार्मोन अधिक सक्रियता के साथ उत्पन्न होता है, जिससे कि बी.एम.आर. धीमी हो जाती है और चेहरे पर कम उम्र जैसा दिखनेवाला ओज आने लगता है।

अनाहार उपवासों में शरीर लंबे समय तक भोजन से वंचित रहता है। इस अवधि के दौरान शरीर में जमा चरबी ऊर्जा के रूप में काम में ली जाती है। उपवास के तुरंत बाद, शरीर की भारी आहारों के जरिए भरपाई करने की कोशिश नहीं की जानी चाहिए। इसके बदले आसानी से पचनेवाले भोजन से उपवास को तोड़ा जाना चाहिए, जैसे- रसीले कोमल फल, साबूदाना, दूध आदि से।

□

व्रत और डॉक्टरी हिदायत

धर्म का हमारे जीवन पर इतना प्रभाव है कि हम उसके नाम पर कुछ भी बिना सोचे-समझे करने से पीछे नहीं हटते। फिर वह दान-पुण्य हो या पूजा-अर्चना, यात्रा-परिक्रमा हो या व्रत-उपवास—इन सबको करने के पीछे हमारी एक ही मंशा होती है कि जीवन सुख-शांति से गुजरे, हमारा भला हो आदि। और हम भगवान् को प्रसन्न करने में जुट जाते हैं, इन्हीं तमाम धार्मिक कृत्यों में से एक है—व्रत-उपवास, जिसकी महत्ता से हमारे धार्मिक ग्रंथ भरे पड़े हैं।

व्रत-उपवास को हिंदू धर्म में न केवल जरूरी बताया है, बल्कि भगवान् को प्रसन्न कर उनसे आशीर्वाद पाने का एक माध्यम भी बताया है। यह माध्यम कितना सही है, कितना गलत, यह एक मुद्दे का विषय है; क्योंकि कई लोगों के लिए यह धर्म-आस्था का विषय है तो कई लोगों के लिए व्रत-उपवास सुख-समृद्धि का एक उपाय है। लेकिन कई लोग व्रत को स्वास्थ्य की दृष्टि से भी जोड़कर देखते हैं। उनका मानना है कि हफ्ते में एक दिन व्रत रखने से स्वास्थ्य ठीक रहता है। बहरहाल, कारण धार्मिक हो या वैज्ञानिक, पर सच तो यह है कि अधिकतर लोग अपने भले के लिए व्रत-उपवास रखते जरूर हैं।

लेकिन डॉक्टरों का कहना है कि व्रतों को सोच-समझकर रखना चाहिए, वरना व्रत-उपवास से लाभ कम हानि होने की संभावनाएँ अधिक रहती हैं। इसी बात पर प्रकाश डालते हुए डायटीशियन डॉ. गीतू अमरनानी कहती हैं—"यों तो डॉक्टर कभी किसी को व्रत-उपवास रखने की राय नहीं देते, बल्कि जो लोग व्रत-उपवास आदि रखने में यकीन करते हैं, उन्हें यह समझाते हैं कि व्रत-उपवास तभी फलते हैं, जब शरीर स्वस्थ हो। कभी-कभी तो व्रत-उपवास शरीर को कष्ट पहुँचाने के साथ-साथ कई बीमारियों का घर भी बना देते हैं।"

जिन लोगों को शुगर की, एसिडिटी की या पेट में अल्सर आदि की शिकायत

है, उन्हें व्रत नहीं रखना चाहिए। उनके लिए व्रत-उपवास नुकसानदेह हैं, खासतौर पर बुर्जुगों के लिए। इतना ही नहीं, हृदय से संबंधित रोगियों एवं गर्भवती महिलाओं को भी व्रत-उपवास से दूर रहना चाहिए, क्योंकि व्रत-उपवास में खाना न खाने से केवल शारीरिक कमजोरी ही नहीं आती बल्कि पेट में एसिड भी बनने लगती है, जिसके कारण पुराने रोगों पर तो प्रभाव पड़ता ही है, साथ ही शरीर में नई तकलीफें होने को संभावनाएँ भी बढ़ जाती हैं।

यदि व्रत रखना किन्हीं कारणों से जरूरी हो तो कोशिश करें कि पूरे दिन भूखे न रहें। व्रत में ली जानेवाली वस्तुएँ, जैसे—फल, पानी, चाय, नारियल पानी आदि का सेवन हर 3-4 घंटे के अंतराल पर करते रहें। जरूरत से ज्यादा व्रत में खाली पेट चाय-कॉफी भी समस्या पैदा कर सकती है, इसलिए चाय-कॉफी भी ज्यादा न पीएँ।

ऐसे ही जब भी व्रत खोलें तो सब्र रखें। अधिकतर लोग पूरे दिन व्रत रखकर एकदम से भरपेट खाना खा लेते हैं, यह भी नुकसानदेह है। व्रत खोलने से पहले हो सके तो एक गिलास शिकंजी या एक बिस्कुट के साथ चाय का सेवन अवश्य करें, फिर उसके बाद खाना खाएँ। हो सके तो गर्भवती महिलाएँ किसी भी प्रकार के व्रत-उपवास से बचें।

पेट ठीक करने के लिए यदि आप स्वास्थ्य की दृष्टि से व्रत रखते हैं, यानी पेट ठीक करने के लिए दिन भर का भोजन त्यागना चाहते हैं तो व्रत हितकारी हैं; लेकिन उसमें भी आप हार्ड फूड यानी रोटी, चावल, सब्जी, पकवान आदि त्याग सकते हैं, मगर बिल्कुल खाली पेट नहीं रह सकते। इसके लिए आप चाहें तो हल्का आहार, जैसे—जूस सूप, फल, अंकुरित अन्न, नीबू-पानी, दलिया आदि का सेवन कर सकते हैं।

उपवास या लाइट डाइट उनके लिए भी हितकर है, जो अपना वजन कम करना चाहते हैं। लेकिन इसका अर्थ यह नहीं कि आप बाकी दिन डटकर खाएँ और एक दिन खाना छोड़ दें। ऐसा करना हानिकारक हो सकता है। मोटापे की नजर से व्रत तभी लाभदायक होगा, जब आप वजन कम करने की डाइट पर हों, अर्थात् आपका भोजन किसी आहार विशेषज्ञ के निर्देश के अंतर्गत चल रहा हो।

देखा-देखी व्रत रखने से या शरीर को कष्ट देकर व्रत रखने से भगवान् कब प्रसन्न होंगे, यह कहना मुश्किल है; लेकिन यह तो तय है कि स्वास्थ्य जरूर ढीला पड़ सकता है। ऐसा न हो कि व्रत रखकर आपको लेने के देने पड़ जाएँ! इसलिए व्रत रखने से पहले सतर्क रहें तथा किसी डॉक्टर की सलाह अवश्य लें। □

आखिर निष्फल क्यों हो जाते हैं व्रत और उपवास?

कारण एवं निवारण

भारतीय संस्कृति धर्मप्रधान श्रद्धा-आस्था वाली होने से यहाँ के संस्कारों में व्रत-उपवास की परंपरा को यत्र-तत्र-सर्वत्र देखा जा सकता है। किसी परिवार में अविवाहित कन्या हो और माता-पिता उसके विवाह संस्कार हेतु चिंतित हों, समय पर उसका विवाह नहीं हो पा रहा हो, पति के दीर्घायु व स्वास्थ्य कामना व मनोकामनाएँ पूर्ति हेतु विभिन्न पर्वों, तिथियों, त्योहारादि पर परंपरागत रूप से व्रत-उपवास हेतु प्रोत्साहित किया जाता है। परंतु उन्हें व्रत एवं उपवास का फल क्यों नहीं मिल पाता?

शतप्रतिशत वर्गों को व्रत-उपवास करने के बाद भी अपने उद्देश्य की पूर्ति नहीं हो पाती। ऐसी अवस्था में व्रत एवं उपवासधारी की इन व्रत एवं उपवासों से आस्था नष्ट हो जाती है। अपने उद्देश्य की पूर्ति न हो पाने से जन-साधारण इन व्रत एवं उपवासों को ढोंग तथा पंडितों की उदरपूर्ति का साधन मात्र कहकर टाल देते हैं। वस्तुतः हमारे पूर्वजों ने जो संस्कार आदि नियम बनाए हैं, उन सभी के उद्देश्य जनकल्याण ही हैं। प्रत्येक व्रत एवं उपवास भी इसी हेतु किए जाते हैं। दूषित ग्रह-नक्षत्रों में जनमे बालक को अनिष्टों से बचाने हेतु भी व्रत एवं उपवासों का प्रयोग किया जाता है। इसके अतिरिक्त अन्य कई साधन हमारे तपस्वी ऋषि-महर्षियों ने बनाए हैं।

परंतु प्रश्न यह है कि हमें व्रत एवं उपवास का फल क्यों नहीं मिलता तथा हमारे उद्देश्य पूर्ण क्यों नहीं हो पाते? धर्मशास्त्र के रचयिताओं ने हर विषयों के भिन्न-भिन्न सिद्धांत और नियम बनाए हैं। उन सिद्धांत और नियमों का पालन करते हुए, जो कार्य जिन उद्देश्यों के लिए किए जाते हैं, उसमें अवश्य सफलता मिलती

है। नियमरहित किए गए कार्य असफलता के सूचक तो होते ही हैं, साथ ही अपवाद के कारण बनते हैं और जनसाधारण की आस्था उन सिद्धांतों से हटती चली जाती है।

व्रत एवं उपवास करने पर भी उसके फल नहीं मिलने के कारण इस प्रकार हैं—

'असकृत जल पानांच्च सकृत तांबूल भक्षणात।
उपवास प्रणश्येत दिवा स्वापाच्च मैथुनात॥'

अर्थात् बार-बार जल पीने से, भोजन करने के बाद या पहले पान खाने से तथा दिन में सोने से, स्त्री साहचर्य से उपवास व व्रत के फल नष्ट होते हैं।

इसके अतिरिक्त व्रत एवं उपवास के समय गाजर, प्याज, लहसुन, तिल, बासी अन्न, जूठा पात्र, क्रोध, स्नान के बाद शरीर में तेल लगाना, सूर्योदय के बाद उठकर व्रत एवं उपवास के इष्टदेव की पूजा नहीं करने से, तेल, डालडा के उपयोग से, उपवास काल, में स्त्री-पुरुष के साहचर्य से, जीव हिंसा से, दिन में शयन करने से, व्रत काल में बाल व नाखून काटने से, स्नान के बाद सिर पर कंघा करने से, गृह कलह में शरीर से रक्त निकलने से, परान्न भोजन से, व्रत में तांबूल के सेवन से, मार्ग में चलते-फिरते, खड़े-खड़े भोजन करने से, रजस्वला स्त्री के साथ शयन से, अस्पृश्य-पृश्यता के दीप से, रजस्वला स्त्री को छूने से, व्रत-उपवास के दिनों में स्नान नहीं करने से, रोगग्रस्त स्थिति में, तीनों सूतक काल में किए गए व्रत एवं उपवास, व्रत के संकल्प रहित अवस्था में पेय पदार्थों को फूँक मारकर ठंडा करने से, व्रत-उपवास में इष्टदेव के सम्मुख लगाया गया दीपक बुझ जाने पर भोजन करने से, व्रत एवं उपवासों के फल पूर्ण रूप से नहीं मिलते और न उन व्रत-उपवासों का यथेष्ट फल समय पर मिलता है। जहाँ नियमों का पालन न हो, वहाँ फल की अपेक्षा करना निरर्थक निराधार है। विवाहित स्त्री यदि पति के विरुद्ध व्रत रखती है, तो दुष्परिणाम ही मिलते हैं। इसलिए व्रत-उपवास साधनापूर्ण होने चाहिए।

साधना और उपवास

साधना का व्रत से बहुत कुछ संबंध है। दूसरे शब्दों में कहा जा सकता है कि साधना ही व्रत है और व्रत ही साधना है। ये दोनों एक ही वस्तु के भिन्न-भिन्न नाम हैं। दस इंद्रियाँ और ग्यारहवें मन को संयम से लाने का उद्योग करना 'साधना' कहलाती है।

इस कार्य के लिए प्रण कर लेना और कमर कसके उसमें जुट पड़ना ही व्रत-उपवास है। ऐसा व्रत जिज्ञासु को जीवनपर्यंत चलाना चाहिए।

यद्यपि यह कार्य थोड़ा कठिन पड़ता है। इसमें अनेक प्रकार की विघ्न-बाधाएँ भी आती हैं, परंतु हिम्मत बाँध के जो प्रयत्न करता है, उसके लिए कुछ आगे बढ़ते ही रास्ता सुगम हो जाता है, दैवी सहायता भी मिल जाती है। अनेक महापुरुषों ने संग्राम करके इस मन पर विजय प्राप्त की है। साहसी मनुष्य के लिए आज भी यह दुर्लभ नहीं है।

□

व्रत भी हो सकते हैं दुःखदायी

भारतवर्ष में सभी धर्मों में व्रत की विशेष महत्ता है। कहा जाता है कि आनेवाली बाधाएँ और अशुभ घटनाएँ भी टल जाती हैं व्रतों के सहारे। कई मनोकामनाओं की पूर्ति हो सकती है। लेकिन जरूरी नहीं है कि व्रत का शुभ परिणाम ही प्राप्त हो मनुष्य को। पाठकों के लिए यह तथ्य चौंकाने वाला होगा कि कई बार व्रत भी दुःखदायी बन जाते हैं। वर्षों तक व्रत रखने के पश्चात् भी मनुष्य को कुछ हासिल नहीं हो पाता, सिर्फ परेशानी, स्वास्थ्य हानि की उसकी झोली में आती है तो उसका विश्वास डाँवाँडोल हो जाता है।

क्या इस कथन में सच्चाई है कि व्रत भी मनुष्य के लिए दुःख का कारण बन सकते हैं? किसी के कहने पर रखे गए व्रत या मनमर्जी से रखे व्रत कई बार इतने लंबे खिंच जाते हैं कि लगातार व्रतों की धुन में उसका स्वास्थ्य गिरने लगता है। परेशानी ही उसके हाथ आती है। जिस मनोरथ के लिए व्रत का पालन कर रहा है, वह पूर्ण नहीं हो पाता। स्वस्थ तन ही संपूर्ण फलों की प्राप्ति में सहायक है। लेकिन बीमारी से युक्त शरीर, ऊपर से व्रतों का बोझ उसे तन-मन से कुंठा प्रदान करते हैं। मानसिक तनाव से ग्रसित आदमी के लिए तो स्थिति और भी भयानक है। मानसिक तौर से बीमार व्यक्ति व्रत का पालन नहीं कर पाते। मानसिक व शारीरिक तौर से बीमारी में किया गया व्रत उसे किसी भयंकर बीमारी का शिकार बना देता है। कई बार स्थिति इतनी भयानक हो जाती है कि वह आत्महत्या तक की ओर अग्रसर हो जाता है।

कई बार ग्रहों की गति भी व्रतों को प्रभावित करती है। किसी के कहने पर बिना सोचे-समझे रखा गया व्रत हमें हानि पहुँचा सकता है। कई बार लोग ग्रहों को शांत करने के लिए व्रत धारण कर लेते हैं। राहु की शांति के लिए सूर्य का व्रत अज्ञानतवश मनुष्य को हानि पहुँचा सकता है। मंगल की शांति के लिए शनि का व्रत मनुष्य को एक ऐसे भयंकर अंजाम की ओर ले जा सकता है, जिसकी उसने

कल्पना भी नहीं की होगी। इसलिए जब भी कोई व्रत रखें, बिना सोचे-समझे नहीं रखें। किसी अच्छे विद्वान् पंडित से अपने ग्रहों की गति को जानें। फिर आप ग्रहों से संबंधित व्रत धारण कर सकते हैं।

कई बार विद्यार्थी भी परीक्षा के दिनों में व्रत का सहारा लेते हैं। इन दिनों उनकी मानसिक शक्ति का ह्रास होता है, इसलिए उन्हें मन की एकाग्रता तथा तन की स्वस्थता की ज्यादा आवश्यकता होती है। इन दिनों में रखे गए व्रत उनके मानसिक तथा शारीरिक स्वास्थ्य को नुकसान पहुँचा सकते हैं। इसलिए जोशपूर्वक बिना सोचे-समझे रखे गए व्रत विद्यार्थियों की उन्नति में बाधक हैं।

इसलिए यह बहुत ही आवश्यक है कि व्रतों का पालन सोच-समझकर करें। स्वस्थ शरीर तथा स्वस्थ मन हर लक्ष्य की पूर्ति में सहायक हैं। अंधाधुंध किसी की नकल करके लंबे समय के लिए कड़े व्रतों के पालन न करें।

व्रतों से भी बढ़ता है कष्ट

अकसर लोग यही सोचते हैं कि व्रत-उपवास से हमारी तकलीफें कम होती हैं, इसलिए हम बिना सोचे-समझे लाभ के लालच में व्रत रख लेते हैं, लेकिन विधि एवं नियम अनुसार जब हम व्रत रखने के बावजूद कष्टों को ज्यों-का-त्यों पाते हैं तो असमंजस में पड़ जाते हैं कि आखिर क्या कारण है, क्यों व्रत हमें नहीं फल रहे? क्यों कष्ट कम करने की बजाय कष्टों को और बढ़ा रहे हैं?

व्रत की महिमा अपार होती है, व्रत एक साधना होती है; परंतु इस व्रतरूपी साधना से जहाँ आध्यात्मिक और मानसिक सुख प्राप्त होता है, वहाँ गलत व्रत करने से लाभ की बजाय हानि उठानी पड़ती है। किसी भी प्रकार के व्रत करने से पहले आपको चाहिए, जो व्रत आप करने जा रहे हैं, वह व्रत आपके लिए अनुकूल है अथवा नहीं?

व्रत करने का निर्णय आपको अपनी जन्मकुंडली से लेना चाहिए, अगर कोई ग्रह जन्मकुंडली में अशुभ प्रभाव दे रहा हो और आप बिना विचार के उसका व्रत प्रारंभ कर देते हैं तो आपको कई प्रकार की समस्याओं को सामना करना पड़ सकता है। यदि आप किसी वार का व्रत करने जा रहे हैं तो आपको सर्वप्रथम अपनी कुंडली में नीचे लिखे हुए योग देखने होंगे, अगर आपकी कुंडली में ये योग हैं तो आपको उस वार का व्रत नहीं करना चाहिए।

रविवार व्रत—अगर आप रविवार का व्रत करते हों, परंतु आपकी कुंडली

में सूर्य नीच राशि, शत्रु राशि या कोई अन्य बुरा योग बना रहा हो तो ऐसे में आपको रविवार का व्रत नहीं करना चाहिए, क्योंकि रविवार के व्रत से सूर्य को बल मिलेगा, जिसके कारण आपकी कुंडली में बुरे योग, जो कि सूर्य के द्वारा बने हैं, को बल मिलेगा और आपके जीवन में हानि होगी।

अगर आपकी कुंडली में सूर्य छठे भाव का स्वामी होकर अष्टम भाव में विद्यमान हो और उस पर राहु, शनि आदि पाप ग्रहों की दृष्टि हो तो ऐसे में रविवार के व्रत करने से आपको असाध्य बीमारियों से ग्रस्त होना पड़ सकता है।

यदि सूर्य द्वादश या द्वितीय भाव में शत्रु राशि का होकर स्थित हो तो ऐसे में भी रविवार का व्रत नहीं करना चाहिए, क्योंकि सूर्य आँखों का प्रतिनिधित्व करता है, अत: आँखों से संबंधित रोग देगा।

सोमवार व्रत—सोमवार व्रत का देवता चंद्रमा होता है। यदि चंद्रमा तीसरे, छठे व आठवें भाव का स्वामी हो और चतुर्थ भाव व चतुर्थ भाव पर राहु, शनि आदि का पाप प्रभाव हो तो सोमवार का व्रत करने से व्यक्ति पागल तक हो सकता है।

चंद्रमा मन का कारक होता है। यदि चंद्रमा छठे भाव का स्वामी होकर चतुर्थ भाव में स्थित हो तो सोमवार का व्रत नहीं करना चाहिए; क्योंकि सोमवार का व्रत करने से व्यक्ति को मानसिक परेशानियों का सामना करना पड़ेगा।

चंद्रमा यदि छठे भाव में स्थित हो तो भी सोमवार का व्रत नहीं करना चाहिए, क्योंकि चंद्रमा चोरी, सरकारी क्षेत्रों में लाभ की जगह हानि पहुँचाएगा।

मंगलवार व्रत—वृष लग्न हो और मंगल की दृष्टि बुध और शुक्र पर पड़ती हो तो मंगलवार के व्रत करने से व्यक्ति की स्त्री की मृत्यु हो जाती है।

कुंभ लग्न वालों को मंगलवार का व्रत नहीं करना चाहिए, क्योंकि कुंभ लग्नवालों के लिए शनि और मंगल यदि किसी भाव अथवा उसके स्वामी पर एक साथ दृष्टि डालते हैं तो व्यक्ति उस भाव से संबंधित वस्तुओं का नाश करता है, जैसे—यदि कुंभ लग्नवालों का मंगल और शनि पंचम भाव और पंचमेश पर दृष्टि डालें तो व्यक्ति की संतान उसे पीड़ा देती है, यदि दूसरा व दूसरे भाव के स्वामी पर दृष्टि डालें तो व्यक्ति जानबूझकर अपने धन का नाश करता है, सातवें भाव व भाव के स्वामी पर दृष्टि डालें तो व्यक्ति अपनी पत्नी का शत्रु हो जाता है।

इसी प्रकार मिथुन लग्नवालों को भी मंगलवार का व्रत नहीं करना चाहिए, क्योंकि तब मंगल दो बुरे भावों का स्वामी हो जाता है। यदि मंगल चंद्रमा और लग्न पर अपना प्रभाव डाल रहा हो और व्यक्ति मंगलवार का व्रत शुरू कर दे तो व्यक्ति

क्रूर कर्म करनेवाला और हिंसाप्रिय हो जाता है।

बुधवार व्रत—मेष लग्नवालों को बुधवार का व्रत नहीं करना चाहिए, क्योंकि तब बुध दो अशुभ भावों का स्वामी हो जाता है। इस लग्नवालों का बुध जिस भी स्थान पर बैठेगा, उस स्थान को रोगयुक्त कर देगा, जैसे—यदि बुध लग्न में हो तो सिर, शरीर आदि में दर्द रहने लगेगा आदि।

गुरुवार व्रत—गुरु यदि सप्तम भाव में नीच राशि का हो तो गुरुवार का व्रत नहीं करना चाहिए, क्योंकि इस व्रत को करने से व्यक्ति की पत्नी की मृत्यु हो सकती है या फिर उसका वियोग सहन करना पड़ सकता है। पंचम भाव में गुरु नीच राशि का हो और व्यक्ति गुरुवार का व्रत करना शुरू कर दे तो उसके पुत्र की अकाल मृत्यु हो सकती है, अतः इन स्थितियों में गुरुवार का व्रत नहीं करना चाहिए।

शुक्रवार व्रत—शुक्र यदि कुंडली में छठे या आठवें भाव में हो और शुक्रवार का व्रत व्यक्ति शुरू कर दे तो उस व्यक्ति को मूत्रेंद्रिय रोग हो जाते हैं, उसकी आँखों की ज्योति धीरे-धीरे कम होने लग जाती है या उसकी आँखों में रोग हो जाते हैं।

शनिवार व्रत—यदि शनि दूसरे भाव में हो तो शनिवार का व्रत नहीं करना चाहिए, क्योंकि शनिवार के व्रत से व्यक्ति का जमा किया हुआ धन नष्ट हो जाता है।

यदि शनि चतुर्थ भाव में हो तो भी शनिवार का व्रत नहीं करना चाहिए, क्योंकि शनि माता-पिता को हानि पहुँचाएगा।

यदि शनि किसी भी भाव में नीच राशि में स्थित हो तो भी उस व्यक्ति को शनिवार का व्रत नहीं करना चाहिए, क्योंकि शनि जिस भी स्थान में बैठेगा, उस स्थान से संबंधित हानि और रोग देता है, जैसे—चतुर्थ भाव में हो तो भूमि और घर से वंचित कर देगा, छठे भाव में हो तो रोग, मुकदमेबाजी में धन का नाश करवाएगा, मित्रों में विरोध पैदा कर देगा, सप्तम में हो तो पत्नी को पीड़ा, मानसिक परेशानियाँ पैदा करेगा आदि।

□

कुंडली के अनुसार कौन सा व्रत करें?

आत्मा को दुर्गुणों और अनेक प्रकार के दोषों से बचाना व गुणों का शरीर में वास अर्थात् निवास, उपवास होता है। उपवास को ही व्रत कहा जाता है, जैसे—शराब आदि नशीली चीजों का सेवन करने से मनुष्य का शरीर उसके वश से बाहर हो जाता है, यानी वह नशे का गुलाम हो जाता है, उसी प्रकार अन्न में भी नशा होता है। पेट भर खाना खाने के बाद शरीर में आलस्य का अनुभव होना और पुरानी कहावत—रोटियाँ लगना, इस बात का प्रत्यक्ष प्रमाण है कि अन्न में नशा होता है। अन्न में एक प्रकार की शक्ति होती है, जो शरीर में पहुँचते ही दुगुनी हो जाती है। हमारे शास्त्रों ने इस शक्ति को आधिभौतिक शक्ति कहा है। इस शक्ति के द्वारा ही व्यक्ति का मन चंचल और बलवान होता है, जो अध्यात्म मार्ग में बाधा उत्पन्न करती है। शास्त्रों में कहा है—'विषया विनिवर्त्तन्ते निराहारस्य देहिन' के अनुसार उपवास विषय निवृत्ति का अचूक साधन है, अर्थात् खाना खाने के बाद हमारी भोग-विलास की इच्छा बलवती हो जाती है, पेट में अन्न आने के बाद ही गाना सुनना, घूमना, हँसी-दिल्लगी आदि के खयाल हमारे जहन में आते रहते हैं, हमारा मन इधर-उधर की उड़ान भरता रहता है, जबकि अगर किसी व्यक्ति को अन्न न दिया जाए, उसे भूखा रखा जाए तो उसके शरीर में शांति का वास हो जाता है, अर्थात् भूखे व्यक्ति की विषयों से रुचि हट जाती है। इसलिए शरीर को आध्यात्मिक बनाने व शरीर में गुणों का विकास करने और धर्म-पालन, मन को वश में करने के लिए उपवास किया जाता है, अर्थात् व्रत किया जाता है।

अब प्रश्न उठता है कि व्रत तो करें, परंतु कौन सा व्रत करें, जिससे हमारे जीवन में लाभ प्राप्त हो ? तो उसके लिए आप अपनी जन्मपत्री के अनुसार, जो ग्रह आपको पीड़ा दे रहा है, आपके व्यवसाय में रुकावट डाल रहा है या जीवन संबंधी परेशानी पैदा कर रहा है, उसका व्रत आरंभ कर देने से वह ग्रह अपना अशुभ प्रभाव छोड़कर

शुभ प्रभाव देने पर मजबूर हो जाएगा, जैसे—सूर्य आपकी कुंडली में अशुभ प्रभाव दे रहा हो तो उसके अशुभ प्रभाव को कम करने के लिए उसकी उपासना करनी पड़ती है। ऐसे ही प्रत्येक ग्रह के अशुभ प्रभाव को कम करने के लिए उसकी उपासना की जाती हो, जो कि व्रत, जप, पूजा आदि के माध्यम से होती है।

व्रत के दिन सायंकाल में एक ही समय भोजन किया जाता है, जो कि बहुत थोड़ी मात्रा में होता है। प्रात:काल में दूध व फल आदि लिये जा सकते हैं।

1. **रविवार व्रत**—रविवार का व्रत सूर्यदेव को प्रसन्न करने के लिए किया जाता है। इस व्रत को करने से व्यक्ति की हड्डी मजबूत होती है, क्योंकि सूर्य हड्डियों का कारक होता है, व्यक्ति के पेट से संबंधित सभी रोगों का विनाश होता है, नेत्रों की ज्योति बढ़ती है। रविवार के व्रत के साथ-साथ एक लोटा स्वच्छ जल को देते समय गायत्री मंत्र के साथ कहना चाहिए कि—

तेज रूप रस धाम, तुम किरणमाल अभिराम।
तमहरी भगवान् रवि तुमको नित्य प्रणाम।

ऐसा करने से व्यक्ति सूर्य की तरह चमकने लग जाता है, अगर व्यक्ति राजनीति क्षेत्र में है तो वह किसी विभाग का मंत्री बनता है, सरकारी नौकरी में है तो उच्च पद प्राप्त करता है, व्यवसाय में है तो लाभ होने के साथ-साथ उसका व्यवसाय चमकने लग जाता है।

2. **सोमवार व्रत**—सोमवार का व्रत चंद्रमा को प्रभावित करता है, जिससे व्यक्ति को मिरगी, दमा, फेफड़ों आदि के रोगों से मुक्ति मिलती है। व्यक्ति की चंचलता दूर होती है, अगर कोई व्यक्ति शराब आदि नशीली चीजों का सेवन करता हो तो इस व्रत के करने से नशीली चीजों से मुक्ति पा जाता है। सोमवार का व्रत भगवान् शिव को भी अतिप्रिय है, इसलिए सोमवार के व्रत करनेवाले स्त्री-पुरुषों पर शिवजी की विशेष कृपा होती है। कुँवारी लड़कियाँ अगर 15 सोमवार के व्रत करें तो उन्हें मन के मुताबिक पति की प्राप्ति होती है।
3. **मंगलवार व्रत**—अगर किसी व्यक्ति का हिंसात्मक स्वभाव हो, ज्यादा गुस्सा आता हो तो वह मंगलवार का व्रत करे, इससे उसका मन शांत हो जाएगा। मंगलवार के व्रत से हनुमानजी प्रसन्न होते हैं। इस व्रत के करने से कोई भी ऊपरी भूत-प्रेत, आत्माएँ आदि बाधाएँ दूर हो जाती हैं, उसके सारे संकट कट जाते हैं। अगर कोई अविवाहित लड़का मंगलवार के

व्रत करता है तो वह बुद्धिमान और बलवान हो जाता है। कुछ लोगों का मानना है कि मंगलवार का व्रत स्त्रियों को नहीं करना चाहिए, यह बात पूरी तरह बेबुनियाद है, ऐसा किसी शास्त्र में नहीं लिखा। अगर लिखा है तो वह गलत है; क्योंकि हनुमानजी के हृदय में भी सीताजी प्रभु राम के साथ दिखाई गई थीं। मंगलवार का व्रत सभी व्रतों से मुश्किल होता है, क्योंकि हनुमानजी ब्रह्मचर्य है। इस व्रत में ब्रह्मचर्य का विशेष ध्यान रखना चाहिए।

4. **बुधवार व्रत**—बुधवार का व्रत भगवान् गणेश व दुर्गा को प्रिय होता है। भगवान् गणेश बुद्धि के दाता है, इस व्रत से बुद्धि का विकास होता है, दिमाग तेज चलता है, व्यवसाय में वृद्धि होती है और सफलता मिलती है। अल्पायु और गुर्दे के रोगों आदि में शांति प्राप्ति होती है। इस व्रत के साथ अगर दुर्गाजी की पूजा तथा दुर्गा सप्तशती का पाठ करने से मनवांछित फलों की प्राप्ति होती है।
5. **गुरुवार व्रत**—गुरु एक शुभ ग्रह है, इस व्रत का प्रतिनिधित्व स्वयं भगवान् विष्णु करते हैं। इस व्रत का प्रारंभ सूर्य निकलने से पहले ही भगवान् बृहस्पति देव की कथा पढ़कर किया जाता है। इस व्रत में पीले कपड़े पहनने व पीला भोजन ही करना चाहिए। बृहस्पतिवार के व्रत से धन-संपत्ति की प्राप्ति होती है, निस्संतानों को पुत्र की प्राप्ति होती है, घर में सुख-शांति आती है। कन्या के विवाह में आ रही परेशानियाँ स्वतः नष्ट हो जाती हैं। इस व्रत के करने से पिता की आयु लंबी होती है, व्यक्ति राज्य में सम्मानित होता है।
6. **शुक्रवार व्रत**—शुक्रवार के व्रत से शुक्र को बल मिलता है व संतोषी माँ प्रसन्न होती है। शुक्रवार के व्रत करने से व्यक्ति सौंदर्यवान हो जाता है, गुप्त रोगों का दमन होता है, भोग-विलास की वस्तु में वृद्धि होती है, सौंदर्य वस्तुओं के व्यापार में व्यक्ति बहुत तरक्की करता है।
7. **शनिवार व्रत**—शनिवार के व्रत करने से जमीन-जायदाद में वृद्धि होती है, खोया हुआ धन प्राप्त होता है। विवाह में आ रही अड़चनें दूर होती हैं। पेट के दर्द व टाँगों के रोगों का नाश होता है। बहुत पुराने रोग स्वतः दूर हो जाते हैं। शनिवार के व्रत से शनि भगवान् प्रसन्न होकर व्यक्ति को धन और मान-सम्मान को आकाश की ऊँचाइयों तक पहुँचा देते हैं।

ज्योतिषीय लग्नों एवं चंद्र लग्नों के अनुसार व्रत का फल

सं.	लग्न	सामान्य	विशेष फलप्रद व्रत
1.	मेष	चंद्र, सूर्य	मंगल, बुध, बृहस्पति, शुक्र, शनि
2.	वृष	शनि	शनि को छोड़कर सभी
3.	मिथुन	बुध	बुध को छोड़कर सभी
4.	कर्क	चंद्र, मंगल	चंद्र, मंगल को छोड़कर सभी
5.	सिंह	रवि	रवि, मंगल को छोड़कर सभी
6.	कन्या	बुध	बुध को छोड़कर सभी
7.	तुला	शनि	शनि को छोड़कर सभी
8.	वृश्चिक	सूर्य, चंद्रमा	सूर्य, चंद्रमा को छोड़कर सभी
9.	धनु	बृहस्पति	गुरु को छोड़कर सभी
10.	मकर	शुक्र	शुक्र को छोड़कर सभी
11.	कुंभ	शुक्र	शुक्र को छोड़कर सभी

□

किस देवता के व्रत से क्या लाभ है?

व्रत एक साधना पथ है, इस पथ में कई प्रकार की बाधाएँ आती हैं, जैसे—अगर आप किसी व्रत का आरंभ करते हैं तो उस दिन आपको भूख-प्यास ज्यादा लगती है। किसी-न-किसी व्यक्ति से लड़ाई-झगड़ा हो जाता है, कभी आपका व्रत खंडित हो जाता है तो कभी कोई गलती हो जाती है। यह सब व्रत से संबंधित देवता करते हैं; क्योंकि व्रत एक साधना है और साधना में कोई-न-कोई विघ्न-बाधाएँ तो आती ही हैं। परंतु धीरे-धीरे व्रत के द्वारा समस्त प्रकार के पाप, कष्ट आदि नष्ट हो जाते हैं, व्रत सार्थक एवं हितकारी हो जाता है।

व्रत करने से सांसारिक और पारलौकिक अर्थात् दोनों लोकों का फल प्राप्त होता है। अगर हम सांसारिक दृष्टि से विचार करें तो सात दिनों में से केवल एक दिन भोजन न करें तो हमारा शरीर स्वस्थ रहता है, चंचल मन की गति पर अंकुश लगता है। पारमार्थिक दृष्टि से आत्म-कल्याण की प्राप्ति होती है। जिस देवता से संबंधित व्रत करते हैं, वह देवता अपने से संबंधित वस्तुओं की प्राप्ति कराता है। अब प्रश्न उत्पन्न होता है कि व्रत तो करना चाहिए, परंतु किस देवता का व्रत करना चाहिए, जिससे लाभ प्राप्त हो? कुछ लोग सांसारिक वस्तुओं की प्राप्ति के लिए व्रत करते हैं तो कुछ लोग दैवी शक्ति के लिए व्रत करते हैं। व्रत कई प्रकार के होते हैं। जीवन में व्रतों का बहुत महत्त्व है। भीष्म पितामह ने जीवन भर ब्रह्मचर्य व्रत का पालन किया था, तो राजा हरिश्चंद्र ने झूठ न बोलने का व्रत लिया हुआ था। इसी प्रकार हमें भी व्रत करने चाहिए। व्रत का अर्थ एक दिन भूखा रहना नहीं होता। व्रत का अर्थ जीवन भर प्रतिज्ञा का पालन करना होता है। शास्त्रों के अनुसार तो व्रतों की समाप्ति का समय निश्चित किया हुआ है, परंतु जिस भी देवता का व्रत करना हो तो उसका व्रत तब तक करना चाहिए, जब तक संबंधित वस्तु की प्राप्ति न हो जाए।

विष्णु भगवान् का व्रत—विष्णु देव का व्रत गुरुवार के दिन होता है। इस

व्रत में पीले रंग के कपड़े व पीले भोजन का विधान है। इस दिन हजामत, सिर के बाल व घर को नहीं धोना चाहिए। इस व्रत की शुरुआत भगवान् बृहस्पति की कथा पढ़कर ही करनी चाहिए। इस व्रत के करने से पुत्र की प्राप्ति होती है, घर में धन-संपत्ति की वर्षा होती है। कन्या के विवाह में हो रहा विलंब दूर होता है, निर्बल मस्तिष्क को बल मिलता है।

शिवजी का व्रत—शिवजी का व्रत सोमवार के दिन होता है। इस व्रत के करने से मन को शांति प्राप्त होती है, आँखों के रोग समाप्त होते हैं, स्वास्थ्य में वृद्धि होती है, मान-सम्मान प्राप्त होता है, विद्या बढ़ती है। इस व्रत के करने से लड़कियों को उत्तम पति की प्राप्ति होती है।

हनुमानजी का व्रत—हनुमानजी का दिन मंगलवार होता है। इस व्रत के नियम बहुत कठिन होते हैं। इस व्रत में विशेष रूप से ब्रह्मचर्य का पालन किया जाता है। इस व्रत को करने से जातक का क्रोध शांत होता है, जातक बलवान बनता है, उसकी मंत्रणा शक्ति में वृद्धि होती है, उसे पुत्र की प्राप्ति होती है, उसके पुरुषार्थ में वृद्धि होती है। अगर कोई लड़का हनुमानजी का व्रत करता है तो उस पर हनुमानजी शीघ्र प्रसन्न होते हैं और उस पर विशेष कृपा करते हैं।

गणेशजी व माँ दुर्गा का व्रत—बुधवार का व्रत उपरोक्त दोनों देवताओं का होता है। इस व्रत के करने से व्यापार में वृद्धि होती है, यज्ञीय कार्यों में भी वृद्धि होती है, बुद्धि तेज हो जाती है। इस व्रत के साथ 'दुर्गा सप्तशती' का पाठ भी करना चाहिए। सप्तशती पाठ के बिना यह व्रत अधूरा होता है। इस व्रत के करने से अल्पायु और गुर्दे की बीमारी भी ठीक हो जाती है।

संतोषी व लक्ष्मी का व्रत—शुक्रवार के दिन इन दोनों का व्रत होता है। इस व्रत के करने से व्यक्ति की आर्थिक स्थिति में सुधार होता है, व्यक्ति के भोग-विलास के साधनों में वृद्धि होती है, घर में कलह समाप्त होती है। इस व्रत के द्वारा गुप्त रोगों का नाश भी होता है।

काली व भैरव का व्रत—इन दोनों देवताओं का दिन शनिवार होता है। इस व्रत के करने से विद्या में आ रही अड़चनें दूर होती हैं, कोई दीर्घ रोग हो तो वह भी समाप्त हो जाता है, इस व्रत से धन व मान-सम्मान में वृद्धि होती है, टाँगों के रोग दूर होते हैं, जमीन की प्राप्ति होती है तथा रुका हुआ धन प्राप्त होता है।

सूर्य भगवान् का व्रत—रविवार का व्रत सूर्य देवता का होता है। इस व्रत के करने से व्यक्ति की आयु और बल में वृद्धि होती है, नेत्रों की ज्योति बढ़ती है। एक

लोटा जल सूर्य देव को अर्पण करने से जातक तेजस्वी होता है। सरकारी कार्यों में सफलता प्राप्त होती है, धन-संपत्ति की प्राप्ति होती है। उसकी हड्डियाँ मजबूत होती हैं।

व्रत करने की विधि—व्रत के दिन प्रातः जल्दी उठकर अपने दैनिक कार्य शौच आदि से निवृत्त होकर सर्वप्रथम जिस देवता का व्रत हो, उस देवता की कथा या नमस्कार करके व्रत का आरंभ करना चाहिए। व्रत के दिन अन्न का त्याग किया जाता है। व्रत वाले दिन सायं को पूजा-पाठ आदि करके एक ही समय भोजन करना चाहिए। भोजन शुद्ध व सात्त्विक होना चाहिए, भोजन में नमक-मिर्च और मसाला नहीं होना चाहिए। देशी घी, बूरा, चीनी आदि के साथ भोजन किया जा सकता है। भोजन त्यागने का नाम व्रत नहीं होता। व्रत के दिन असत्य भाषण, चोरी, अपवित्रता, हिंसा, मैथुन, जुआ, दिन में सोना, बार-बार फल आदि खाना, अधिक बोलना आदि का त्याग करना होता है। इस दिन अपने आपको भगवान् के चरणों में समर्पित कर देना चाहिए। मन में किसी प्रकार की कोई सांसारिक चिंता नहीं होनी चाहिए।

□

क्या हैं नवरात्र?

किसी भी प्रकार की साधना के लिए शक्ति का होना जरूरी है और शक्ति की साधना का पथ अत्यंत गूढ़ और रहस्यपूर्ण है और नवरात्र कुछ और नहीं, शक्ति व साधना का ही पर्व है।

हम नवरात्र में व्रत इसलिए करते हैं, ताकि अपने भीतर की शक्ति, संयम तथा नियम से सुरक्षित हो सके; उनका अनावश्यक अपव्यय न हो। संपूर्ण सृष्टि में जो ऊर्जा का प्रवाह है, उसे अपने भीतर रखने के लिए स्वयं की पात्रता तथा इस पात्र की स्वच्छता भी जरूरी है। शक्ति को भीतर प्रवेश कराने का ही पर्व है नवरात्र।

भारतीय धर्म में व्रत का विशेष महत्त्व है। वस्तुत: व्रत केवल धर्म से नहीं, अपितु हमारे आचरण से भी जुड़े हुए हैं। अलग-अलग व्रतों के माध्यम से हम समूची भारतीयता, धार्मिक संस्कृति और अध्यात्म के मर्म को समझ सकते हैं। हमारे पुराण कई व्रतों को मानव सृष्टि के लिए कल्याणकारी मानते हैं। नवरात्र पर रखे जानेवाले व्रतों का सर्वाधिक महत्त्व माना गया है। नवरात्र पर माँ जगदंबा के नौ रूपों की पूजा की जाती है। नवरात्र में आदिशक्ति की साधना और व्रत से साधकों को हर प्रकार के कष्टों से मुक्ति मिलती है। यह प्रश्न विशेष रूप से उठाया जाता है कि माँ के रूपों की साधना रात्रि में ही क्यों होती है? इसके पीछे एक रहस्य है, हम रात का समय सोने के लिए व्यतीत करते हैं। हम तमोगुण की मोह-निद्रा में कई काल तक सोते आए हैं। नवरात्र का संदेश यही होता है कि तमोगुण की मोह-निद्रा से मुक्त होने का अब समय आ गया है। धार्मिक ग्रंथों में भी रात्रि जागरण का विशेष विधान देखने को मिलता है। रात्रि में जागने का अर्थ है—निद्रा को छिन्न-भिन्न कर देना या अज्ञानरूपी अंधकार को नष्ट करने के लिए जागकर माँ दुर्गा की आराधना करना।

भगवती दुर्गा के अनेक रूप हैं। उनके विभिन्न रूपों के अनुसार उनकी उपासना पद्धतियाँ भी भिन्न-भिन्न होती हैं। सामान्यत: देवी के स्वरूप को तीन श्रेणियों में

विभाजित किया जा सकता है। वे हैं—सात्त्विक, राजसिक और तामसिक। नवरात्र का समय तीनों ही प्रकृति की देवियों की उपासना के लिए अति उत्तम कहा जा सकता है। लेकिन नवरात्र के नौ दिनों को शक्ति के नौ स्वरूपों में विभाजित किया गया है और इन दिनों शक्ति के नौ रूप हैं—शैलपुत्री, ब्रह्मचारिणी, चंद्रघंटा, कूष्मांडा, स्कंदमाता, कात्यायनी, कालरात्रि, महागौरी और सिद्धिदात्री।

क्यों मनाते हैं नवरात्रे?

वर्ष में दो नवरात्र होते हैं—शारदीय और वासंती। इन दोनों ही नवरात्रों का काफी महत्त्व है। दोनों नवरात्र संपातों में पड़ते हैं। 'संपात' का अर्थ है—स्थूल रूप से दिन-रात का बराबर होना या पृथ्वी का सूर्य से सम दूरी पर होना।

इसी कारण इन दोनों ऋतुओं में ऊर्जा उत्पन्न होती है। इसकी सही पहचान और विनियोग के लिए दोनों के शुक्ल पक्ष की प्रारंभिक नौ तिथियों में माँ दुर्गा के नौ स्वरूपों की पूजा-अर्चना और व्रत का विधान है।

दैवी शक्ति से ओत-प्रोत होने के साथ-साथ भारत एक कृषिप्रधान देश भी है। यहाँ पर देश की भूमि को 'मातृभूमि' कहा जाता है। इस कृषिप्रधान देश में जब फसल बदल रही होती है तो 'देवी पर्व' मनाते हैं।

एक वर्ष में चार नवरात्र मनाई जाती हैं, जिनमें दो गुप्त और दो जगत् के सामने मनाई जाती हैं। वर्ष के चार नवरात्र शक्ति संप्रदाय के अनुसार—

1. चैत्र शुक्ल प्रतिपदा—चैत्र मास की नवरात्र (जिसमें चैत्री फसल होती है), वासंतिक नवरात्र।
2. आषाढ़ शुक्ल प्रतिपदा।
3. माघ शुक्ल प्रतिपदा।
4. अश्विनी शुक्ल प्रतिपदा—शारदीय नवरात्र अश्विनी मास (ग्वार की फसल वाला समय) अर्थात् शारदीय नवरात्र।

आषाढ़ के माघ मास के नवरात्र गुप्त माने जाते हैं और चैत्र अश्विनी नवरात्र प्रत्यक्ष होते हैं। इन प्रत्यक्ष नवरात्रों में साधारण हो या विशेष, सभी समूह माँ देवीजी की साधना करते हैं। देखा जाए तो ये चार मास ऋतु परिवर्तन के हैं।

इस प्रकार सामान्य जन वर्ष में दो बार नवरात्र प्रमुख रूप से मनाते हैं।

नवरात्रों में भगवती माँ देवीजी की उनके नौ विशेष अवतारों के रूप में पूजा की जाती है। यह पर्व भक्ति भाव से लगातार नौ रात्रियों में देवीजी की पूजा-अर्चना

और वंदना का पर्व है और दशमी तिथि का विशेष महत्त्व है।

शारदीय नवरात्र हों या चैत्र पक्षीय नवरात्र हों, इन नौ पवित्र दिनों में शक्ति की पूजा का विशेष विधान है।

नवरात्रों की प्रथम तीन रात्रियों में आदिशक्ति दुर्गा की अगली तीन रात्रियों में महालक्ष्मीजी की और अंतिम तीन रात्रियों में देवी सरस्वतीजी की साधना करते हैं।

मन एकाग्र हो, अंत:करण शुद्ध हो, आत्मानुशासन, आत्मसंयम, सच्चा ऐश्वर्य, आंतरिक समृद्धि हो; वास्तव में धार्मिक दृष्टि से यह आत्मशुद्धि का पर्व है। इन दिनों की पूजा-पाठ-अर्चना आदि से जीवन में सुख, शांति व समृद्धि आती है। यह पर्व भौतिक तथा नैतिक शक्तियों को समान रूप से जाग्रत् करनेवाला महोत्सव है।

'मनुस्मृति' में लिखा है कि जहाँ नारी की पूजा होती है, वहाँ देवताओं का वास होता है। नारी शक्ति को कोई भी व्यक्ति अस्वीकार तथा तिरस्कार भी नहीं कर सकता। देवी भागवत में उनके विराट् स्वरूप का वर्णन इस प्रकार है। उनके विराट् स्वरूप के प्रदर्शन के समय आकाश उनका मस्तक, विश्व उनका हृदय, पृथ्वी जंघा, वेद वाणी और वायु प्राण थी। चंद्रमा एवं सूर्य उनके नेत्र थे, कान दिशाएँ थीं, नाभि पाताल, वक्ष ज्योतिष्चक्र, मुख जनलोक तथा पलकें दिन-रात थीं। ऐसा अद्भुत स्वरूप तो देवी का ही हो सकता है, जो विश्व के कण-कण में व्याप्त हैं।

वास्तव में यह शक्ति ही विश्व को जन्म देती है, उसका पालन करती है और विनाश भी इसी शक्ति के कारण होता है। ब्रह्मा को सृष्टि का जन्म देनेवाला, विष्णु को पालन करनेवाला तथा रुद्र (शिव) को संहार करनेवाला कहा जाता है। भले ही जन्म, पालन और संहार के लिए तीन देव हैं, मगर ये तीनों देव भी अपनी-अपनी शक्ति के साथ ही जाने और माने जाते हैं। ब्रह्मा के साथ महासरस्वती, विष्णु के साथ महालक्ष्मी और रुद्र (शिव) के साथ महाकाली का नाम शक्ति के रूप में जुड़ा है।

वैदिक साहित्य में 'शक्ति सृजति ब्रह्मांडम्' कहकर जिसकी ओर संकेत किया गया है, वह दुर्गा देवी ही हैं। यही देवी ऋग्वेद में अपना परिचय इन शब्दों में देती हैं, "मैं स्वयं समग्र जगत् की ईश्वरी हूँ। मैं ही धनदात्री हूँ। उपास्य तत्त्वों में मैं ही श्रेष्ठ हूँ। मैं ही एकमात्र उपास्य हूँ। मैं ही संपूर्ण जगत् में हूँ। मुझे तुम सर्वरूप में देख रहे हो, मगर पहचान नहीं रहे हो।"

नवरात्र का पर्व नैसर्गिक पवित्रता और बाल-स्वभाव के आह्वान का पर्व है। नवरात्र का आह्वान जितनी सुरुचि, सादगी या प्रकृति के साथ संतुलन रखते हुए किया जाए और जितने बाल-सुलभ भाव व सरल, निश्चल मन से किया जाए, उतना ही माँ दुर्गा प्रसन्न होती हैं।

नवरात्र का संदेश हर वर्ष नवसृष्टि का संदेश लेकर आता है तथा चैत्र नवरात्र से ही नए वर्ष का प्रारंभ माना जाता है।

नवरात्र प्रथा का आरंभ

भारतीय पुराणों में दुर्गा, अर्थात् शक्ति के अवतरण से संबंधित कई कथाएँ प्रचलित हैं। इन्हीं में से एक प्रमुख कथा के अनुसार शुंभ-निशुंभ नामक महाबली असुरों ने संपूर्ण जगत् में अपने कुकर्मों से त्राहि-त्राहि मचा रखी थी। इन असुरों के आतंक से भयभीत होकर सभी देवता देवी पार्वती के पास पहुँचे और अपनी व्यथा का बयान किया।

देवताओं की पीड़ा को जानकर देवी पार्वती के शरीर से एक कुमारी कन्या दिव्य रूप में प्रकट हुई, जिसने शुंभ-निशुंभ का वध करके पाप का नाश कर दिया। इस प्रकार जब संसार में पुन: धर्म की लहरें उठने लगीं, तब देवताओं ने नवरात्र व्रत रखे तथा माँ दुर्गा का श्रद्धापूर्वक पूजन किया। बस तभी से नवरात्र प्रथा का आरंभ हुआ।

अन्य कथाएँ

1. कौशल देश में सुशील कुमार नाम का एक निर्धन ब्राह्मण रहता था। उसके कई बच्चे थे। प्रतिदिन मिलनेवाली भिक्षा से वह अपने परिवार का भरण-पोषण करता था। देवताओं, पितरों और अतिथियों की पूजा करने के बाद आश्रित जनों को खिलाकर ही वह स्वयं भोजन करता था। वह हमेशा दूसरों की सहायता के लिए तैयार रहता था और धर्म-कर्म के कार्यों में अपना समय व्यतीत करता था। उसके मन में कभी भी अहंकार और ईर्ष्या जैसे तुच्छ विकार उत्पन्न नहीं होते थे।

एक समय उसके घर के निकट सत्यव्रत नामक एक तेजस्वी ऋषि आकर ठहरे। मंत्रों और विद्याओं का ज्ञाता उनके समान दूसरा कोई न था। सुशील के मन में उनसे मिलने की इच्छा जाग्रत् हुई और वह उनके पास चला गया। सत्यव्रत मुनि को प्रणाम करके वह बोला, 'ऋषिवर', आपकी बुद्धि अत्यंत विलक्षण है। मैं एक निर्धन ब्राह्मण हूँ। कृपा करके मुझे बताएँ कि मेरी दरिद्रता कैसे समाप्त हो सकती है और कैसे मैं इस जीवन में सफल हो सकता हूँ? मुनिवर, आपसे यह पूछने का केवल इतना ही अभिप्राय है कि मुझमें परिवार का भरण-पोषण करने की शक्ति आ जाए। धन के अभाव के कारण मैं उन्हें समुचित सुविधाएँ और अन्य सुख नहीं दे पा रहा हूँ। दयानिधान, तप, दान, व्रत, मंत्र अथवा जप कोई ऐसा उपाय बताएँ, जिससे कि

मैं अपने परिवार का भरण-पोषण कर सकूँ। मुझे केवल इतने ही धन की अभिलाषा है, जिससे मेरा परिवार सुखी हो जाए।'

सत्यव्रतजी ने सुशील को भगवती भवानी माँ की महिमा बताते हुए नवरात्र व्रत करने की सलाह दी। सुशील ने सत्यव्रतजी को अपना गुरु मानकर उनसे 'मायाबीज' नामक भुवनेश्वरी मंत्र की दीक्षा ली। उसके बाद नवरात्रि व्रत रखकर उस मंत्र का नियमित जाप शुरू कर दिया। नौ वर्षों तक वह प्रत्येक नवरात्रों में भगवती माँ के 'मायाबीज' का निरंतर जप करता रहा। सुशील की भक्ति से प्रसन्न होकर नवरात्रों में अष्टमी की आधी रात को देवी माँ साक्षात् प्रकट हुईं और सुशील को उसका वर प्रदान करके उसे संसार का समस्त वैभव, ऐश्वर्य और मोक्ष प्रदान किया। इस प्रकार किसी भी कार्य को श्रद्धा, भक्ति और निष्ठा से किया जाए तो निश्चय ही उसका अनुकूल फल प्राप्त होता है।

2. दुर्गा-पूजन की पद्धति का स्पष्ट वर्णन ग्यारहवीं शताब्दी में मिलता है। बंग नरेश हरिदेव वर्मा के एक मंत्री भवदेव भट्ट ने अपने पूर्ववर्ती व्यक्तियों का उल्लेख करते हुए दुर्गा पूजा की पद्धति को लिपिबद्ध किया। इसके पश्चात् चौदहवीं शताब्दी में श्री वाचस्पति मित्र ने दुर्गा-पूजन का विशद वर्णन किया है। बंगाली पंडित रघुनंदन ने काफी प्रयासों के पश्चात् दुर्गा-उपासना की जो पद्धति तैयार की, वह बहुत लोकप्रिय हुई। सोलहवीं शताब्दी में राजा कंसनारायण बहुत बड़े दुर्गा-उपासक हुए थे। उन्होंने अपने राजपुरोहित रमेश शास्त्री के सहयोग से दुर्गा पूजा का अत्यंत विराट् व भव्य आयोजन किया था। बंगाल के राजशाही प्रांत के ताहिरपुर नगर में आयोजित इस भव्य समारोह में राजा कंसनारायण ने लगभग साढ़े आठ लाख रुपए खर्च किए। इसी के बाद बंगाल के हिंदुओं में दुर्गा-पूजा एक अनिवार्य उत्सव बन गया।

नवरात्रों से लाभ

नवरात्रे हमारे जीवन में अलौकिक शक्ति का संचार करते हैं, जिसमें तन और मन दोनों को निर्मल करने की प्रक्रिया की जाती है। पहले उपवास द्वारा तन को नियंत्रित किया जाता है, इसके बाद साधना द्वारा मन को वश में किया जाता है। अत: नवरात्रे शारीरिक व अलौकिक, दोनों प्रकार की उन्नति का मार्ग प्रशस्त करते हैं। नवरात्रों को साधना के लिए उत्तम समय कहा गया है। शास्त्रों में नवरात्रों की बहुत महिमा बताई गई है। इस दौरान की गई देवी की आराधना भक्त पर असीम कृपा की वर्षा करती है।

कलियुग में समस्त कामनाओं को सिद्ध करने के लिए दुर्गा पूजा ही श्रेष्ठ मानी गई है। वैसे तो प्रतिदिन 'दुर्गा सप्तशती' का पाठ करने से मन को शांति और शक्ति मिलती है, लेकिन नवरात्र के विशेष अवसर पर विधि-विधान से माँ दुर्गा की पूजा करने से विशेष फल मिलता है। इस अवसर पर विधिवत् पूजन कैसे किया जाए, यह जानना जरूरी है। वेद-पुराणों के अनुसार, दुर्गा माता की शक्ति के असंख्य स्वरूप हैं, क्योंकि यह ब्रह्म व प्रकृति स्वरूप हैं। जिस प्रकार ब्रह्मा, विष्णु, महेश, रजो, सतो, तमो गुण प्रधान हैं। उसी प्रकार माता शक्ति में तीनों गुण प्रधान हैं। महाकाली रौद्र, महालक्ष्मी सतो और महासरस्वती रजो गुण प्रधान हैं। महाकाली दुष्टों का संहार करती हैं, महालक्ष्मी संसार का पालन-पोषण और महासरस्वती जगत् की उत्पत्ति व ज्ञान का संचार करती हैं। भारतवर्ष में तकरीबन शतप्रतिशत लोग माँ दुर्गा पर अटूट विश्वास रखते हैं और माँ को उनके 108 नामावली में से किसी एक नाम से चुनकर उसका विधिपूर्वक पूजन करते हैं।

□

जानें नवरात्र व्रत की पूजन विधि

यों तो अगर भक्त अपने भगवान् को किसी भी रूप में याद करता है या पूजता है तो भगवान् उसकी पुकार अवश्य सुनते हैं, बस भक्त के दिल में श्रद्धा का होना आवश्यक होता है; लेकिन जहाँ बात पूजा करने की आती है तो उसमें श्रद्धा और पवित्रता के साथ-साथ पूजा सही प्रकार से तथा उचित विधि द्वारा की जाए, यह बहुत ही आवश्यक होता है।

पूजन वाले स्थान को गाय के गोबर से अच्छी तरह लीप लें। अगर पक्का फर्श है तो अच्छी तरह धोकर स्वच्छ कर लें। पूजन में सबसे पहले कलश स्थापित किया जाता है। कलश को गणेशजी का स्वरूप माना जाता है। सात प्रकार की मिट्टी, गंगाजल मिलाकर एक पीठ तैयार की जाती है। माँ की पूजा में सभी तीर्थों, नदियों, समुद्रों, नवग्रहों, दिशाओं, नगर देवता, ग्राम देवता सहित सभी योगिनियों को भी आमंत्रित किया जाता है। कलश में सात प्रकार की मिट्टी, सुपारी, मुद्रा सादर अर्पित की जाती है। पाँच प्रकार के पल्लव से कलश को सुशोभित किया जाता है। कलश में सात प्रकार के अनाज अथवा जौ बोए जाते हैं, जिन्हें दशमी तिथि को काटा जाता है। इसके बाद सुंदर पाटे पर लाल वस्त्र बिछाकर माँ दुर्गा का आह्वान किया जाता है। देवी को स्नान आदि करवाकर लाल वस्त्र पहनाए जाते हैं और फिर पूजा के दौरान पुष्प चढ़ाकर, तिलक लगाकर भोग के रूप में मिष्टान्न अर्पित करके माता की आरती उतारी जाती है। माँ की प्रतिमा के साथ महालक्ष्मी माता, गणेशजी तथा विजया नामक योगिनी की भी पूजा की जाती है।

कैसे करें दुर्गा पूजन?

माँ भगवती भावना और भक्ति की प्रेमी हैं तथा देवी का अर्चन सूक्ष्म भी है

और विस्तृत भी। संकल्प उतना ही करना चाहिए, जितना आप कर सकें। प्रतिदिन यदि सात माला के जाप का संकल्प है, तो उतनी ही करनी होंगी। इसलिए संकल्प से पहले अपनी कार्य परिस्थितियों को भी देख लेना चाहिए। अगर संपूर्ण विधि-विधान से जाप किया जाए, तो दुर्गा सप्तशती के पाठ में चार घंटे लग ही जाते हैं।

पूजा का विधि-विधान विस्तृत रूप से देखें—

1. प्रतिपदा को देवी भगवती का ध्यान करते हुए कलश स्थापित करें। एक लोटे में गंगाजल, जौ, तिल, अक्षत डालें। लोटे पर स्वस्तिक (सतिया) बनाएँ। कलावा बाँधें। आम के 5, 7, 9 पत्ते लगाएँ और नारियल (जटाजूट) को चुनरी में या लाल कपड़े में बाँधकर स्थापित कर दें। कांड मंत्र पढ़ सकें, तो अच्छा है, अन्यथा 'या देवि सर्वभूतेषु शक्ति रूपेण संस्थिता नमस्तस्यै-नमस्तस्यै-नमस्तस्यै नमो नमः' पढ़ लें।
2. आप दुर्गा चालीसा या देवी सूक्ष्म पढ़कर भी कलश स्थापित कर सकते हैं।
3. कलश स्थापना से पहले गणेशजी, शंकरजी का विशेष स्तवन करें।
4. कलशोस्थापना के बाद माँ की अखंड ज्योति जलाएँ।
5. अखंड ज्योति अनिवार्य नहीं है। अगर आप जलाते रहे हों तो जलाएँ।

कालीजी की ज्योति

घर में ही आप कालीजी की अखंड ज्योति जला सकते हैं। यह तेल दीपक होगा। प्रतिबंध यह रहेगा कि आप ज्योति रहते स्थान परिवर्तन या स्थान-भ्रमण नहीं करेंगे। इसका आशय मात्र इतना है कि आप कवच में बँध गए हैं। आपने संकल्प लिया है कि आप माँ को छोड़कर नहीं जाएँगे।

कलश स्थापना और ज्योति जलाने से पहले निम्न मंत्र पढ़ें—

ॐ ऐं आत्मतत्त्वं शोधयामि नमः स्वाहा।
ॐ ह्रीं विद्यातत्त्वं शोधयामि नमः स्वाहा॥
ॐ क्लीं शिवतत्त्वं शोधयामि नमः स्वाहा।
ॐ ऐं ह्रीं क्लीं सत्वतत्त्वं शोधयामि नमः स्वाहा॥

इसके बाद संकल्प लें। इसमें स्थान, नाम, पिता का नाम, पारिवारिक सदस्यों के नाम, गोत्र का नाम लें, जैसे हे भगवती! मैं···पुत्र···जिला···शहर···मुहल्ला···गोत्र

अपने परिवार जनों¨के साथ नवरात्र व्रत का संकल्प लेता हूँ। मेरे कारज सिद्ध करना। ज्ञात-अज्ञात जो भूल हो जाए, उसे क्षमा करना। जगज्जननी मेरा उद्धार करो। मेरा कल्याण करो।

रूपं देहि जयं देहि यशो देहि द्विषो जहि।

इसके बाद देवीजी की प्रार्थना करें—

ॐ नमो देव्यै महादेव्यै शिवायै सततं नमः
नमः प्रकृत्यै भद्रायै नियतः प्रणतः स्मताम॥
ॐ जयन्ती मंगला काली भद्रकाली कपालिनी।
दुर्गा क्षमा शिवा धात्री स्वाहा स्वधा नमोस्तुते॥

प्रतिदिन उतनी माला का संकल्प करें, जितनी बार कर सकें, अन्यथा पार्वतीजी का अभिष्ट मंत्र 11 बार, लक्ष्मीजी का 5 या 9 बार और कालीजी का सात बार पढ़ लें।

देवी पूजा के नियम और वर्जनाएँ

साधना देवी के किसी भी स्वरूप की पूजा की जाए, उसमें कुछ नियमों एवं वर्जनाओं का ध्यान रखना आवश्यक होता है—

1. पूजा-पाठ, साधना एवं उपासना के समय साज-श्रृंगार, शौक-मौज तथा कामुकता के विचारों से अलग रहना चाहिए।
2. मंत्र जप प्रतिदिन नियमित संख्या में करना चाहिए। कभी ज्यादा या कभी कम मंत्र जप नहीं करना चाहिए।
3. किसी भी पदार्थ का सेवन करने से पूर्व उसे अपने आराध्य देव को अर्पित करें। उसके बाद ही स्वयं ग्रहण करें।
4. मंत्र जप के समय शरीर के किसी भी अंग को नहीं हिलाएँ।
5. दुर्गा की उपासना में मंत्र जप के लिए चंदन माला को श्रेष्ठ माना जाता है।
6. माता लक्ष्मी की उपासना के लिए स्फटिक माला या कमलगट्टे की माला का उपयोग करना चाहिए।
7. बैठने के लिए ऊन या कंबल के आसन का उपयोग करना चाहिए।
8. काली की आराधना में काले रंग की वस्तुओं का विशेष महत्त्व होता है। काले वस्त्र एवं काले रंग के आसन का प्रयोग करना चाहिए।
9. दुर्गा आराधना में अनेक पूजन वस्तुओं की आवश्यकता समय-समय पर

होती है। उन्हें पूर्व में ही एकत्रित करके रख लेना चहिए।

10. दुर्गा आराधना के समय अपना मुख पूर्व या उत्तर दिशा की ओर रखना चाहिए।
11. आप किसी भी देवी की आराधना करते हों, पर नवरात्र में व्रत अवश्य करना चाहिए।
12. घर में शक्ति की तीन मूर्तियाँ वर्जित हैं, अर्थात् घर या पूजाघर में देवी की तीन मूर्तियाँ नहीं होनी चाहिए।
13. देवी के जिस स्वरूप की आराधना आप कर रहे हों, उनके स्वरूप का ध्यान मन-ही-मन करते रहना चाहिए।
14. दुर्गा के पूजन के लिए पुष्प एवं पुष्पमाला, रोली, चंदन, नैवेद्य, फल, दूर्वा, तुलसीदल लेने चाहिए।

किस दिन क्या चढ़ाएँ

नौ दिनों के व्रत के दौरान देवी दुर्गा को हर दिन अलग-अलग वस्तुएँ चढ़ाने का विधान है—

प्रतिपदा—आँवला आदि का सुगंधित तेल।

द्वितीया—बाल बाँधने या गूँथने के काम आनेवाला रेशमी सूत या फीता।

तृतीया—सिंदूर या दर्पण।

चतुर्थी—गाय का दूध, दही, घी व शहद से बना द्रव्य, तिलक या आँख में आँजने वाली वस्तु।

पंचमी—चंदन एवं आभूषण।

षष्ठी—पुष्प एवं पुष्पमाला।

सप्तमी—ग्रहमध्य पूजा।

अष्टमी—उपवासपूर्वक पूजन।

नवमी—महापूजा और कुमारी पूजा।

नवरात्र व्रत का महत्त्व और विधान

नवरात्र पर रखे जानेवाले व्रतों का विधान पवित्रता से जुड़ा होता है, इसलिए इन दिनों में अपने आचरण को पवित्र रखें। कोई भी ऐसा आचरण न करें, जो

आपकी पवित्रता को भंग करता हो। अपने मन में किसी के प्रति वैर भाव न लाएँ और न ही किसी का मन दुखाएँ।

नवरात्र का व्रत रखनेवाले साधक को तामसी भोजन का त्याग करना चाहिए। मांसाहार, शराब, प्याज, लहसुन आदि इन दिनों में पूर्णतः वर्जित होता है। ये चीजें व्रत के विधान को नष्ट कर देती हैं।

नवरात्र में फलाहार या दूध का सेवन सर्वोत्तम माना गया है। साधक कुट्टू या सिंघाड़े के आटे का भोजन भी कर सकता है। व्रत के दौरान केवल यही भोजन ग्रहण करना चाहिए।

भोजन में मसालों का सेवन भी वर्जित माना गया है। इन दिनों में आप जो भोजन करें, उसमें सिर्फ सेंधा नमक ही प्रयोग करें। भोजन जितना हल्का होगा, उतना ही यह आपके मन-मस्तिष्क पर प्रभाव डालेगा।

व्रत करनेवाले दंपती को इन दिनों एक-दूसरे से दूरी बनाकर रखनी चाहिए। यदि हो सके तो पति-पत्नी अलग-अलग शय्या बिछाएँ।

व्रत वाले दिन सुबह उठते ही माँ दुर्गा की आराधना करें। इन दिनों 'दुर्गा सप्तशती' या चंडी का पाठ सबसे उत्तम माना जाता है। पाठ स्वच्छ आसन पर बैठकर करना चाहिए। 'सप्तशती' के पाठ के बाद माँ दुर्गा की आरती करें। नवरात्र के दिनों में नारियल का विशेष विधान है। व्रत शुरू करने से पूर्व एक छोटे घड़े या लोटे पर नारियल रख लें। यह मनोकामना का प्रतीक है। अष्टमी या नवमी पूजन के बाद इस नारियल का प्रसाद बाँटना चाहिए।

नवरात्र के दिनों में अष्टमी या नवमी का व्रत माँ दुर्गा के साधकों के लिए विशेष महत्त्व रखता है। इन दिनों व्रत का विधि-विधान से समापन कर कन्याओं को पूजना चाहिए। माँ दुर्गा के रूपों के अनुरूप नौ कन्याओं का पूजन करना चाहिए। कन्याओं के पूजन के बाद ही व्रत खोलने का विधान है।

व्रत रखनेवाले साधकों को माँ दुर्गा की आराधना व विशेष पूजन भी करना चाहिए। माँ दुर्गा की प्रतिमा को पवित्र सिंहासन पर विराजमान करें तथा लाल पुष्पों, रोली, मौली, धूप, दीपक, नारियल आदि से माँ की अर्चना करें।

नवरात्र के दिनों में अनेक स्थानों पर ब्राह्मण द्वारा भी विशेष पूजा करने का विधान है। व्रत के दौरान प्रातः या सायंकाल को ब्राह्मण द्वारा पूजा करवाई जा सकती है।

व्रत के दौरान माँ दुर्गा के रूपों की अलग-अलग पूजा का विधान है। पहले

दिन शैलपुत्री, दूसरे दिन ब्रह्मचारिणी, तीसरे दिन चंद्रघंटा, चौथे दिन कूष्मांडा, पाँचवें दिन स्कंदमाता, छठे दिन कात्यायनी, सातवें दिन कालरात्रि, आठवें दिन माँ गौरी तथा नौवें दिन माँ सिद्धिदात्री की उपासना करनी चाहिए। माँ शक्ति के नौ रूपों की पूजा करने से व्रत का विधान न केवल पूर्ण माना जाता है, बल्कि साधक की हर प्रकार की मनोकामनाएँ भी पूरी होती हैं।

नवरात्र का व्रत रखनेवाले साधकों को 'दुर्गा सप्तशती' के साथ-साथ 'दुर्गा कवच' का पाठ जरूर करना चाहिए। दुर्गा कवच का पाठ प्रातः या सायंकाल दोनों समय किया जा सकता है।

□

क्यों मनाते हैं महाशिवरात्रि?

शिवरात्रि का अर्थ वह रात्रि है, जिसका शिवतत्त्व के साथ घनिष्ठ संबंध है । भगवान् शिवजी की अतिप्रिय रात्रि को 'शिवरात्रि' कहा गया है। शिवार्चन एवं जागरण ही इस व्रत की विशेषता है। इसमें रात्रि भर जागरण एवं शिवाभिषेक का विधान है। श्री पार्वतीजी की जिज्ञासा पर भगवान् शिवजी ने बताया कि फाल्गुन कृष्णपक्ष की चतुर्दशी शिवरात्रि कहलाती है। जो उस दिन उपवास करता है, वह मुझे प्रसन्न कर लेता है। मैं अभिषेक, वस्त्र, धूप, अर्चन तथा पुष्पादि समर्पण से उतना नहीं प्रसन्न होता, जितना कि व्रतोपवास से। 'ईशान संहिता' में बताया गया है कि फाल्गुन कृष्ण चतुर्दशी की रात्रि को आदिदेव भगवान् श्री शिव करोड़ों सूर्यों के समान प्रभा वाले लिंगरूप में प्रकट हुए। ज्योतिष शास्त्र के अनुसार फाल्गुन कृष्ण चतुर्दशी तिथि में चंद्रमा सूर्य के समीप होता है, अत: उसी समय जीवनरूपी चंद्रमा का शिवरूपी सूर्य के साथ योग-मिलन होता है। अत: इस चतुर्दशी को शिवपूजा करने से जीव को अभीष्टतम पदार्थ की प्राप्ति होती है। यही शिवरात्रि का रहस्य है। महाशिवरात्रि का पर्व परमात्मा शिव के दिव्य अवतरण का मंगलसूचक है। उनके निराकार से साकार रूप में अवतरण की रात्रि ही महाशिवरात्रि कहलाती है। वे हमें काम, क्रोध, लोभ, मोह, मत्सरादि विकारों से मुक्त करके परम सुख, शांति, ऐश्वर्यादि प्रदान करते हैं। चार प्रहर में चार बार पूजा का विधान है। इसमें शिवजी को पंचामृत से स्नान कराकर चंदन, पुष्प, अक्षत, वस्त्रादि से शृंगार कर आरती करनी चाहिए। रात्रि भर जागरण तथा पंचाक्षर-मंत्र का जप करना चाहिए। रुद्राभिषेक, रुद्राष्टाध्यायी तथा रुद्रपाठ का भी विधान है। पद्म कल्प के प्रारंभ में भगवान् ब्रह्मा, जब अंडज, पिंडज, स्वेदज, उद्भिज एवं देवताओं आदि की सृष्टि कर चुके, एक दिन स्वेच्छा से घूमते हुए क्षीरसागर पहुँचे। उन्होंने देखा, भगवान् नारायण शुभ्र, श्वेतसहस्रफणमौलि शेष

की शय्या पर शांत अधलेटे हुए हैं। भूदेवी, श्रीदेवी, श्रीमहालक्ष्मीजी शेषशायी के चरणों को अपने अंक में लिये चरणसेवा कर रही हैं। गरुड़, नंद, सुनंद, पार्षद, गंधर्व, किन्नर आदि विनम्रता से हाथ जोड़े खड़े हैं। यह देख ब्रह्माजी को आश्चर्य हुआ। ब्रह्माजी को गर्व हो गया था कि मैं एकमात्र सृष्टि का मूल कारण हूँ और मैं ही सबका स्वामी, नियंता तथा पितामह हूँ। फिर यह कौन वैभवमंडित निश्चिंत सोया हुआ है। श्री नारायण को अविचल शयन करते हुए देखकर उन्हें क्रोध आ गया। ब्रह्माजी ने समीप जाकर कहा—"तुम कौन हो? उठो! देखो, मैं तुम्हारा स्वामी, पिता आया हूँ।" शेषशायी ने केवल दृष्टि उठाई और मंद-मंद मुसकान से बोले—"वत्स! तुम्हारा मंगल हो। आओ, इस आसन पर बैठो।" ब्रह्माजी को अधिक क्रोध हो आया, झल्लाकर बोले—"मैं तुम्हारा रक्षक, जगत् का पितामह हूँ। तुमको मेरा सम्मान करना चाहिए।" इस पर भगवान् नारायण ने कहा—"जगत् मुझमें स्थित है, फिर तुम उसे अपना क्यों कहते हो? तुम मेरे नाभि कमल से पैदा हुए हो, अतः मेरे पुत्र हो।" मैं स्रष्टा, मैं स्वामी यह विवाद दोनों में होने लगा। श्री ब्रह्माजी ने पाशुपत एवं श्री विष्णुजी ने माहेश्वर अस्त्र उठा लिया। दिशाएँ अस्त्रों के तेज से जलने लगीं, सृष्टि में प्रलय की आशंका हो गई थी। देवगण भागते हुए कैलास पर्वत पर भगवान् विश्वनाथ के पास पहुँचे। अंतर्यामी भगवान् शिवजी सब समझ गए। देवताओं द्वारा स्तुति करने पर वे बोले—"मैं ब्रह्मा-विष्णु के युद्ध को जानता हूँ। मैं उसे शांत करूँगा।" ऐसा कहकर भगवान् शंकर सहसा दोनों के मध्य में अनादि अनंत-ज्योतिर्मय स्तंभ के रूप में प्रकट हुए। माहेश्वर, पाशुपत दोनों अस्त्र शांत होकर उसी ज्योतिर्लिंग में लीन हो गए। यह लिंग निष्कल ब्रह्म, निराकार ब्रह्म का प्रतीक है। श्री विष्णु एवं ब्रह्माजी ने उस लिंग (स्तंभ) की पूजा-अर्चना की। यह लिंग फाल्गुन कृष्ण चतुर्दशी को प्रकट हुआ, तभी से आज तक लिंगपूजा निरंतर चली आ रही है। श्री विष्णु एवं श्री ब्रह्माजी ने कहा—"महाराज! जब हम दोनों लिंग के आदि-अंत का पता न लगा सके तो आगे मानव आपकी पूजा कैसे करेगा?" इस पर कृपालु भगवान् शिव द्वादश ज्योतिर्लिंग में विभक्त हो गए। महाशिवरात्रि का यही रहस्य है।

(ईशान संहिता) वाराणसी के वन में एक भील रहता था। उसका नाम 'गुरुद्रु' था। उसका कुटुंब बड़ा था अतः प्रतिदिन वन में जाकर मृगों को मारता और वहीं रहकर नाना प्रकार की चोरियाँ करता था। शुभकारक महाशिवरात्रि के दिन उस भील के माता-पिता, पत्नी एवं बच्चों ने भूख से पीड़ित होकर भोजन की याचना की। वह तुरंत धनुष लेकर मृगों के शिकार के लिए सारे वन में घूमने

लगा। दैवयोग से उस दिन कुछ भी शिकार नहीं मिला और सूर्यास्त हो गया। वह सोचने लगा—'अब मैं क्या करूँ? कहाँ जाऊँ? माता-पिता, पत्नी, बच्चों की क्या दशा होगी? कुछ लेकर ही घर जाना चाहिए,' यह सोचकर वह व्याध एक जलाशय के समीप पहुँचा कि रात्रि में कोई-न-कोई जीव यहाँ पानी पीने अवश्य आएगा—उसी को मारकर घर ले जाऊँगा। यह व्याध किनारे पर स्थित बिल्ववृक्ष पर चढ़ गया। पीने के लिए कमर में बँधी तुंबी में जल भरकर बैठ गया। भूख-प्यास से व्याकुल वह शिकारी शिकार की चिंता में बैठा रहा। रात्रि के प्रथम प्रहर में एक प्यासी हिरनी वहाँ आई। उसको देखकर व्याध को अति हर्ष हुआ, तुरंत ही उसका वध करने के लिए उसने अपने धनुष पर एक बाण का संधान किया। ऐसा करते हुए उसके हाथ के धक्के से थोड़ा जल एवं बिल्वपत्र टूटकर नीचे गिर पड़े। उस वृक्ष के नीचे शिवलिंग विराजमान था। वह जल एवं बिल्वपत्र शिवलिंग पर गिर पड़े। उस जल एवं बिल्वपत्र से प्रथम प्रहर की शिवपूजा संपन्न हो गई। खड़खड़ाहट से हिरनी ने भय से ऊपर की ओर देखा। व्याध को देखते ही मृत्युभय से व्याकुल हो, वह बोली—"व्याध! तुम क्या चाहते हो, सच-सच बताओ।" व्याध ने कहा—"मेरे कुटुंब के लोग भूखे हैं, अतः तुमको मारकर उनकी भूख मिटाऊँगा।" मृगी बोली—"व्याध! मेरे मांस से तुमको, तुम्हारे कुटुंब को सुख होगा, इस अनर्थकारी शरीर के लिए इससे अधिक महान् पुण्य का कार्य भला और क्या हो सकता है? परंतु इस समय मेरे सब बच्चे आश्रम में बाट जोह रहे होंगे। मैं उन्हें अपनी बहन को अथवा स्वामी को सौंपकर लौट आऊँगी।" मृगी के शपथ खाने पर व्याध ने उसे जाने दिया। दूसरे प्रहर में उस हिरणी की बहन उसी की राह देखती हुई, ढूँढ़ती हुई, जल पीने वहाँ आई। व्याध ने उसे देखकर बाण को तरकश से खींचा। ऐसा करते समय पुनः पहले की भाँति जल एवं बिल्वपत्र शिवलिंग पर गिर पड़े। इस प्रकार द्वितीय प्रहर की पूजा संपन्न हो गई। मृगी ने पूछा—"व्याध! यह क्या करते हो?" व्याध ने पूर्ववत् उत्तर दिया—"मैं अपने भूखे कुटुंब को तृप्त करने के लिए तुझे मारूँगा।" मृगी ने कहा—"मेरे छोटे-छोटे बच्चे घर में हैं। अतः मैं उन्हें अपने स्वामी को सौंपकर तुम्हारे पास लौट आऊँगी। मैं वचन देती हूँ।" व्याध ने उसे भी जाने दिया। व्याध का दूसरा प्रहर भी जागते-जागते बीत गया। इतने में ही एक बड़ा हृष्ट-पुष्ट हिरण मृगी को ढूँढ़ता हुआ आया। व्याध के बाण चढ़ाने पर पुनः कुछ जल एवं बिल्वपत्र लिंग पर पड़े। अब तीसरे प्रहर की पूजा संपन्न हो गई। मृग ने आवाज से चौंककर व्याध की ओर देखा और पूछा—"क्या करते हो?" व्याध ने कहा—"तुम्हारा वध करूँगा," हिरण ने कहा—"मेरे बच्चे

भूखे हैं। मैं बच्चों को उनकी माता को सौंपकर तथा उनको धैर्य बँधाकर शीघ्र ही लौट आऊँगा।" व्याध बोला—"जो-जो यहाँ आए, वे सब तुम्हारी ही तरह बातें तथा प्रतिज्ञा कर चले गए, परंतु अभी तक नहीं लौटे।" शपथ खाने पर उसे भी छोड़ दिया। मृग-मृगी अपने स्थान पर मिले। तीनों प्रतिज्ञाबद्ध थे, अत: तीनों जाने के लिए हठ करने लगे। अत: उन्होंने बच्चों को अपने पड़ोसियों को सौंप दिया और तीनों चल दिए। उन्हें जाते देख बच्चे भी भागकर पीछे-पीछे चले आए। उन सबको एक साथ आया देख व्याध को अति हर्ष हुआ। उसने तरकश से बाण खींचा, जिससे पुन: जल एवं बिल्वपत्र शिवलिंग पर गिर पड़े। इस प्रकार, चौथे प्रहर की पूजा भी संपन्न हो गई। रात्रि भर शिकार की चिंता में व्याध निर्जल, भोजन रहित जागरण करता रहा। शिवजी का रंचमात्र भी चिंतन नहीं किया। चारों प्रहर की पूजा अनजाने में स्वत: ही हो गई। उस दिन महाशिवरात्रि थी, जिसके प्रभाव से व्याध के संपूर्ण पाप तत्काल भस्म हो गए। इतने में ही मृग एवं मृगियों ने कहा—"व्याध शिरोमणे! शीघ्र कृपा कर हमारे शरीरों को सार्थक करो।" व्याध को बड़ा विस्मय हुआ। ये मृग ज्ञानहीन पशु होने पर भी धन्य हैं, परोपकारी हैं और प्रतिज्ञापालक हैं, मैं मनुष्य होकर भी जीवन भर हिंसा, हत्या एवं पाप कर अपने कुटुंब का पालन करता रहा। मैंने जीव-हत्या कर उदरपूर्ति की, अत: मेरे जीवन को धिक्कार है! धिक्कार है! व्याध ने बाण को रोक लिया और कहा—"श्रेष्ठ मृगो! तुम सब जाओ। तुम्हारा जीवन धन्य है।" व्याध के ऐसा कहने पर तुरंत भगवान् शंकर लिंग से प्रकट हो गए और उसके शरीर को स्पर्श कर प्रेम से कहा—"वर माँगो।" "मैंने सबकुछ पा लिया," यह कहते हुए व्याध उनके चरणों में गिर पड़ा। श्री शिवजी ने प्रसन्न होकर उसका 'गुह' नाम रख दिया और वरदान दिया कि भगवान् राम एक दिन अवश्य ही तुम्हारे घर पधारेंगे एवं तुम्हारे साथ मित्रता करेंगे। तुम मोक्ष प्राप्त करोगे। वही व्याध श्रृंगवेरपुर में निषादराज गुह बना, जिसने भगवान् राम का आतिथ्य किया। वे सब मृग भगवान् शंकर का दर्शन कर मृग योनि से मुक्त हो गए, शाप-मुक्त हो विमान से दिव्य धाम को चले गए। तब से अर्बुद पर्वत पर भगवान् शिव 'व्याधेश्वर' के नाम से प्रसिद्ध हुए। दर्शन-पूजन करने पर वे तत्काल मोक्ष प्रदान करनेवाले हैं। यह महाशिवरात्रि व्रत व्रतराज के नाम से विख्यात है। यह शिवरात्रि यमराज के शासन को मिटानेवाली है एवं शिवलोक को देनेवाली है। शास्त्रोक्त विधि से, जो इसका जागरण सहित उपवास करेंगे, उन्हें मोक्ष की प्राप्ति होगी। शिवरात्रि के समान पाप एवं भय को मिटानेवाला दूसरा व्रत नहीं है। इसके करने मात्र से सब पापों का क्षय हो जाता है। (शिव पुराण)

विधि अनुसार करें शिव पूजन

शिवरात्रि फाल्गुन माह की चर्तुदशी के दिन आती है, यानी वर्ष का अंतिम मास फाल्गुन एवं अंतिम अँधेरी रात्रि चतुर्दशी। अब यह स्वयं जानने की बात है कि शिव संपूर्ण जगत् के काल स्वरूप हैं अर्थात् मृत्यु के देवता हैं। उनके द्वारा प्रलय होने पर ही संपूर्ण सृष्टि पुनः स्थापित होती है। इसी कारण उनका पर्व भी वर्ष के अंतिम मास व अंधकार की अंतिम रात को मनाया जाता है, यही शिव-लीला है।

पूजन सामग्री—शुद्ध जल, गंगा जल, केसर, इत्र, चंदन, अक्षत (बिना टूटे हुए चावल), पुष्पहार, बिल्वपत्र, दूब, पंचामृत (दूध, दही, शहद, घी, चीनी मिले हुए) मौली (इसे कलावा व रंगीन धागा भी कहा जाता है, जिसे प्रायः पंडित आपके हाथ पर बाँधते हैं), यज्ञोपवीत, फल, मिठाई, अगरबत्ती, कपूर, कोरे पान (डंठल सहित), सुपारी, लौंग, इलायची, दक्षिणा, थाली, जलपात्र तथा अन्य पूजन सामग्री।

प्रात:काल निद्रा त्याग दें। अपना नित्य कर्म करके शिव मंदिर में पहुँचें। वहाँ विधिपूर्वक शिव पूजन करके नमस्कार करते हुए प्रार्थना करें कि—"हे नीलकंठ! मैं चाहता हूँ कि आज शिवरात्रि का उपवास धारण करूँ। उसमें मेरी अभिलाषा को आप अतीव कृपा करके निर्विघ्न पूर्ण करो। काम, क्रोधादि, शत्रु मेरा कुछ बिगाड़ न कर सकें। मेरी भलीभाँति आप रक्षा करें।" यह बोलकर शिवजी के सामने प्रतिज्ञा संकल्प करें, उसके बाद रात होने पर सभी पूजन सामग्री अपने पास इकट्ठा करके उस शिव मंदिर में पहुँचें, जहाँ शिवलिंग शास्त्र सिद्ध हों, जिनकी प्राण-प्रतिष्ठा शास्त्रों द्वारा हो चुकी हो। वहाँ पहुँचकर शुद्ध स्थान पर सामग्री रखकर स्नान करें और शुद्ध वस्त्र धारण करके उत्तम आसन पर बैठकर शिव पूजन आरंभ करें। शिव भक्त रात्रि के चारों प्रहर में चार शिव पार्थिवलिंगों की रचना करके विधिपूर्वक वेद-मंत्रों के द्वारा पाँच वस्तुओं से शिव पूजन करें। एक सौ आठ शिवमंत्र बोलकर जलधारा चढ़ाएँ। जलधारा चढ़ाने से पहले शिव पर चढ़ाई वस्तुओं को नीचे उतारें। उसके बाद गुरु मंत्र अथवा शिवनाम मंत्र बोलकर काले तिलों से भगवान् शंकर को पूजकर भव, शर्व, रुद्र, पशुपति, उग्र, महान, भीम एवं ईशान इन आठ नामों को बोलते हुए कमल पुष्प तथा कनेर के फूल शिव पर चढ़ाएँ। उसके बाद धूप, दीप, पके हुए उत्तम अन्न का नैवेद्य आदि निवेदन करें, फिर नमस्कार करें। 'ॐ नमः शिवाय' इस पंचाक्षर मंत्र का भी जप करें। जप हो जाने पर धेनुमुद्रा दिखाकर निर्मल जल द्वारा शिव तर्पण करें।

यह पूजन रात्रि के पहले प्रहर का हुआ। इसी प्रकार दूसरे प्रहर में भी उन्हीं

वस्तुओं द्वारा शिव-पूजन करके दो सौ सोलह शिव मंत्रों द्वारा शिव पर जलधारा चढ़ाएँ। इसी तरह हर एक वस्तु को चढ़ाते समय पहले की अपेक्षा हर एक मंत्र दो बार बोलें। तिल, जौ, चावल, बिल्वपत्र, अर्घ्य, बिजौरा आदि वस्तुओं से पूजन करें। खीर का नैवेद्य चढ़ाकर प्रणाम करें। उसके बाद पहले प्रहर में जपे हुए मंत्र से दूना जप करें। ब्राह्मण भोजन व संकल्प करके पूजन फल शिवार्पण करें। फिर विसर्जन करें। तीसरे प्रहर का पूजन फिर प्रथमवत् हो। विशेषत: इसमें जौ के स्थान पर गेहूँ हो और पुष्प के स्थान पर आक के फूल पूजन में लाएँ। अनेक प्रकार के धूप, दीप, नैवेद्य पुए का हो, शाक भी साफ हो, फिर कपूर की आरती करें। अर्घ्य में अनार चढ़ाएँ, फिर पहले की अपेक्षा दुगुना जाप करें, दक्षिणा सहित यथाशक्ति ब्राह्मण भोजन का संकल्प करें। प्रहर समाप्त होने पर पूजन फल शिवार्पण करके विसर्जन करें। उसके बाद चौथा प्रहर लगने पर शिव आह्वान करके उड़द, कंगनी, मूँग, सातों धातु अथवा शंख, फूल एवं बिल्वपत्रादि से मंत्रों को बोलकर विधिपूर्वक पूजन करें। उसके बाद उड़द के बनाए गए पदार्थ और भी स्वादिष्ट मिष्टान्न विविध प्रकार के शिव को चढ़ाएँ। सुंदर पके हुए केले के फल और ऋतु के अनुकूल अन्न, फल प्रेम के साथ शिव के आगे समर्पित करें। फिर जितना जप पहले किया हो, इससे दुगुना जप करें। यथाशक्ति ब्राह्मण भोजन का संकल्प करें। इसी प्रकार सूर्य के उदय होने तक उत्सव करते हुए प्रेम में मग्न रहें। उसके बाद स्नान करके शिव पूजन करें। अनेक पूजन सामग्रियों से अभिषेक करें। उसके बाद रात्रि समय में जितने ब्राह्मणों का संकल्प किया हो, उतने ब्राह्मण तथा यतिजनों को बुलाकर भक्तिपूर्वक उन्हें भोजन कराएँ, फिर शिव शंकर को नमस्कार करके हाथ में पुष्प लेकर नम्रता के साथ प्रार्थना करें—हे दयानिधान! मुझे आप अपनी भक्ति का वरदान दीजिए कि सर्वदा मैं आपकी भक्ति में तत्पर रहूँ। जो कुछ भी जाने-अनजाने, योग्य-अयोग्य मैंने आपका व्रत पूजन किया है, उसे आप कृपा करके अंगीकार करें। हे शंभो! जहाँ पर भी मेरा जन्म हो, वहाँ सभी आपके पूर्ण भक्त हों, उनमें आपका वास हो। यह कहकर शिवजी पर पुष्पांजलि समर्पित करें। फिर ब्राह्मणों द्वारा तिलक कराएँ उनका आशीर्वाद पाकर भगवान् शंकर का विसर्जन करें। इस व्रत के करनेवाले को शिव सान्निध्य प्राप्त होता है।

शिव पार्थिव भी हैं और साकार भी। पार्थिव में शिवलिंग रूप में पूजित होते हैं और साकार के रूप में मूर्ति, चित्र, यंत्र स्वरूप में पूजित होते हैं। शिव के साधक को न तो अपमृत्यु का भय रहता है, न रोग का, न ही शोक का, क्योंकि

जहाँ शिव हैं, वहाँ यमराज भी नहीं आ सकते। शिवतत्त्व तो एक रक्षा चक्र है, शक्ति चक्र है, ब्रह्मा चक्र है, जो साधक को हर प्रकार से सुरक्षित कर देता है।

शिव साधना के नियम—शिव की साधना के नियम अत्यंत सरल हैं, साधक भय-रहित होकर, उन्हें अपना इष्ट मानते हुए 'पारदेश्वर शिवलिंग' की पूजा, अर्चना, ध्यान करें।

1. शिव के पूजन में साधक ललाट पर लाल चंदन का त्रिपुंड्र और बाँहों पर भस्म अवश्य लगाएँ।
2. शिव साधना में संस्कारित, शोधित रुद्राक्ष माला से ही मंत्र जप करना आवश्यक है।
3. शिव पूजा में श्वेत पुष्प, धतूरे का पुष्प तथा औंधा अर्थात् उल्टा (तीन पत्तियों से युक्त) बिल्वपत्र और दुग्ध मिश्रित जलधारा अर्पित करनी चाहिए।
4. शिव की स्तुतियाँ अभिषेक तो हजारों हैं, लेकिन पंचाक्षरी मंत्र 'ॐ नमः शिवाय' का जप अवश्य ही करना चाहिए।

शिव पूजन की मुख्य बातें

किसी भी देव पूजन में मनुष्य को स्नान आदि से शुद्ध तो होना ही पड़ता है, यदि संभव हो और कठिनाई न हो तो पूजा करनेवाले को सिले हुए वस्त्र नहीं पहनना चाहिए। आसन शुद्ध होना चाहिए। पूजा के समय पूर्व या उत्तर की ओर मुख करके बैठना चाहिए। संकल्प किया जाना चाहिए। शिवपूजन के लिए निम्न बातों पर विशेष ध्यान देना चाहिए—

1. भस्म, त्रिपुंड्र और रुद्राक्ष माला, ये शिव पूजन के लिए विशेष सामग्री हैं, जो पूजक के शरीर पर होनी चाहिए।
2. भगवान् शंकर की पूजा में तिल का प्रयोग नहीं होना चाहिए और चंपा का पुष्प नहीं चढ़ाना चाहिए।
3. शिव की पूजा में दूर्वा, तुलसीदल चढ़ाया जाता है, इसमें संदेह नहीं किया जाना चाहिए। अवश्य ही तुलसी की मंजरियों से पूजा अधिक श्रेष्ठ मानी जाती है।
4. शंकरजी के लिए विशेष पत्र और पुष्प में बिल्वपत्र-प्रधान है, किंतु बिल्वपत्र में चक्र और बज्र नहीं होना चाहिए। बिल्वपत्र में कीड़ों के

द्वारा बनाया हुआ, जो सफेद चिह्न होता है, उसे चक्र कहते हैं और बिल्वपत्र के डंठल की ओर जो थोड़ा सा मोटा भाग होता है, वह बज्र कहलाता है।

5. आक का फूल और धतूरे का फूल भी शिव पूजा की विशेष सामग्री है, किंतु सर्वश्रेष्ठ पुष्प है नील कमल का। इसके अभाव में कोई भी कमल का फूल होना चाहिए।
6. कुमुदिनी पुष्प अथवा कमलिनी पुष्प का प्रयोग भी शिव पूजा में होता है।
7. भगवान् शंकर के पूजन के समय करताल नहीं बजाया जाता।
8. शिव की परिक्रमा संपूर्ण नहीं की जाती। जिधर से चढ़ा हुआ जल निकलता है, उस नाली का उल्लंघन नहीं किया जाना चाहिए। वहाँ से प्रदक्षिणा उलटी की जाती है।
9. शिवजी की पूजा में कुटज, नागकेसर, बंधूक, मालती, चंपा, चमेली, कुंद, जूही, मौलसिरी, रक्तजवा, मल्लिका, केतकी, केवड़ा आदि पुष्प नहीं चढ़ाने चाहिए।
10. दो शंख, दो चक्रशिला (गोमती चक्र), दो शिवलिंग, दो गणेश मूर्ति, दो सूर्य प्रतिमा और तीन दुर्गाजी की प्रतिमाओं का पूजन एक बार में नहीं करना चाहिए। इससे दु:ख की प्राप्ति होती है।
11. भगवान् शंकर की आधी बार, विष्णु की चार बार, दुर्गाजी की एक बार, सूर्य की सात बार तथा गणेशजी की तीन बार परिक्रमा करनी चाहिए।
12. शिवजी को भाँग का भोग अवश्य लगाना चाहिए। लोगों की यह धारणा कि शिवजी को लगाया गया भोग भक्षण नहीं करना चाहिए, गलत है। केवल शिवलिंग को स्पर्श कराया गया भोग नहीं लेना चाहिए।

शिव पूजा साधना

साधक शिव साधना घर पर भी कर सकता है और मंदिर में त्रयोदशी को भी, जो प्रदोष कहलाती है, यह शिव प्रदोष व्रत है तथा प्रत्येक मास की कृष्ण चतुर्दशी 'मास शिवरात्रि' कही जाती है। इन दिनों में शिव साधना प्रारंभ की जा सकती है, सोमवार भी शिव का दिन है।

प्रात: स्नान कर अपने सामने दो ताम्र पात्र स्थापित करें। एक में शिव यंत्र तथा दूसरे में 'स्वर्णग्रास युक्त पारदेश्वर शिवलिंग' स्थापित करें। शिवलिंगों में

भी पारदेश्वर शिवलिंग सर्वश्रेष्ठ माना जाता है, जो कि पूर्ण सिद्ध संस्कारित हो।

प्रात: शुद्ध वस्त्र धारण कर, सर्वप्रथम स्थान शुद्धि, आसन शुद्धि कर शिव का ध्यान करें, उसके पश्चात् आगे बताए गए शास्त्रोक्त पूजन विधान के अनुसार पूजन करें।

भगवान् शिव को करें प्रसन्न?

'सत्यं शिवं सुंदरम्' अर्थात् सत्य ही शिव है और शिव ही सुंदर है। शिव से बड़ा कुछ भी दूजा नहीं है। सब शिव से ही उत्पन्न हैं और शिव में ही समाहित हैं। हर कल्याण शिव से ही सभंव है, शिव से अछूता कुछ भी नहीं है। शिव ही कर्ता हैं और शिव ही भर्ता हैं। भगवान् शिव की आराधना करके प्रत्येक मनोरथ पूरे किए जा सकते हैं। शिव की पूजा दो रूपों में की जाती है—एक साकार व दूसरा निराकार। शिव भोले भंडारी हैं, जो चाहे सो माँग लो उनसे। शिव वे भगवान् हैं, जिनकी पूजा एक नहीं, अनेक मनोरथ पूर्ण करती है।

भगवान् शिव को प्रसन्न करने और इच्छापूर्ति के लिए शिव पुराण की रुद्र संहिता के 14वें अध्याय में अन्न, फूल और जलधाराओं के महत्त्व को समझाया गया है।

- जो व्यक्ति तुलसीदल से भगवान् शिव शंकर की पूजा करते हैं, उन्हें भोग और मोक्ष दोनों ही प्राप्त होते हैं। सफेद अपामार्ग और श्वेत कमल के एक लाख फूलों से पूजा करने पर भी भोग और मोक्ष की प्राप्ति के मार्ग सुलभ होते हैं।
- जो पुत्र की इच्छा रखता है, वह धतूरे के एक लाख फूलों से पूजा करे। यदि लाल डंठल वाले धतूरे से पूजन हो तो अति शुभ फलदायक होता है।
- जो व्यक्ति चमेली से शिवजी की पूजा करते हैं, उन्हें वाहन सुख की प्राप्ति होती है।
- जिन व्यक्तियों को पत्नी सुख प्राप्ति में बाधाएँ उत्पन्न होती हैं, उन्हें भगवान् शंकर का बेला के फूलों से पूजन करना चाहिए। भगवान् शिव की कृपा से शुभ लक्षणा पत्नी की प्राप्ति होती है।
- जूही के फूलों से शिव शंकर का पूजन किया जाए, तो अन्न की कभी कमी नहीं रहती।

- हरसिंगार के फूलों से जो व्यक्ति शिव पूजन करे, उसको सुख-संपत्ति की प्राप्ति होती है।
- जो व्यक्ति मूँग से पूजा करते हैं, उन्हें भगवान् शंकर सुख प्रदान करते हैं।
- जो प्रियंगु (कँगनी) द्वारा सर्व आराध्य परमात्मा भगवान् शिव शंकर का पूजन करता है, उसे धर्म, अर्थ, काम, मोक्ष की प्राप्ति होती है।
- तिलों के द्वारा शिवजी को एक लाख आहुतियाँ दिए जाने से बड़े-बड़े पापों का नाश होता है।
- गेंहू से बने पकवान से भगवान् शंकर की पूजा उत्तम मानी गई है। इससे वंश की वृद्धि होती है।
- शांति के लिए जलधारा शुभकारक कही गई है। शत रुद्रिय मंत्र से, रुद्री के 11 पाठों से, रुद्र मंत्रों के जप से, पुरुषसूक्त से, 6 ऋचाओं वाले रुद्र सूक्त से, महामृत्युंजय मंत्र से, गायत्री मंत्र से और शिव के शास्त्रोक्त नामों के आदि में प्रणव और अंत में नाम पद जोड़कर बने मंत्रों के द्वारा जलधारा आदि अर्पित करनी चाहिए।
- जब व्यक्ति का दुःख बढ़ जाए, घर में कलह रहने लगे, उस समय व्यक्ति को दूध की धारा शिवलिंग पर निरंतर चढ़ानी चाहिए।
- शिवलिंग पर सहस्रनाम मंत्रों के साथ घी की धारा चढ़ाने से वंश की वृद्धि होती है।
- सुगंधित तेल की धार शिवलिंग पर चढ़ाने से भोगों की वृद्धि होती है और शहद (मधु) से पूजा करने पर राजयक्ष्मा का रोग दूर हो जाता है।
- शिवलिंग पर ईख के रस की धार चढ़ाई जाए, तो भी संपूर्ण आनंद की प्राप्ति होती है।
- गंगाजल की धारा शिवलिंग पर चढ़ाना भोग-मोक्ष दोनों फलों को देनेवाला कहा गया है और जल की धारा भगवान् शिव शंकर को सर्वप्रिय है। जो भी जल आदि धाराएँ हैं, वे महामृत्युंजय मंत्र से चढ़ाई जानी चाहिए।

भगवान् शिव की पूजा करते समय निम्न बातों का विशेष रूप से ध्यान रखना बहुत जरूरी है, अन्यथा पुण्य की जगह पाप लगता है और मनोरथ भी पूर्ण सिद्ध नहीं होते व पूजा करनेवाले व्यक्ति को दोष लगता है।

क्या करें, जो दोष न लगे

- बासी पदार्थ, जैसे—जल, फूल, बेलपत्र, भाँग, धतूरा आदि को भोलेनाथ पर न चढ़ाएँ।
- किसी भी पुष्प को चढ़ाते समय यह विशेष रूप से ध्यान रखें कि वह सूखा न हो, खंडित न हो व गंदे स्थान पर उगा हुआ न हो।
- शंकर भगवान् पर कभी भी हल्दी, कुमकुम व सिंदूर का तिलक न लगाएँ।
- भगवान् शिव की पूजा माता पार्वती के बिना न करें।

क्या करें, जो पुण्य लगे

- शिवजी की पूजा में गंध, पुष्प, धूप, दीप, नैवेद्य का प्रयोग जरूर करें।
- गंगाजल व तुलसी पत्र भी भगवान् पर अवश्य चढ़ाएँ।
- भोलेनाथ को ताजा चंदन घोटकर उससे तिलक लगाएँ।
- भोलेनाथ का अभिषेक करते समय उन्हें गंगाजल, कच्चा दूध, दही, शहद, जल से स्नान कराएँ।
- जितना हो उतना 'ॐ नमः शिवाय' का जाप करें।
- शिव की पूजा माता पार्वती, उनके दोनों पुत्र—गणेश, कार्तिकेय व वाहन नंदी के साथ करने से वह अत्यधिक प्रसन्न होते हैं। शिव परिवार इन सबके मिलने से ही पूर्ण होता है।

भगवान् शिव प्रायः प्रत्येक मनोरथ को सिद्ध करनेवाले देवता हैं। यों तो 'नमः शिवाय' मंत्र के जाप से ही सारे विघ्न दूर होकर सुख, सफलता, शांति मिल जाती है, परंतु कुछ विशेष परिस्थितियों में कुछ विशेष मंत्र व पूजा लाभकारी होती है, जिनकी जानकारी निम्नलिखित है—

धन प्राप्ति व दरिद्रता दूर करने के लिए—इस कार्य की सिद्धि सफलता हेतु भगवान् शिव पर कच्चे दूध में काले तिल मिलाकर चढ़ाएँ और 'इमा रुद्राय' मंत्र का जाप करें। 11 बार 'ॐ हौ जूं सः पालय पालय सः जूं हौ' का मंत्र जपें व साथ ही 11 कमलगट्टे चढ़ाएँ।

बाधा दूर करने के लिए—किसी भी तरह की विघ्न-बाधा दूर करने के लिए गंगाजल में काले तिल मिलाकर भगवान् शिव को स्नान कराएँ व सवा लाख बार निम्न मंत्र का जाप करें। 'ॐ हौं जूं सः। ॐ त्र्यम्बकं यजामहे सुगधिं पुष्टिवर्धनम। ऊर्व्वारुकमिव बंधनान्मृत्योर्मुक्षीय मामृतात।'

व्यापार या नौकरी में उन्नति व लाभ प्राप्ति हेतु—अगर व्यापार या नौकरी में आपकी पूरी मेहनत के बावजूद सफलता प्राप्त नहीं हो रही हो, बल्कि लाभ के स्थान पर हानि ही मिल रही हो तो गाय के शुद्ध देसी घी से भगवान् शिव को स्नान कराएँ और गाय के दूध में शहद मिलाकर शिवजी को भोग लगाएँ और स्वयं भी प्रसाद ग्रहण करें।

उत्तम संतान की प्राप्ति हेतु—उत्तम, स्वस्थ, दीर्घायु, बुद्धिमान संतान की प्राप्ति हेतु पीपल की लकड़ी से भगवान् शिव की प्रसन्नता प्राप्ति के लिए हवन करें व निम्न मंत्र का जाप करें—

'परिणो रुद्रस्य'

सौंदर्य व वैभव प्राप्ति हेतु—अगर सौंदर्य व वैभव प्राप्त करना चाहते हैं तो भगवान् भोलेनाथ को 11 बार जल व कच्चे दूध को मिलाकर स्नान कराएँ। गुलाब के 11 फूल चढ़ाएँ, चंदन का तिलक लगाएँ व 'ॐ नमो भगवते रुद्राय' मंत्र का जाप करें। इस विधि व मंत्र के साथ भगवान् शिव की पूजा-अर्चना करने से व्यक्तित्व की आभा बढ़ती है व रूप, गुण, सौंदर्य की प्राप्ति होती है।

रोग व कष्ट निवारण हेतु—मृत्युतुल्य रोगकारक कष्टों को दूर करने के लिए व रोगों से उत्पन्न शारीरिक कष्टों के निवारण हेतु महामृत्युंजय मंत्र का जाप करने से आशा से ज्यादा कष्टों का निवारण होता है। वैसे तो सभी दिन जाप करने से लाभ मिलता है, परंतु अगर महाशिवरात्रि के पावन पर्व पर इस मंत्र का जाप किया जाए तो उसके परिणाम निराले व अत्यंत लाभकारी होते हैं। चूँकि ये एक पूर्ण सिद्ध मंत्र है, अतः इसका प्रभाव भी अचूक होता है। इस मंत्र को भोजपत्र पर लिखकर उसे धारण करने से भी बहुत लाभ होता है। ये मंत्र है—

'ॐ हौं जूं सः, ॐ भूर्भुवः स्वः ॐ त्र्यम्बकं यजामहे सुगधिं पुष्टिवर्धनम। उर्व्वारुकमिव बंधनान्मृत्योर्मुक्षीय मामृतात। स्वः भुवः भूः ॐ।'

- इसके साथ ही अगर शुक्र ग्रह दोषपूर्ण हो तो माता पार्वती व भोलेनाथ की पूजा एक साथ करें व 'श्री गौरी शंकराम्याम् नमः' मंत्र का जाप करें।
- शनिदेव अगर दोषपूर्ण हों और उन्हें आप प्रसन्न करना चाहते हैं तो भगवान् शिव को जल में काले तिल मिलाकर स्नान कराएँ, उनको वस्त्र पहनाएँ व शिव सहस्रनाम का जाप करें। शनिदेव की प्रसन्नता प्राप्त होगी।

- राहु-केतु अगर दोषपूर्ण हैं तो कच्चे कोयले को काले वस्त्र में लपेटकर बहते जल में प्रवाहित करें व भगवान् शिव की पूजा करें।

इससे सभी ग्रह तो शांत होते ही हैं, साथ ही भगवान् शिव की प्रसन्नता व आशीर्वाद भी बना रहता है। इसके साथ-साथ भगवान् शिव की प्रसन्नता उन सभी को मिलती है, जो कि सदैव—

- भगवान् गणेश व माता पार्वती का ध्यान करते हैं।
- गाय की सेवा करते हैं। बिजार को लोई खिलाते हैं।
- कोढ़ियों व अपाहिजों की सेवा करते हैं। उनको भोजन कराते हैं।
- चंद्रमा की पूजा करते हैं, उन्हें मीठे जल से अर्घ्य देते हैं।
- भगवान् राम, हनुमान, भैरवजी की पूजा सच्चे मन से करते हैं।

□

कैसे करें भगवान् गणेशजी को प्रसन्न?

हर दिन चढ़ाएँ पाँच दूर्वा

गणेशजी को खुश करने का सबसे सस्ता और आसान उपाय है—दूर्वा से गणेशजी की पूजा करना। दूर्वा गणेशजी को इसलिए प्रिय है, क्योंकि दूर्वा में अमृत मौजूद होता है। शास्त्रों में कहा गया गया है कि जो व्यक्ति गणेशजी की पूजा दूर्वांकुर से करता है, वह कुबेर के समान हो जाता है। कुबेर के समान होने का मतलब है, व्यक्ति के पास धन-धान्य की कभी कमी नहीं रहती है, इसलिए हर दिन सुबह स्नान-पूजा करके गणेशजी को गिनकर पाँच दूर्वा, यानी हरी घास अर्पित करें। दूर्वा को गणेशजी के मस्तक पर रखना चाहिए। चरणों में दूर्वा नहीं रखें। दूर्वा अर्पित करते हुए निम्न मंत्र बोलें—

'इदं दूर्वादलं ॐ गं गणपतये नमः'

लाल गुड़हल

वैसे तो भगवान् गणेश को कोई भी लाल रंग का फूल चढ़ा सकते हैं, लेकिन उन्हें लाल रंग का गुड़हल का फूल बहुत पसंद है। दूसरा जो भगवान् गणेश का सबसे प्रिय फूल है, वह है अर्क का फूल। इसके साथ-साथ भारत के कुछ राज्यों में भगवान् गणेश को अनार की पत्तियाँ और फूल भी चढ़ाए जाते हैं।

शमी के पत्ते

शास्त्रों के अनुसार शमी ही एकमात्र पौधा है, जिसकी पूजा से गणेशजी और शनि दोनों प्रसन्न होते हैं। ऐसे माना जाता है कि भगवान् श्रीराम ने भी रावण पर विजय पाने के लिए शमी की पूजा की थी। शमी गणेशजी को अत्यंत प्रिय है। शमी के कुछ पत्ते नियमित गणेशजी को अर्पित करें तो घर में धन एवं सुख की वृद्धि होती है।

चावल के पवित्र दाने

भगवान् गणेश को प्रसन्न करने के लिए पवित्र चावल अर्पित करें। पवित्र चावल उसे कहा जाता है, जो टूटा हुआ नहीं हो। उबले हुए धान से तैयार चावल का पूजा में प्रयोग नहीं करें।

सूखा चावल गणेशजी को नहीं चढ़ाएँ। चावल को गीला करें, फिर 'इदं अक्षतम् ॐ गं गणपतये नमः' मंत्र बोलते हुए तीन बार गणेशजी को चावल चढ़ाएँ।

माथे पर लगाएँ लाल सिंदूर

सिंदूर की लाली गणेशजी को बहुत पसंद है। गणेशजी की प्रसन्नता के लिए लाल सिंदूर का तिलक लगाएँ। गणेशजी को तिलक लगाने के बाद अपने माथे पर सिंदूर का तिलक लगाएँ। इससे गणेशजी की कृपा प्राप्त होती है। इससे आर्थिक क्षेत्र में आनेवाली परेशानी और विघ्न से गणेशजी रक्षा करते हैं। गणेशजी को सिंदूर चढ़ाते समय निम्न मंत्र बोलें—

'सिन्दूरं शोभनं रक्तं सौभाग्यं सुखवर्धनम्।
शुभदं कामदं चैव सिन्दूरं प्रतिगृह्यताम्॥
ॐ गं गणपतये नमः।'

गणेशजी को भाए मोदक

गणेशजी को प्रसन्न करने का दूसरा सरल तरीका है मोदक का भोग। जो व्यक्ति गणेशजी को मोदक का भोग लगाता है, गणपति उनका मंगल करते हैं। मोदक का भोग लगानेवाले की मनोकामना पूरी होती है। शास्त्रों में मोदक की तुलना ब्रह्म से की गई है। मोदक भी अमृत मिश्रित माना गया है।

साथ ही मान्यता है कि गणेशजी का एक दाँत परशुरामजी से युद्ध में टूट गया था। इससे अन्य चीजों को खाने में गणेशजी को तकलीफ होती है, क्योंकि उन्हें चबाना पड़ता है। मोदक काफी मुलायम होता है, जिससे इसे चबाना नहीं पड़ता है। यह मुँह में जाते ही घुल जाता है, इसलिए गणेशजी को मोदक बहुत ही प्रिय है।

घी

पंचामृत में एक अमृत घी होता है। घी को पुष्टवर्धक और रोगनाशक कहा जाता है। भगवान् गणेश को घी काफी पसंद है। गणपति अथर्वशीर्ष में घी से गणेश की पूजा का बड़ा माहात्म्य बताया गया है। जो व्यक्ति गणेशजी की पूजा घी से करता है,

उसकी बुद्धि प्रखर होती है। घी से गणेश की पूजा करनेवाला व्यक्ति अपनी योग्यता और ज्ञान से संसार में सबकुछ हासिल कर लेता है।

श्रीफल

श्रीफल दुनिया का सबसे पवित्र और दिव्य फल माना जाता है। गणेश पूजा में श्रीफल जरूर अर्पित करें। श्रीफल अर्पण करने से आपकी गणेश पूजा सफल होगी।

हल्दी

भगवान् गणेश को पीला रंग बहुत प्रिय है। साथ ही हल्दी भगवान् गणेश की प्रिय वस्तु में से एक है। इसलिए गणेश पूजा में कच्ची हल्दी, पीला धागा, पीला फूल, जरूर अर्पण करें। इससे भगवान् गणेश की पूजा सफल होती है। यह हल्दी घर की तिजोरी में रखें।

बूँदी के लड्डू

गणेशजी को लड्डू बहुत पसंद है। गणेश पूजा को सफल बनाने के लिए बूँदी के लड्डू का भोग जरूर लगाएँ और भक्तों में बाँटे, खासकर बच्चों को यह लड्डू जरूर खिलाएँ।

मूर्ति कब प्रतिष्ठित करें?

अकसर लोग बिना सोचे-समझे जब मन करता है, तब अपनी इच्छानुसार अपने इष्ट की मूर्ति घर ले आते हैं और मंदिर में स्थापित कर देते हैं। यदि आप अपने घर के मंदिर में गणेशजी की मूर्ति को स्थापित या प्रतिष्ठित करना चाहते हैं तो इन महीनों में जिस दिन मूर्ति को प्रतिष्ठित करें, उस दिन मंगलवार न हो तथा तिथियों में चतुर्थी, नवमी और चतुर्दशी न हो तो उसके लिए चैत्र, वैशाख, ज्येष्ठ, माघ अथवा फाल्गुन मास के शुक्ल पक्ष को ही चुनें।

मूर्ति कहाँ प्रतिष्ठित करें?

गणपति आदि देवताओं का मंदिर घर के ईशान-कोण में होना चाहिए और उनकी स्थापना इस प्रकार करनी चाहिए कि उनका मुख पश्चिम की ओर रहे।

यदि साधक के इष्ट देवता श्री गणपति भगवान् हैं तो उनकी स्थापना मध्य में करके ईशान कोण में श्रीविष्णु की, अग्निकोण में भगवान् शंकरजी, नैर्ऋत्य-कोण

में श्रीसूर्य की और वायुकोण में श्रीदुर्गा की स्थापना करनी चाहिए।

मंदिर में मात्र एक देवता की मूर्ति रखना निषेध है। व्यक्ति यदि अपनी कामनाओं की सफलता चाहता है तो उसे मंदिर में कई देवताओं को रखना चाहिए, लेकिन एक ही देवता की अनेक मूर्तियाँ नहीं रखनी चाहिए।

घर में कभी-कभी एक देवता की अनेक मूर्तियों का संग्रह हो जाता है, अतएव आराधक को उनकी संख्या का औचित्य ध्यान में रखना आवश्यक है। घर में दो शिवलिंगों, दो शंखों, दो सूर्य-प्रतिमाओं, दो शालग्रामों, दो गोमती-चक्रों, तीन गणपति-प्रतिमाओं एवं तीन देवी-प्रतिमाओं की स्थापना नहीं करनी चाहिए।

कहाँ और कौन सी मूर्ति रखें?

गणेशजी की सूँड़ को लेकर भी कई लोगों में भ्रम है कि उनकी सूँड़ किस दिशा में होनी चाहिए। अमूमन हमारा बायाँ हाथ ही ऊर्जा को ग्रहण करके उसे हमारे शरीर में वितरित करता है, इसी कारण मुख्य द्वार पर ऐसी गणेश आकृति लगाई जाती है, जिसकी सूँड़ उनकी बाईं तरफ हो। जल का स्रोत भी भवन में बाएँ से दाएँ इसी कारण ही स्थापित किया जाता है। घर के मध्य भाग में ऐसी गणेश आकृति की स्थापना करें, जिसकी सूँड़ उनके मध्य में हो। यही स्थिति वातावरण में ऊर्जा के प्रवेश के उपरांत उसकी स्थापना संतुलन को इंगित करती है। गणेशजी को पीले फूल भी चढ़ाने का रिवाज है, जिसका एकमात्र कारण घर के मध्य भाग (ब्रह्म स्थान) का पृथ्वी तत्त्व होना है।

पूजा स्थान में ऐसी गणेश आकृति उचित होती है, जिसकी सूँड़ उनके बाईं तरफ हो। यह आकृति ऊर्जा को ग्रहण करके संतुलन करने के उपरांत उसके वातावरण में बस जाने की प्रतीक है। अधिकतर लोग अपने मुख्य द्वार पर गणेशजी का चित्र टाँगते हैं। गणेशजी की एक मूर्ति या फोटो जीवन में मान-सम्मान नहीं, अपमान व कष्ट लाती है, इसलिए उसी के जैसी एक और फोटो ठीक दरवाजे के पीछे भी टाँगें, क्योंकि जहाँ गणेशजी की पीठ होती है, वहाँ दरिद्रता और कष्ट का वास होता है, इसलिए यदि मुख्य दरवाजे पर गणेश का चित्र लगाएँ तो दो चित्र लगाएँ। जो एक ठीक उसके पीछे हो।

घर के बाहर जब गणेश की मूर्ति लगाएँ तो उनकी सूँड़ वामावर्त में होनी चाहिए, जबकि घर के अंदर दक्षिणावर्त। गणेश की वामावर्त सूँड़ वाली मुद्रा घर के अंदर नकारात्मक ऊर्जा का प्रवेश नहीं होने देती, जबकि दक्षिणावर्त सूँड़ वाली मुद्रा घर के अंदर सकारात्मक ऊर्जा को कई गुना बढ़ा देती है।

क्यों और कैसे मनाई जाती है गणेश चतुर्थी?

वैसे तो साल भर में पड़नेवाली किसी भी चतुर्थी को गणपतिजी का पूजन और उपासना करने से घर में संपन्नता, समृद्धि, सौभाग्य और धन का समावेश होता है। मगर शास्त्रों में भादों माह की चतुर्थी का विशेष महत्त्व बताया गया है; क्योंकि इसी दिन भगवान् गणेश का जन्म हुआ था। इस अवसर पर लोग अपने घर गणेशजी की प्रतिमा को स्थापित कर उनका पूजन आरंभ करते हैं। यह पूजन व पर्व 10 दिनों तक चलता है और अंतिम 10वें दिन अनंत चतुर्दशी के दिन इन मूर्तियों का विसर्जन होता है।

जो लोग अपरिहार्य कारणों से 10 दिन पूजा नहीं कर पाते, वे गणेश की स्थापित मूर्तियों की स्थापना के बाद तीसरे, पाँचवें व सातवें रोज भी विसर्जित कर सकते हैं, लेकिन अधिकांशत: विसर्जन दसवें दिन ही होता है।

यों तो समूचे भारत में गणेशोत्सव अर्थात् गणेशजी के जन्मदिवस को अति उत्साह व हर्षोल्लास से मनाया जाता है, परंतु महाराष्ट्र के गणेश उत्सव की अलग ही छटा उभरकर आती है। पूरा महाराष्ट्र गणेशजी की प्रतिमा सहित रंग-बिरंगी टोलियाँ लिये, इस उत्सव को बड़े धूमधाम से मनाता है।

यह दस दिनों की पूजा एक सामाजिक पर्व का रूप ले लेती है। मूर्ति की भव्यता में कोई कसर नहीं छोड़ी जाती। दिन में दो बार पूजा होती है। बिना प्याज/मसाले का प्रसाद रोजाना बनाकर वितरित किया जाता है। शाम की आरती के बाद अर्ध-रात्रि तक महाराष्ट्र की नौटंकी का मंचन होता है, तो कहीं साज-संगीत छिड़ता है। युवा लोग आजकल नृत्य में खूब दिलचस्पी दिखाते हैं। महाराष्ट्र के लोकप्रिय नृत्य लावणी के अलावा गुजरात के डांडिया नृत्य का खुमार जनमानस में मस्ती भर देता है। भाँगड़ा व गरबा नृत्य भी जोर मारते दिखते हैं, जिनमें कई सामाजिक प्रतियोगिताएँ भी शामिल होती हैं। कहीं-कहीं कवि सम्मेलन भी इस अवसर पर किए जाते हैं।

अंतत: दस दिन की पूजा के बाद 'अनंतचतुर्दशी' को स्थापित मूर्ति विसर्जन के लिए अरब सागर (या पवित्र नदियों) की ओर चलती है।

देश के अन्य भागों में भी लोग एकत्र होकर अन्य साथियों के साथ नजदीकी नदियों व पोखरों में मूर्ति-विसर्जन करते हैं। महाराष्ट्र में विसर्जन के समय जो घोष करते हैं, उसका विशेष महत्त्व होता है। इसके मराठी में बोल यों हैं—

गणपति बप्पा मोरिया (हे पिता गणपति! अलविदा)
घीमा लड्डू चोरिया। (जो घी के बने लड्डू खाते हैं)
पुडचा वरसी लौकरिया (अगले वर्ष तू जल्दी लौटना)
बप्पा मोरिया, बप्पा मोरिया रे॥ (पिता गणपति विदा, पिता गणपति विदा…)

गणेश चतुर्थी का व्रत एवं पूजन विधि

पूजन से पूर्व की तैयारी

गणेश चतुर्थी के दिन ब्रह्ममूहर्त में उठकर स्नान आदि से शुद्ध होकर शुद्ध कपड़े पहनें। आज के दिन लाल रंग के वस्त्र पहनना अति शुभ होता है। गणपति का पूजन शुद्ध आसन पर बैठकर अपना मुख पूर्व अथवा उत्तर दिशा की तरफ करके करें।

गणेश चतुर्थी के मौके पर भगवान् गणपति की प्रतिमा को घर लाकर हम पूजा की शुरुआत करते हैं। इस दिन भगवान् गणेश की प्रतिमा को घर लाना सबसे पवित्र समझा जाता है। जो श्रद्धालु गणेशजी की मूर्ति को चतुर्थी से पहले अपने घर ला रहे हैं, उन्हें मूर्ति को एक कपड़े से ढककर लाना चाहिए और पूजा के दिन मूर्ति स्थापना के समय ही इसे हटाना चाहिए। घर में मूर्ति के प्रवेश से पहले इस पर अक्षत जरूर डालना चाहिए। स्थापना के समय भी अक्षत को आसन के निकट डालना चाहिए। साथ ही सुपारी, हल्दी, कुमकुम और दक्षिणा भी वहाँ रखनी चाहिए।

पूजा के लिए जरूरी सामग्री—गणपति की मूर्ति को घर में स्थापित करने के समय सभी विधि-विधान के अलावा जिन सामग्री की जरूरत होती है, वे इस प्रकार हैं। जैसे—लाल फूल, दूर्वा, मोदक, नारियल, सुपारी, पान, लाल चंदन, धूप, अगरबत्ती और आरती की थाली।

कैसे करें पूजन?

गणपति मूर्ति की पूजा करने के लिए सबसे पहले आरती की थाली में अगरबत्ती-धूप को जलाएँ। इसके बाद पान के पत्ते और सुपारी को भी इसमें रखें। इस दौरान मंत्र 'ॐ गं गणपतये नमः' का जाप करें तथा एकाग्रचित्त से सर्वानंद प्रदाता सिद्धिविनायक का ध्यान करें। फिर श्रद्धा और भक्तिपूर्वक उनके इक्कीस नाम लेकर इक्कीस पत्ते समर्पित करें। उनके प्रत्येक नाम के साथ 'नमः' जुड़ा हो। वे इक्कीस नाम और पत्ते इस प्रकार हैं—

'सुमुखाय नमः' कहकर शमीपत्र अर्पित करें। 'गणधीशाय नमः' कहकर भँगरैया का पत्ता, 'उमापुत्राय नमः' कहकर बिल्वपत्र, 'गजमुखाय नमः' कहकर दूर्वादल, 'लंबोदर नमः' कहकर बेर का, 'गजमुखाय नमः' कहकर धतूरे का पत्ता, 'वक्रतुण्डाय नमः' कहकर सेम का, 'गुहाग्रजाय नमः' कहकर अपामार्ग का, 'एकदन्ताय नमः' कहकर वनभंटा या भटकटैया का, 'हेरम्बाय नमः' कहकर सिंदूर (सिंदूर पूर्ण या सिंदूर वृक्ष का) 'चतुर्होत्रे नमः' कहकर अशमातपत्र या कदलीपत्र, 'विनाकाय नमः' कहकर आक का, 'कपिलाय नमः' कहकर अर्जुन का, 'वटवे

नमः' कहकर देवदारु का, 'भालचंद्राय नमः' कहकर मरुआ का, 'सराग्रजाय नमः' कहकर गांधारी पत्र और 'सिद्धिविनायकाय नमः' कहकर केतकी पत्र प्रीतिपूर्वक समर्पित करें। इससे श्रीगणेशजी अत्यंत प्रसन्न होते हैं।

पंचामृत से श्री गणेश को स्नान कराएँ, तत्पश्चात् केसरिया चंदन, अक्षत, दूर्वा अर्पित कर कपूर जलाकर उनकी पूजा और आरती करें। उनको मोदक के लड्डू अर्पित करें। उन्हें रक्तवर्ण के पुष्प विशेष प्रिय हैं। श्री गणेशजी का श्री स्वरूप ईशान कोण में स्थापित करें और उनका श्रीमुख पश्चिम की ओर रहे।

संध्या के समय गणेश चतुर्थी की कथा, गणेश पुराण, गणेश चालीसा, गणेश स्तुति, श्रीगणेश सहस्रनामावली, गणेशजी की आरती, संकटनाशक गणेशस्तोत्र का पाठ करें। अंत में गणेश मंत्र 'ॐ गणेशाय नमः' अथवा 'ॐ गं गणपतये नमः' का अपनी श्रद्धा के अनुसार जाप करें। यदि कोई पुजारी इसे अंजाम दे रहे हों तो दक्षिणा भी अर्पित करें।

गणेशजी की पूजा सायंकाल के समय की जानी चाहिए। पूजन के पश्चात् नीची नजर से चंद्रमा को अर्घ्य देकर ब्राह्मणों को भोजन कराकर दक्षिणा भी देनी चाहिए। नीची नजर से चंद्रमा को अर्घ्य देने का तात्पर्य है, जहाँ तक संभव हो, इस दिन (भाद्रपद चतुर्थी को) चंद्रमा के दर्शन नहीं करने चाहिए। इस तिथि की रात्रि में चंद्र दर्शन का निषेध है। चंद्र दर्शन करनेवाले मिथ्या कलंक के भागी होते हैं।

क्यों न देखें चंद्रमा को!

मान्यता है कि इस दिन चंद्रमा के दर्शन करने से कलंक का भागी बनना पड़ता है, क्योंकि एक बार चंद्रमा ने गणेशजी का गजमुख व लंबोदर रूप देखकर उनका मजाक उड़ाया था, गणेशजी ने चंद्रमा को श्राप दे दिया कि आज से जो भी तुम्हें देखेगा, उसे मिथ्या कलंक लगेगा, लेकिन फिर चंद्रमा द्वारा माफी माँगने व श्राप मुक्त करने के अनुरोध पर वर्ष भर में एक दिन भाद्रपद की शुक्ल चतुर्थी को चंद्र दर्शन से कलंक लगने का विधान बना। इस दिन चाँद के दर्शन करने से भगवान् श्रीकृष्ण को भी मणि-चोरी का कलंक लगा था।

विशेष काम—इस दिन अपने घर, दुकान, फैक्टरी आदि के मुख्य द्वार के ऊपर तथा ठीक उसकी पीठ पर अंदर की ओर गणेशजी का स्वरूप अथवा चित्रपट जरूर लगाएँ। ऐसा करने से गणेशजी कभी भी आपके घर, दुकान अथवा फैक्टरी की दहलीज पार नहीं करेंगे तथा सदैव सुख-समृद्धि बनी रहेगी। कोई भी नकारात्मक शक्ति घर में प्रवेश नहीं कर पाएगी।

अपने दोनों हाथ जोड़कर स्थापना स्थल के समीप बैठकर किसी धर्मग्रंथ का पाठ रोजाना करेंगे तो शुभ फल मिलेगा। सच्चे मन और शुद्ध भाव से गणपति की पूजा करने से बुद्धि, स्वास्थ्य और संपत्ति मिलती है।

इन बातों का रखें ध्यान

गणेश पूजा में वर्जित है तुलसी

आपको यह जानकार आश्चर्य होगा कि गणेशजी की पूजा में तुलसी को वर्जित माना गया है। धर्मग्रंथों के अनुसार गणेशजी को भगवान् श्रीकृष्ण का अवतार बताया गया है और भगवान् श्रीकृष्ण स्वयं भगवान् विष्णु के अवतार हैं। भगवान् विष्णु को तुलसी अत्यंत प्रिय है, इतनी प्रिय कि भगवान् विष्णु के ही एक रूप शालग्राम का विवाह तक तुलसी से होता है। लेकिन गणेशजी को तुलसी अप्रिय है, इतनी अप्रिय कि भगवान् गणेश के पूजन में इसका प्रयोग वर्जित है।

वर्जित है गणेशजी के पीठ के दर्शन

शास्त्रों के अनुसार गणपति की पीठ के दर्शन नहीं करने चाहिए। मान्यता है कि उनकी पीठ में दरिद्रता का निवास होता है, इसलिए पीठ के दर्शन नहीं करने चाहिए। अनजाने में पीठ के दर्शन हो जाएँ तो पुनः मुख के दर्शन कर लेने से यह दोष समाप्त हो जाता है।

अन्य वर्जनाएँ

- एक घर में तीन गणपति की पूजा न करें।
- घर के मेन गेट पर गणेशजी का स्वरूप लगाकर उसके ठीक पीछे उनका दूसरा स्वरूप इस प्रकार लगाएँ कि दोनों की पीठ एक–दूसरी से मिली रहें, इससे वास्तुदोष शांत होता है।
- घर या ऑफिस में श्रीगणेश का स्वरूप लगाते समय यह ध्यान रखें।

□

जन्माष्टमी मनाने के परंपरागत रूप

जन्माष्टमी का पर्व हिंदुओं में बड़े ही हर्षोल्लास के साथ मनाया जाता है। भले ही इस पर्व को मनाने के तरीके हर संप्रदाय में थोड़े-थोड़े भिन्न हैं, पर भाव बिल्कुल एक ही है कि अपने बालरूप प्रभु का अंतर्मन से खूब लाड़ लड़ाना और आनंदित होना।

बड़े मंदिरों में और जिनके घरों में भी ठाकुरजी की विधिवत् सेवा होती है, वहाँ पाँच-छह दिन पहले से ही तैयारियाँ प्रारंभ हो जाती हैं।

1. सबसे पहले प्रभु को भोग लगाने के लिए अत्यंत सुंदर सामग्री (विभिन्न प्रकार की मिठाइयाँ, नमकीन और मेवा) तैयार होने लगती है, जिसमें दो से तीन दिन लग जाते हैं।
2. इसी के साथ-साथ सभी जगह प्रभु की सजावट की तैयारी शुरू हो जाती है। हर वर्ष कुछ नई सजावट का प्रयत्न किया जाता है, ताकि आनेवाले दर्शनार्थी दर्शन में नवीनता का अनुभव कर आनंदित हो सकें।
3. हर वर्ष आज के शुभ दिन प्रभु के नए वस्त्र और साज बनते हैं। जन्माष्टमी के पहले दिन रीति के अनुसार प्रभु को लाल रंग का नया वस्त्र धराया जाता है, जो उनके प्रति भक्तों के प्रेम का प्रतीक होता है और जन्म के दूसरे दिन, जिसे 'नंद उत्सव' के नाम से जाना जाता है, उस दिन केसरिया रंग का वस्त्र धराया जाता है, क्योंकि केसरिया रंग आनंद का प्रतीक होता है। जब प्रभु सुरक्षित रूप से नंद बाबा के घर पहुँच जाते हैं, तब दूसरे दिन सारे गोकुल में उनके आगमन से आनंद की लहर दौड़ जाती है। वहाँ के सब ब्रजवासी नंद बाबा के घर उन्हें बधाई देने पहुँचते हैं। तब ठाकुरजी को पंचामृत (दूध, दही, घी, चीनी, शहद) से स्नान करवा के शुद्ध जल से स्नान करवाया जाता है। तत्पश्चात् प्रभु को पीतांबर (केसरिया वस्त्र)

पहनाया जाता है और उसके पश्चात् सुंदर हीरे-जवाहरातों से, सुगंधित पुष्पों से, सुसज्जित सुंदर पालने में बिराजकर रेशम की कोमल डोरी से पालना में झुलाया जाता है। नंद बाबा ने उस दिन हर्षित होकर जैसे सबको मनमानी बधाई बाँटकर संतुष्ट किया था, उसी परंपरा का पालन करते हुए, जिनके घर में 'बाल कृष्ण लाल' की सेवा होती है, वे भी किसी-न-किसी रूप में अपने यहाँ आए हुए भक्तों को बधाई बाँटकर आनंदित होते हैं।

4. आज के दिन उपवास रखने का बहुत महत्त्व माना जाता है। परंतु इस उपवास को रखने का ढंग भी भक्तों का अपनी-अपनी भावना के अनुरूप होता है। कुछ भक्त रात को बारह बजे जन्म होने तक सिर्फ पानी पर ही रहते हैं, अन्य कुछ केवल फल-फूल ही ग्रहण करते हैं और कुछ सेंधा नमक (व्रत में उपयोग आनेवाला) के साथ साबूदाना और समा के चावल की खिचड़ी या कुट्टू का आटा, राजगिरा का आटा या सिंघाड़े का आटा भी प्रयोग करते हैं, क्योंकि ये सब फलहारी की गिनती में आते हैं।

आज के दिन उपवास करने की भावना के पीछे एक विशेष कारण यह माना जाता है कि देवकीजी कारागृह में प्रसव पीड़ा की वेदना सहती हैं, इसलिए कोई भक्त पूरे दिन अन्न ग्रहण नहीं करते और कृष्ण जन्म के बाद जैसे नंद बाबा की बहन सुनंदाजी ने अपनी अपार खुशी और हर्ष को थाल बजाकर प्रकट किया था, उसी परंपरा के अनुरूप ही प्रभु के जन्म के बाद बुआ व बहनों से थाल बजवाया जाता है और उन्हें बधाईस्वरूप भेंट देते हैं।

5. जन्माष्टमी की एक विशेषतम बात है कि प्रभु के जन्म की बधाइयाँ बड़े मंदिरों में और घरों में एक महीना पहले से ही गाई जाने लगती है। गीता में प्रभु ने स्वयं अपने मुखारविंद से कहा कि संगीत मेरा ही दूसरा रूप है और इसीलिए चारों वेदों में सामवेद मेरा सबसे प्रिय वेद है, क्योंकि उसमें संगीत की ही शिक्षा और ज्ञान है। इसीलिए प्रभु के परम प्रिय अष्ट सखाओं (सूरदासजी, कुंभन दासजी, कृष्णादासजी, परमानंद दासजी, गोविंद स्वामी, नंददासजी, चतुर्भुज दासजी, छीतस्वामी) के द्वारा लिखे गए बधाई के पदों का गायन किया जाता है, जो विशेष रागों पर आधारित होते हैं। इन बधाइयों को गाने का मुख्य उद्देश्य है, अपने प्राणप्रिय प्रभु को रिझाना और प्रसन्न करना।

वैसे तो नंद उत्सव जन्माष्टमी के अगले दिन होता है, जिसमें प्रभु को विशेष

रूप से माखन-मिश्री और हल्दी वाले दही का भोग लगता है। हल्दी डालने का अभिप्राय है कि यह एक ऐंटी-सैप्टिक का काम करता है और जब नंद बाबा के यहाँ नंद उत्सव वाले दिन हजारों की गिनती में गोप-गोपी दूध, दही और हल्दी की मटकियाँ भर-भर लाए थे और उत्साह में एक-दूसरे पर डाल डाल रहे थे, जिससे उनके आँगन में दूध, दही और हल्दी की कीच मच गई थी।

पर हल्दी के ऐंटी-सैप्टिक होने के कारण चोट लगने पर भी सबका बचाव हो गया, और तभी से परंपरागत रूप से उस दिन हल्दी वाले दही का भोग अवश्य लगता है। नंद उत्सव का आयोजन राधा अष्टमी के पहले दिन तक भक्त अलग-अलग अपने घरों में कर सकते हैं और हार्दिक आनंद का लाभ ले सकते हैं।

विशेष महत्त्व—जन्माष्टमी वाले दिन प्रभु एक बालक रूप में माने जाते हैं, इसलिए जैसे आप लौकिक जगत् में अपने बच्चे के लिए सबके आशीर्वाद की कामना करते हैं, उसी प्रकार जन्माष्टमी वाले दिन ज्यादा-से-ज्यादा लोगों को आप दर्शन के लिए अपने घर निमत्रण दें, ताकि आपके बालस्वरूप कृष्ण को अधिक-से-अधिक गोप-गोपियों का आशीर्वाद मिल सके और वही आशीर्वाद प्रभु आप पर बरसाते हैं। जिन्हें निमंत्रण मिला हो, वे भी अवश्य जाएँ, ताकि आशीर्वाद के बदले में प्रभु-कृपा का फल पाएँ।

इसलिए जन्माष्टमी और नंद उत्सव दोनों एक-दूसरे के पर्यायवाची हैं। हिंदुओं के लिए भगवान् कृष्ण जन्म उत्सवों में सर्वोच्च है। बहुत से भक्त, जो प्रथम बार अपने घर में लड्डू गोपाल की सेवा प्रारंभ करते हैं, वे जन्माष्टमी के दिन को विशेष मानकर उसी दिन शुरू करते हैं और उस भक्त के ठाकुरजी का वह दिन पाटोत्सव कहा जाता है।

विशेष—श्रीकृष्ण के जन्म के विषय में जो बात शायद बिरले लोगों की जानकारी में होगी, वह यह दिवस है, जिसे पुष्टिमार्ग के एक आचार्यश्री ने बताया कि भगवान् कृष्ण का जन्मदिवस 18 जुलाई, 3228 है।

अंतिम समय 18 फरवरी, 3102 है, इसके अनुरूप प्रभु श्रीकृष्ण ने 126 वर्ष और पाँच महीने इस पृथ्वी पर वास किया।

कैसे रखें जन्माष्टमी का व्रत?

कहते हैं—कोई भी व्रत करने के लिए मन में श्रद्धा होना परम आवश्यक है। मन के आंतरिक भाव से किया गया व्रत सीधा भगवान् तक पहुँचता है। परंतु शास्त्रों

के अनुसार विधिपूर्वक किया गया व्रत ही अधिक फलता है। इसलिए जानें, कैसे करें जन्माष्टमी का व्रत!

पौराणिक काल से ही व्रत करने की रीत भारतीय संस्कृति का अभिन्न अंग रही है। कहते हैं 5000 वर्ष पूर्व जब भक्तगण ईश्वर को ही अपनी आत्मा और प्राणों की शक्ति मानते थे, उस समय उन्होंने व्रत करना आरंभ किया और तब से लेकर आज तक व्रत का चलन हमें ईश्वर की अनुभूति कराता चला आ रहा है। ऐसा माना जाता है, जो भी व्यक्ति व्रत करता है, वह ईश्वर के सीधे संपर्क में आ जाता है और उसका हृदय निर्मल भावों से परिपूर्ण हो जाता है, फिर उसके मन में ईश्वर के अलावा कोई भी अन्य चीज नहीं रहती, वह पवित्र हो जाता है, व्रत करने से उसे गंगा में स्नान से मिली पवित्रता मिल जाती है और वह अनुभव करता है, ईश्वर के प्रताप को, जो उसे बुद्धि एवं शक्ति देता है।

शास्त्रों में भी कुछ ऐसी ही बात देखने को मिलती है। हमारे शास्त्रों के अनुसार व्रत करने से व्यक्ति का मन और तन प्रसन्न, निर्मल, शुद्ध एवं हल्का हो जाता है।

यों तो हमारी भारतीय संस्कृति एवं परंपराओं में हर ईश्वर (भगवान्) विशेष के लिए एक व्रत का विधान है और हर व्रत का अपना ही एक महत्त्व है एवं हर व्रत से ही पुण्य एवं आशीर्वाद मिलता है, परंतु फिर भी एक ऐसा व्रत है, जिसे लगभग पूरा भारत ही बड़े हर्षोल्लास के साथ मनाता है, वह है—'श्रीकृष्ण जन्माष्टमी व्रत'।

व्रत विधि—जिस भी व्यक्ति को जन्माष्टमी का व्रत रखना हो, उसे प्रात:काल ब्रह्ममुहूर्त में उठकर यानी प्रात:काल 4:00 से 5:30 बजे के बीच उठकर अपने दैनिक कार्यों से निवृत्त होकर यह संकल्प करना चाहिए—

अहं अद्य मनोकामना सिद्धि निमित्तम्।
श्री जन्माष्टमी वृतम् करिष्य॥

अर्थात् मैं अपनी मनोकामनाओं की सिद्धियों के लिए जन्माष्टमी का व्रत करने का संकल्प करता या करती हूँ। फिर मन, वचन और कर्म की शुद्धि के लिए तीन आचमन करें।

चौकी पर लाल या पीला वस्त्र बिछाकर कलश पर आम के पत्ते एवं नारियल स्थापित करें एवं कलश पर स्वस्तिक का चित्र भी बनाएँ। इन आम के पत्तों से वातावरण शुद्ध एवं नारियल से व्रत पूर्ण होता है। पूर्व या उत्तर की ओर मुख करके बैठें। एक थाली में कुमकुम, चंदन, अक्षत, पुष्प (सफेद या पीले), तुलसीदल या पत्र, मौली या कलावा रख लें।

प्रसाद में खोए या मावा का पेठा, माखन-मिश्री, ऋतु फल ले लें और चौकी के दाहिनी ओर घी का दीपक प्रज्वलित करें। इसके पश्चात् श्रीकृष्ण के माता-पिता वसुदेव-देवकी एवं नंद-यशोदा की पूजा-अर्चना करें।

इसके पश्चात् अपनी दिनचर्या के सभी कार्य पूर्ण कर लें और रात्रि में होनेवाली जन्माष्टमी पूजा के लिए तैयारी करें। दिन में व्रती केवल फल एवं दूध का ही सेवन कर सकते हैं। बच्चों एवं वृद्धों को व्रत की छूट दी गई है। हमारे शास्त्रों में भी लिखा है कि 'बाल आतुरः वृद्धानाम नियमः नेव वृतते'॥

रात्रि को 8:00 बजे पूजा पुनः प्रारंभ करें और एक खीरे को काटकर उसमें श्रीकृष्ण का विग्रह रूप स्थापित करें। इससे तात्पर्य है कि श्रीकृष्ण अभी माँ के गर्भ में हैं। करीब 10:00 बजे मूर्ति या विग्रह अर्थात् लड्डू गोपाल को खीरे से अलग कर दें और पंचामृत से उनका अभिषेक करें।

पंचामृत में विद्यमान दूध से वंशवृद्धि, दही से स्वास्थ्य, घी से समृद्धि, शहद (मधु) से मधुरता, बूरा से परोपकार की भावना एवं गंगाजल से भक्ति प्राप्त होती है। श्रीकृष्ण को पंचामृत का अभिषेक शंख (सफेद या चाँदी से मढ़े) से करने से 100 गुणा फल प्राप्त होता है और यह फल सात पीढ़ियों तक को प्राप्त होता है।

रात्रि 12:00 बजे श्रीकृष्ण का इस धरती पर प्राकट्य हुआ था। इस समय श्रीकृष्ण का निराजन 11, 21 या 101 बत्तियों के दीपक से करना चाहिए। इस दिन निराजन पाँच प्रकार से होता है। पहला दीपक से, दूसरा जल से, तीसरा वस्त्रों से, चौथा चँवर (पंखे) से एवं पाँचवाँ पुष्प से। निराजन के समय 'श्रीकृष्ण गोविंद हरे मुरारे हे नाथ नारायण वासुदेवा'॥ अथवा 'ॐ नमो भगवते वासुदेवाय' का जाप करते रहें। इसके पश्चात् प्रसाद अर्पण करें। प्रसाद में धनिए वाली पंजीरी, फल, मिष्टान्न एवं खोए की मिठाई, पंचामृत एवं चरणामृत सभी को अर्पित करें एवं अपने बड़ों का आशीर्वाद लें।

विभिन्न मंत्रों द्वारा श्रीकृष्ण की स्तुति

भगवान् श्रीकृष्ण की पूजा के दौरान इस मंत्र को पढ़ते हुए उन्हें नारियल फल समर्पण करना चाहिए—

इदं फलं मया देव स्थापित पुर-तस्तव।
तेन में सफलानत्ति भरवेजन्मनि जन्मति॥

इस मंत्र को पढ़ते हुए भगवान् श्रीकृष्ण को पान-बीड़ा समर्पण करना चाहिए—

ॐ पूंगीफलं महादिव्यं नागवल्ली दलैर्युतक्वाम्।
एला-चूर्णादि संयुञ्क्तं ताक्वबुलं प्रतिगृह्यन्ताम्॥

इस मंत्र को पढ़ते हुए बाल-गोपाल भगवान् श्रीकृष्ण को चंदन अर्पण करना चाहिए—

ॐ श्रीखंड-चंदनं दिव्यं गंधाढ्यं सुमनोहरम।
विलेपन श्रीकृष्ण चंदनं प्रतिगृह्यन्ता॥

श्रीकृष्ण की पूजा करते समय इस मंत्र को पढ़ते हुए उन्हें सुगंधित धूप अर्पण करनी चाहिए—

वनस्पति रसोद भूतो गन्धाढ्यो गन्ध उत्तमः।
आघ्रेयः सर्व देवानां धूपोढ्यं प्रतिगृह्यन्ता॥

इस मंत्र के द्वारा नंदलाल भगवान् श्रीकृष्ण को यज्ञोपवीत समर्पण करना चाहिए—

नव-भिस्तन्तु-भिर्यक्तं त्रिगुणं देवता मय।
उपवीतं मया दत्तं गृहाण परमेश्वरः॥

भगवान् देवकी नंदन की पूजा के दौरान इस मंत्र को पढ़ते हुए श्रीकृष्णजी को वस्त्र समर्पण करना चाहिए—

शीत-वातोष्ण-सत्राणं लज्जाया रक्षणं परम।
देहा-लंकारणं वस्त्रमतः शान्ति प्रयच्छ मे॥

श्रीकृष्ण पूजा के दौरान इस मंत्र को पढ़ते हुए बाल-गोपाल को शहद स्नान कराना चाहिए—

पुष्प रेणु समुद्भूतं सुस्वाद मधुरं मधु।
तेज-पुष्टिकरं दिव्यं स्नानार्थं प्रतिगृह्यन्ताम॥

भगवान् श्रीकृष्ण की पूजा करते समय इस मंत्र के द्वारा उन्हें अर्घ्य समर्पण करना चाहिए—

ॐ पालनकर्ता नमस्तेस्तु गृहाण करुणाकः।
अर्घ्य च फलं संयुक्तं गन्धमाल्या-क्षतैयुतम्॥

भगवान् श्रीकृष्ण की पूजा के दौरान इस मंत्र को पढ़ते हुए उन्हें आसन समर्पण करना चाहिए—

ॐ विचित्र रत्न-खचितं दिव्या-स्तरण-संयुक्तं।
स्वर्ण-सिंहासन चारु गृहिष्च भगवन् कृष्ण पूजितः॥

इस मंत्र के द्वारा भगवान् श्रीकृष्ण का आह्वान करना चाहिए—

ॐ सहस्त्र शीर्शा: पुरुष: सहस्त्राक्ष: सहस्त्र-पातम-भूमिग्वं
सव्वेत-सत्पुत्वायतिष्ठ दर्शागुलाम।
आगच्छ श्रीकृष्ण देव: स्थाने-चात्र स्थिरो भव॥

अगले दिन नवमी को नंदोत्सव में कढ़ी-चावल से व्रत की पारणा करें और तुलसी की पूजा एवं उसका वितरण करें। सात बच्चों या बड़ों को खिलाकर ही खाएँ।

इस प्रकार व्रत अर्चन करने से व्रती की सभी कामनाएँ पूर्ण होती हैं और नि:संतान दंपती को संतान प्राप्त होती है।

व्रत के समय क्या करें

- व्रती को पीले वस्त्र धारण करने चाहिए या पीले फूल अपने पास रखने चाहिए।
- चंदन का तिलक लगाना चाहिए।
- उत्सव का वातावरण बनाए रखना चाहिए।
- बड़ों का सम्मान एवं आदर करें।
- भव्य एवं सुंदर झाकियाँ बनाएँ।
- मंदिर अवश्य जाएँ।
- बच्चों को वीरता और उत्साह की कथाएँ सुनाएँ एवं उन्हें अपने वंश, परिवार के विषय में जानकारी दें।

क्या न करें?

- व्रती को सोना नहीं चाहिए।
- क्रोध नहीं करना चाहिए।
- यात्रा प्रारंभ न करें।
- किसी का अपमान न करें।
- किसी का मन न दु:खाएँ।
- किसी को भी छोटा न समझें।
- आपस में मतभेद न करें।

□

हनुमान जयंती और पूजन

हनुमान जयंती के दिन मंदिरों में विशेष रूप से पूजन-संकीर्तन होता है। सुंदर कांड का पाठ किया जाता है। यह रामायण के सात कांडों में से एक है, जिसमें हनुमान चरित्र का विस्तृत वर्णन मिलता है। भक्त तो यहाँ तक मानते हैं कि पूरी रामायण में सुंदर कांड के पाठ का ही विशेष माहात्म्य है।

पाठ की समाप्ति के पश्चात् भंडारे का आयोजन होता है, जिसमें धनी-निर्धन अपना भेदभाव भूलकर एक ही पंक्ति में भोजन ग्रहण करते हैं। भव्य झाँकियों में हनुमानजी की मनोहारी रूप-छटा देखते ही बनती है। इस दिन भक्तगण महावीर को चोला चढ़ाते हैं तथा सिंदूर लेपन करते हैं।

कुछ भक्तगण इस दिन हनुमानजी का व्रत भी रखते हैं। हनुमानजी के व्रत में हनुमान चालीसा व हनुमानाष्टक आदि का पाठ किया जाता है। दिन में एक बार फलाहार तथा मीठा भोजन ले सकते हैं।

अपने हृदय में नित प्रभु राम का स्मरण करनेवाले हनुमान गोसाई बहुत ही सरल प्रकृति के हैं। यदि भक्त के हृदय में सच्ची श्रद्धा हो तो उन्हें प्रसन्न होने में देर नहीं लगती और यदि हनुमानजी की कृपा हो जाए तो प्रभु राम के दर्शन भी सहज-सुलभ हो जाते हैं।

संकटमोचन हनुमान भारतीय युवकों को पराक्रम, स्वामिभक्ति, अनुशासन, ब्रह्मचर्य व सदाचार का संदेश देते हैं। हनुमान जयंती के दिन पूजन-संकीर्तन के अतिरिक्त शारीरिक क्षमता प्रदर्शन व खेलों का आयोजन भी किया जाना चाहिए। बालक-बालिकाओं को भारतीय इतिहास के परमवीर तथा विजयी हनुमान की जीवनगाथा से परिचित करवाया जाना चाहिए, ताकि हनुमान जयंती सरीखे उत्सव का पारायण मात्र औपचारिकता बनकर न रह जाए। हनुमान के चरित्र से यदि नई पीढ़ी कुछ सीख सके तो इसी में उत्सव की सार्थकता है।

हनुमानजी के पूजन से चमत्कारी लाभ

हनुमानजी के द्वादश नाम से चमत्कारी लाभ प्राप्त होता है। इनके पवित्र नामों के स्मरण मात्र से समस्त भय नष्ट हो जाते हैं, रोग निवारण होता है तथा युद्ध में विजय प्राप्त होती है। हनुमानजी के द्वादश नाम इस प्रकार हैं—अंजनी सुत, वायु पुत्र, महाबल, रामेष्ट, फाल्गुनसख, पिंगाक्ष, अमितीवक्रम, उदीध क्रमण, सीताशोकविनाशन, लक्ष्मणप्राणदाता, दशग्रीवदर्पहा और हनुमान।

श्री हनुमान यंत्र—

किसी भी मंगलवार को शुभ मुहूर्त में भोजपत्र पर नीचे दिया गया यंत्र बनाएँ—

राम राम
ऐं ह्रीं हनुमते
रामदूताय नमः
राम राम

यंत्र रचना में लाल चंदन की स्याही और अनार की कलम का उपयोग होता है। उपर्युक्त यंत्र को लकड़ी की स्वच्छ चौकी पर लाल वस्त्र बिछाकर स्थापित करें। इसके बाद फूल, दीप, धूप से पूजा की जाए। फिर दिए गए मंत्र की 11 माला का जाप करें। यह साधना नियमित रूप से 45 दिन तक करें। इस अवधि में ब्रह्मचर्य एवं संयम से रहना अनिवार्य है। 45वें दिन हवन-पूजन करके ब्राह्मणों को भोजन कराएँ। बाद में पूजा गृह में यंत्र को स्थापित कर लें और नित्य दर्शन-पूजन करें। यदि आस्था और ब्रह्मचर्य के साथ साधक तप करता है, तो उसको किसी-न-किसी रूप में श्री हनुमानजी की कृपा का संकेत मिल जाता है।

कैसे करें मंगलवार का व्रत

सप्ताह के सातों दिनों का संबंध किसी-न-किसी देवता या ग्रह आदि से है, जिसकी श्रद्धा एवं उपासना में हम व्रत तथा पूजा आदि करते हैं। मंगलवार से जुड़े व्रत एवं उपासना के पीछे भी यही कारण है।

विधि

मंगलवार का व्रत सर्वसुख, राजसम्मान तथा पुत्र-प्राप्ति के लिए किया जाता है। स्नानादि से निवृत्त होकर लाल फूल, लाल वस्त्र व लाल चंदन से पूजा कर कथा

सुनकर दिन में एक बार भोजन करना चाहिए। 21 मंगलवारों का नियमित व्रत करने से मंगल दोष समाप्त हो जाता है। मंगलवार का व्रत मंगल भगवान् को प्रसन्न करने के लिए किया जाता है। हनुमानजी को प्रसन्न करने के लिए भी लोग मंगलवार का व्रत करते हैं। उसमें हनुमान चालीसा, सुंदर कांड आदि का पाठ करते हैं।

कथा—एक वृद्धा सदैव मंगलवार का व्रत रखती थी। उसका एक पुत्र था, जो मंगलवार को पैदा हुआ था। उसे वह 'मंगलिया' के नाम से पुकारती थी। मंगलवार के दिन वह न मिट्टी खोदती और न ही अपने घर को लीपती थी। एक दिन उसकी परीक्षा लेने मंगल देव ब्राह्मण के रूप में वृद्धा के घर आए। वृद्धा से बोले, "मुझे बहुत भूख लगी है। भोजन बनाना है। तुम जमीन को लीप दो।" यह सुनकर वृद्धा बोली, "महाराज, आज मंगलवार है, मैं जमीन नहीं लीप सकती। कहें तो जल का छिड़काव कर सकती हूँ। वहाँ पर भोजन बना लें।" ब्राह्मण ने उत्तर दिया, "मैं तो गोबर से लिपे चौके में ही भोजन बनाता हूँ।" वृद्धा ने कहा, "जमीन लीपने के अलावा कोई और सेवा हो तो वह मैं करने के लिए तैयार हूँ।" ब्राह्मण बोला, "सोच लो, जो कुछ मैं कहूँगा, तुमको करना पड़ेगा।" वृद्धा बोली, "महाराज, जमीन लीपने के अलावा आप जो भी आज्ञा देंगे, उसका मैं अवश्य ही पालन करूँगी।" वृद्धा ने ऐसा वचन तीन बार दिया। तब ब्राह्मण बोले, "अपने पुत्र को बुलाओ, मैं उसकी पीठ पर भोजन बनाऊँगा।" ब्राह्मण की बात सुनकर वृद्धा सकते में आ गई। तब ब्राह्मण बोला, "बुला लड़के को, अब क्या सोच-विचार करती हो?" वृद्धा ने मंगल भगवान् का स्मरण कर अपने पुत्र को बुलाकर औंधा लिटा दिया और ब्राह्मण की आज्ञा से उसकी पीठ पर अँगीठी रख दी। उसने ब्राह्मण से कहा, "महाराज! अब आपको जो कुछ करना है, कीजिए, मैं जाकर अपना काम करती हूँ।" ब्राह्मण ने लड़के की पीठ पर रखी हुई अँगीठी में आग जलाई और उस पर भोजन बनाया। जब भोजन बन गया तो ब्राह्मण ने वृद्धा से कहा, "अपने लड़के को बुलाओ। वह भी आकर प्रसाद ले जाए।" वृद्धा दु:खी होकर तथा रोकर बोली, "ब्राह्मण! क्यों हँसी कर रहे हो? उसी की कमर पर अँगीठी में आग जलाकर आपने भोजन बनाया। वह तो मर चुका होगा!" ब्राह्मण द्वारा आग्रह करने पर वृद्धा ने 'मंगलिया' कहकर अपने पुत्र को आवाज लगाई। आवाज लगाते ही उसका पुत्र एक ओर से दौड़ता हुआ आ गया। ब्राह्मण ने लड़के को प्रसाद दिया और कहा, "माई, तेरा व्रत सफल हो गया, दया के साथ-साथ तुम्हारे हृदय में अपने इष्टदेव के लिए अटल निष्ठा एवं विश्वास भी है। तुम्हें कभी भी कोई कष्ट नहीं होगा। तुम्हारा सदा कल्याण ही होगा।"

कामना पूर्ण करने के लिए हनुमानजी का मंत्र सिद्धि

यह हनुमानजी का अत्यंत पावन कीमती मंत्र है। इससे आप इनका साक्षात्कार कर सकते हैं। जैसा कि आप जानते हैं—हनुमानजी अमर हैं। 'अष्ट सिद्धि नौ निधि' के दाता हैं। अजर-अमर रहने का भी वरदान जानकी माता से इन्हें प्राप्त है। अतः इसमें जरा भी संशय नहीं है कि आप इनका साक्षात्कार नहीं कर सकते। आवश्यकता है आपके श्रद्धा-प्रेम की, आपके धैर्य एवं साहस की। सनत्कुमारजी इस मंत्र को 'मंत्रराज' कहते हैं। वह विप्रगण की प्रार्थना पर इसका रहस्य खोलते हैं। इस मंत्र के सिद्ध कर लेने पर साधक मनचाहा कार्य कर सकता है। रोग का शमन, भूत-प्रेत का दमन कर सकता है।

जो व्यक्ति शत्रु से घिर गया हो, केस-मुकदमों से तबाह हो, वह दस दिन तक लगातार अर्धरात्रि को नौ सौ मंत्रों का जाप करे। इससे उसे निश्चित सफलता मिलेगी। यदि किसी व्यक्ति ने विष खा लिया हो या उसे विष खिला दिया गया हो, तो उसे एक सौ आठ बार इस मंत्र से अभिमंत्रित कर दें। इससे विष का नाश हो जाएगा। जिस व्यक्ति पर मारण का प्रयोग किया गया हो, उसे इसकी भस्म या अभिमंत्रित जल दें। कृत्या या मारण का इस मंत्र से नाश हो जाएगा। प्रेत बाधा या दैविक ज्वर-बुखार होने पर अभिमंत्रित जल का क्रोधपूर्वक ज्वरग्रस्त पुरुष पर प्रहार करें। ऐसा तीन दिन तक करें। इससे ज्वर छूट जाएगा।

जिस व्यक्ति का घर सुप्तावस्था को प्राप्त हो गया हो, बहुत दिनों से प्रेतबाधा से युक्त हो, मकान श्रीहीन हो गया हो, जिस व्यक्ति की गति पीछे की तरफ होती हो, वह व्यक्ति निम्न प्रयोग करे—

करंज वृक्ष की जड़ को श्रद्धा एवं अनुष्ठानपूर्वक निकालें एवं अँगूठे के बराबर हनुमानजी की प्रतिमा उससे बना लें। तत्पश्चात् उस मूर्ति में प्राण-प्रतिष्ठा करके सिंदूर आदि से पूजा कर लें। उस प्रतिमा का मुँह घर की तरफ करके मंत्रोच्चारणपूर्वक उसे दरवाजे पर गाड़ दें। इससे उपद्रव एवं ग्रहादि दोष दूर होकर घर धन-धान्य, पुत्रादि से दीर्घकाल तक भरा रहेगा।

हनुमानजी की आराधना के समय ब्रह्मचर्यपूर्वक रहते हुए भूमि पर शयन करना चाहिए। संपूर्ण कामना पूर्ण करने के लिए निम्न प्रयोग करें—

शुक्ल पक्ष की अष्टमी या चतुर्दशी को मंगल या रविवार के दिन लकड़ी के एक तख्ते पर तेलयुक्त उड़द के बेसन से हनुमानजी की सुंदर प्रतिमा बना लें। उनके वाम भाग में तेल का तथा दाहिने भाग में घी का दीपक जलाकर रख दें। तत्पश्चात्

मूल मंत्र से हनुमानजी का आह्वान करें। लाल चंदन, लाल फूल, सिंदूर से पूजन करें। तब धूप-दीप नेवैद्य अर्पित करें। पुनः मूल मंत्र से ही भात, पुआ, साग, मिठाई, बड़े, पकौड़े घृत सहित अर्पित करें। तत्पश्चात् सत्ताईस पान तीन बार मोड़कर कसैली वगैरह के साथ ही मंत्र से ही अर्पित करें। इसके बाद एक हजार बार मंत्र का जाप करें। अंत में कपूर से विधिपूर्वक आरती करें एवं अपना मनोरथ रखें। तत्पश्चात् उन्हें विधिपूर्वक विसर्जित करें।

अंत में अर्पित नेवैद्य से सात साधु या लोभ-लालच से रहित सात ब्राह्मणों को भोजन कराएँ। उन्हें सम्मानपूर्वक दक्षिणा दें, पान दें एवं विदा करें। अंत में अपने परिवार के सदस्यों के साथ मौनपूर्वक प्रसन्नता से प्रसाद ग्रहण करें। इससे हनुमानजी की कृपा प्राप्त होती है। साधक की अभीष्ट कामना पूर्ण हो जाती है।

मंत्र—'हौं हस्फ्रें फें हस्त्रों हस्फे हसौं हनुमते नमः।'

यह बारह अक्षरों का मंत्र है। इस मंत्ररूपी गागर में सागर भर दिया गया है। यह बीजयुक्त तांत्रिक मंत्र है। इसके ऋषि स्वयं श्रीरामचंद्रजी हैं। इसके देवता हनुमानजी हैं। 'हसौं' बीज है तथा हस्फ्रे 'शक्ति' है। छह बीजों से षड्न्यास करना चाहिए।

न्यास-यथा 'हस्फ्र हनुमते नमः हृदयाय नमः। 'फें रामदूताय नमः शिरसे स्वाहा।' हस्त्रों लक्ष्मण प्राणदात्रे नमः शिखायै वषट। हस्फ्रे अश्चनी नमः कवचाय हुम। हसौं सीताशोकविनाशनाय नमः, नेत्राय वषट। हस्फ्रे 'प्रें हस्त्रों हस्फ्रें, हसौं लग्ड़प्रासादमश्चनाय नमः, अस्त्राम् फट।'

इस तरह छह बीज एवं दो पदों का क्रमशः मस्तक, ललाट, मुख, हृदय, नाभि, उरु, जंघा और चरणों का न्यास करें। इस तरह हनुमानजी का निम्न श्लोक से अर्थ समझते हुए ध्यान करें—

उद्यत्कोलर्क संकाशं जगत्प्रक्षोभकारकम्।
श्री रामाङ्घ्रिध्याननिमग्नं सुग्रीव प्रमुखार्चितम॥
वित्रासयन्ते नादेन राक्षसान् मारुतिं भजेत।

अर्थात्—उदयकालीन करोड़ों सूर्यों के समान तेजस्वी हनुमानजी संपूर्ण जगत् को प्रक्षोभ में डालने की शक्ति रखते हैं। सुग्रीव आदि प्रमुख वानर वीर उनका समादर करते हैं। वह राघवेंद्र श्रीराम के चरणारविंद के चिंतन में निरंतर संलग्न हैं। अपने सिंहनाद से संपूर्ण राक्षसों को भयभीत कर रहे हैं। ऐसे पवन कुमार हनुमानजी का भजन-ध्यान करना चाहिए।

हनुमानजी की मूर्ति या फोटो रखें या मन में संकल्प शक्ति से उनकी प्रतिमा

बना लें। आह्वान स्थापनपूर्वक पाद्यादि उपचारों को विधिवत् संपन्न कर लें। तदोपरांत अष्टदल कमल बनाकर हनुमानजी के निम्न आठ नामों की पूजा करें—1. श्रीराम भक्त, 2. महातेजा, 3. कपिराज, 4. महाबल, 5. द्रोणाद्रिहारक, 6. मेरुपीठार्चनकारक, 7. दक्षिणाशमास्कर, 8. सर्वविघ्नविनाशक। निम्न प्रकार से पूजा करें—

'श्रीराम भक्ताय नमः, महातेजसे नमः, कपिराजाय नमः, महाबलाय नमः, मेरुपीठार्चनकारकाय नमः, दक्षिणाशामास्कराय नमः, सर्वविघ्नविनाशकाय नमः।'

तत्पश्चात् कमल दल के आगे से क्रमशः सुग्रीव, अंगद, नील, जामवंत, नल, सुषेण, द्विविद और मैंद की पूजा करें। इसके बाद लोकपालों और उनके वज्रादि आयुधों की पूजा करें, जिससे मंत्र शीघ्र सिद्ध हो।

इस तरह नवरात्रों में श्री हनुमानजी को अधिष्ठापित कर नौ दिन का अनुष्ठान ले लें। इन नौ दिनों में कम-से-कम बारह हजार मंत्र का जाप करें। प्रथम दिन जितना जाप करें, उतना ही प्रत्येक दिन जाप करना चाहिए। जाप के समय पवित्र कपड़ा धारण करके बैठना चाहिए। श्री हनुमानजी शुद्ध वैष्णव हैं, अतः साधक भी पूर्णतः शुद्ध वैष्णव बनकर भूमि पर ही शयन करें एवं फल-कंद-मूल-दही अल्पाहार ग्रहण करें। नवरात्र भर कम-से-कम बोलें। संभव हो तो मौन ही रहें।

यदि साधक सुबह, दोपहर, शाम, अर्धरात्रि को मिलाकर बारह घंटा जाप एवं ध्यान कर एक लाख मंत्र का जाप कर ले तो उस साधक का कोई भी असाध्य कार्य पूरा हो जाएगा। यदि वह इस जाप एवं ध्यान में तन, मन, धन अर्पित कर गुरु से आशीर्वाद ग्रहण कर ले तो उसे अवश्य ही श्री हनुमानजी का दर्शन होगा। दर्शन होने पर श्री हनुमानजी से कुछ भी माँग नहीं करनी चाहिए, न ही अपना कष्ट व्यक्त करें। साष्टांग दंडवत् कर उनकी पूजा-अर्चना करें।

साधक अपने मंत्र के जाप अनुसार उसका दशांश हवन करे। उसका दशांश मार्जन, उसका दशांश तर्पण करे। हवन में धान का प्रयोग होगा, धान के साथ आवश्यकतानुसार दही, दूध, घी मिलाकर आहुति देनी होगी।

इस तरह साधक श्रद्धा प्रेम से अंतिम दिन आहुति के पश्चात् साधु, संत व विप्र को भोजन कराएँ। उन्हें दक्षिणा से संतुष्ट कर विदा करने के पश्चात् प्रसादस्वरूप अन्न ग्रहण करें। इससे साधक का कोई भी असाध्य कार्य सिद्ध हो जाएगा। उसका मंगल होगा तथा कीर्ति-यश में वृद्धि होगी। अरिष्ट ग्रह शांत होंगे। नया जीवन प्रारंभ होगा।

हवन सामग्री अर्थात् हवन करने के बाद जो भस्म (राख) ठंडी हो जाती है, उसे

आप अपने घर में ईशान कोण पर गाड़ दें। वहीं तुलसी का पौधा लगा दें। हनुमानजी का ध्वज गाड़ दें। वह जगह पूजा के लिए ही प्रयोग में लाएँ।

जो साधक नवरात्र में मात्र श्री हनुमानजी के इसी मंत्रराज का ध्यान, पूजा, जाप और हवन करता है, उसकी वर्ष भर श्री हनुमानजी रक्षा करते हैं। उसका विश्व में कोई भी बाल बाँका नहीं कर सकता। हनुमानजी जिसके साथ रहे, उसे हर समय, हर क्षण विजय मिली है। वर्तमान जगत् में श्री हनुमानजी सर्वश्रेष्ठ, सर्व जाग्रत् देवता हैं, जिन्हें देखा जा सकता है, जिनकी कृपा की अनुभूति की जा सकती है, जिनके चमत्कार को प्रत्यक्ष किया जा सकता है।

यदि आपका गुरु-गृह या गुरु-आश्रम समीप हो तो कृपया नवरात्र भर के लिए आप वहीं डेरा डाल दें। वहीं गुरु सेवा करते हुए, नदी (गंगा) में स्नान करते हुए उसे प्रारंभ कर दें। यदि गुरु आश्रम पर गुरु गृह निकट नहीं हो तो आप उनसे पूर्व ही अनुमति ग्रहण कर लें। इस बीच अपना ही फल-फूल कंद-मूल ग्रहण करने की कोशिश करें। साथ ही हवन सामग्री अपनी रखें। दान पर निर्भर न रहें, अन्यथा आपका किया गया तप-दान देनेवाला ग्रहण कर लेता है। यदि आप ग्रहण कर रहे हैं तो उससे दो गुना दान अवश्य दें या संभव नहीं हो तो आप अपने शरीर-मन से गुरु आश्रम में भक्तों की सेवा कर उसकी पूर्ति करें। यदि आप तन-मन-धन लगाकर ग्रहण कर रहे हैं तो अत्यंत उत्तम है। भंडारा में प्रसाद ग्रहण करना उत्तम है, बशर्ते कि प्रभु प्रसाद समझकर अल्पाहार ग्रहण करें एवं आप स्वयं सेवा में भी जुट जाएँ। सेवा सर्वश्रेष्ठ तप है। इससे अहं का नाश होता है। अहं के नाश होते ही श्री हनुमानजी की अनुकंपा होने लगती है। अतः साधक का सेवाभाव ग्रहण करना अत्यावश्यक है।

हनुमान पूजा एवं मंत्र

हनुमानजी की उपासना में पूजा, जप, पाठ, उपवास, चोला, ध्वजा आदि मुख्य हैं। 'ओऽम् हनुमते नमः' श्री मारुति नंदन का सिद्ध मंत्र है एवं इससे शीघ्र ही कार्य की सिद्धि होती है। श्री बजरंग बली की पूजा-अर्चना के कई विधान हैं। हनुमानजी की कृपा प्राप्त करने के लिए सुंदर कांड, बजरंग बाण, हनुमानाष्टक एवं हनुमान चालीसा आदि का पाठ करना चाहिए। यदि प्रतिदिन नहीं कर सकें, तो मंगलवार और शनिवार को पाठ अवश्य करें। मारुति नंदन की कृपा के लिए मंगलवार का उपवास रखा जाता है। इस उपवास में नमक, मांस, मदिरा आदि वर्जित हैं एवं एक

बार भोजन करने का विधान है। गुड़ एवं चने का सेवन विशेष रूप से फलदायी है।

विभिन्न प्रकार के दु:खों को दूर करने के लिए हनुमानजी के विशेष स्तोत्र मिलते हैं, जिनमें से निम्नलिखित प्रमुख हैं—

हनुमान चालीसा, पंचमुखी हनुमंत कवच, एकादशमुख हनुमंत कवच, लांगूलास्त्र-शत्रुंजय हनुमतस्तोत्रम्, श्री हनुमानाष्टक, श्रीबजरंग बाण, श्री हनुमद् गायत्री मंत्र (ॐ अंजनीय विद्यमहे वायुपुत्राय धीमहि। तन्नो हनुमान प्रचोदयात।) इत्यादि। समस्त कार्यों की सिद्धि, भयंकर आपत्ति-विपत्ति, शत्रु आदि पर विजय प्राप्त करने का विधान, व्याधि-विनाश, भूत-प्रेत आदि झाड़ने का मंत्र, भय व विष झाड़ने का, रक्त विकार होने पर, शत्रु का उच्चाटन व वशीकरण करने के लिए अर्थात् श्री हनुमानजी समस्त अभीष्ट फलों को प्रदान करनेवाले देवता हैं। तुलसीदासजी ने कहा भी है—

भूत पिशाच निकट नहिं आवैं, महावीर जब नाम सुनावें।
जो यह पढ़े हनुमान चलीसा, होइ सिद्धि साखी गौरीसा।

श्री हनुमत उपासना

हनुमानजी को प्रसन्न करने के लिए नीचे कुछ विशिष्ट मंत्र और उनकी उपासना के साथ हनुमत पूजन विधि का उल्लेख किया गया है। देव दर्शन ही सबसे बड़ी सफलता होती है। कपीश्वर की मूर्ति विशाल हो तो साधक को प्रार्थना करनी चाहिए कि वह भक्त के साहस के अनुकूल रूप धारण करें। यह मंत्र सिद्ध होने पर सभी कार्य सिद्ध हो सकते हैं। किसी भी मंत्र को नियत संख्या तक जाप करने पर वह मंत्र सिद्ध होता है।

उपासना पद्धति—किसी देव मंदिर में (हनुमानजी के) अथवा एकांत में नदी किनारे कुशा के आसन पर बैठकर सीता सहित राम का ध्यान करें। तदनंतर संकल्प लेकर विनियोग करें। विनियोग इस प्रकार होगा—हाथ में (संकल्प की तरह) जल लेकर मुँह से बोलें—'स्त श्री हनुमंत्रस्त रामचंद्र जगती छन्द हनुमद् देवता हं बीजम् हुम शक्तिः' ऋषि श्री हनुमत्प्रसन्नतार्थे सहस्त्र संख्या के जाप विनियोग अंगन्यास भी इसी बीज मंत्र का करना चाहिए। जैसे 'हाँ नमः हदये, हीम् नमः श्रिसि, हूम नमः शिकायाम, हैम नमः नेत्रयोः, हीम् नमः मुखे, हः नमः अस्त्राय फट।'

ताँबे के किसी पात्र में आठ पत्तोंवाला कमल बनाकर उसके मध्य भाग में निम्न मंत्र लिखें तथा कमल के आठ पत्तों पर सुग्रीव, लक्ष्मण, नल, नील, अंगद, कुमुद,

केसरी और जांबवान आदि का नाम लिखकर उनकी पूजा करें।

लक्ष्मी-प्राप्ति की कामना करनेवाला इस तरह के मंत्र को लाल चंदन की लकड़ी व लाल चंदन से ही लिखे। फिर उन सबकी पूजा करके एक लाख बार, जितने दिनों में सुविधापूर्वक जाप हो सके, जाप करे, जिस दिन पूर्णाहुति होती है, उस दिन साधक को चाहिए कि वह पवित्रतापूर्वक तल्लीन होकर अंजनी नंदन का मंत्र जपता रहे। मन, वचन से पवित्र रहकर इंद्रियों पर संयम रखे और मंत्र को जपता चला जाए। आखिरकार रात्रि में अंजनी सुत प्रकट होते हैं और अभीष्ट सिद्धि का वरदान प्रदान करते हैं।

साधक को इसमें न संशय, न धैर्य खोना चाहिए, न अविश्वास ही करना चाहिए। विश्वास सबसे बड़ी वस्तु है। यह बीज मंत्र है, इसके उच्चारण में विशेष सावधानी बरतनी चाहिए। इस मंत्र के सिद्ध हो जाने पर किसी भी काम के समय सही उच्चारण से जाप करने पर कार्यसिद्धि होती है।

मूल मंत्र है—'हम हनुमते रुद्रात्मकाय हुम् फट्'। मंत्र सिद्ध हो जाने पर जितनी संख्या में जाप किए गए थे, उनका दशांश हवन कराना चाहिए।

दूसरा मंत्र है—'हम पवन नंदनाय स्वाहा' यह मंत्र हनुमानजी की पवन सुत के रूप में कल्पना करता है। पवन जिस तरह कण-कण से मिलकर सर्वत्र व्याप्त है, अत्यंत बलशाली है, वैसी ही गुण कल्पना इस मंत्र में है। आदि में 'हम' और अंत में 'स्वाहा' करने से मंत्र का स्वरूप दूसरा हो जाता है। इस मंत्र का एक लाख जाप करने पर यह मंत्र सिद्ध होता है तथा हनुमानजी के दर्शन हो जाते हैं। हनुमानजी कलियुग के लिए परम उपयोगी और सुविधा से सिद्ध हो जानेवाले देवता हैं। इस मंत्र की साधना ग्यारह दिन तक की जानी चाहिए। दस-दस हजार जाप प्रतिदिन करने से दस दिन तक एक लाख की संख्या पर जाप पहुँच जाता है। ग्यारहवें दिन दशांश हवन, ब्राह्मण भोजनादि करने पर प्रयोग पूर्ण होता है।

सिद्धि हेतु विधि—हनुमान जाप की उपासना मध्याह्न अथवा रात्रि में अधिक अच्छी रहती है। उपरोक्त मंत्र की साधना करनेवाले स्नान करते समय इसी मंत्र से पानी डालें और अपने आसन की भूत शुद्धि के लिए कम-से-कम तीन प्राणायाम करें। 'अ' से 'अः' तक के स्वर बोलता हुआ श्वास भीतर खींचें। इसे 'पूरक प्राणायाम' कहते हैं। 'क' से लेकर 'म' पच्चीस अक्षरों का उच्चारण करते हुए श्वास को रोके रहें। इसे 'कुंभक प्राणायाम' कहते हैं। 'य' से 'क्ष' तक के अक्षर बोलते हुए श्वास को बाहर निकाल दें, इसे 'रेचक प्राणायाम' कहते हैं।

इस प्रकार भूत शुद्धि होती है। तदनंतर पंचोपचार या षोडशोपचार से पूजन करें। इस विधि से मंत्र सिद्ध होता है।

सातवें और आठवें दिन यदि कोई विशेष बात नहीं दिखाई दे तो नौवें दिन साधक फिर सातवें दिन की तरह इस मंत्र का अनवरत जाप करता रहे। रात्रि में जागते हुए वीर हनुमान के ध्यान में तल्लीन रहकर वातावरण को परम पवित्र बनाए रखे। मंत्र की शक्ति प्रदीप्त होने लगती है। अधिक एकाग्रता से करने पर सिद्धि सुनिश्चित है। नौवें दिन निश्चित रूप से पवन नंदन आत्मदर्शन देते हैं। हम यहाँ श्री हनुमत पूजन का विधि-विधान दे रहे हैं।

श्री हनुमत पूजन विधि—उपासक पूर्व दिशा की ओर मुख करके कुशा या ऊन के आसन पर बैठें और निम्नलिखित मंत्र से अपने ऊपर जल छिड़ककर, अपने हाथ में जल अक्षत-फूल लेकर संकल्प करें।

मंत्र इस प्रकार है—

ॐ अपवित्र: पवित्रा वा सर्वावस्थां गतोऽपि वा।
य: स्मरेत पुंडरीकाक्षं स बाह्यभ्यन्तर: शुचि: ॥

इस मंत्र से अपने ऊपर जल छिड़ककर, अपने हाथ में जल अक्षत-फूल लेकर संकल्प करें—

ॐ तत्सध अमुक गोत्रात्पन्नाऽह सकलकामना सिद्धर्थ (अमुक कार्य सिद्धर्थ वा) श्री सीता रामभक्त वायुसुत-श्री हनुमत्पूजनं करिष्ये।

इसके साथ जल भूमि पर छोड़ दें। इसके बाद हाथ में अक्षत-पुष्प लेकर अपने इष्ट श्री हनुमानजी का ध्यान करें।

ध्यानम-मनोजवं मारुततुल्यवेगं जितेन्द्रियं बुद्धिमतां वरिष्ठम्।
वातात्मजं वानरयूथं मुख्यं श्रीरामदूतं शरणं प्रपद्ये॥

इसके पश्चात् हनुमानजी का आह्वान करें—

श्री रामचरणाम्माज-युगलस्थिर मामसम।
आवाहयामि वरद हनुमन्तम् भीष्टदम॥

इसके साथ ही हनुमानजी की मूर्ति पर पुष्प चढ़ाएँ। तदनंतर नीचे दिए क्रम से आसन, पाद्य, अर्घ्य, आचमन, स्नान, वस्त्र, यज्ञोपवीत, गंध, अक्षत-पुष्प, धूप, दीप, नैवेद्य, जल, आचमना, दक्षिणा, तांबूल आदि पदार्थ बड़ी भक्तिपूर्वक श्री हनुमानजी को चढ़ाएँ—

श्री हनुमते आसनार्थे अक्षतान समर्पयामि।
(इससे मूर्ति पर अक्षत चढ़ाएँ।)
श्री हनुमते पाद्यं समर्पयामि। (इससे पाद्य चढ़ाएँ)।
श्री हनुमते अर्घ्य समर्पयामि। (इससे जल चढ़ाएँ)।

श्री हनुमते आचमनीयं समर्पयामि। (इससे आचमनी में अक्षत-पुष्प जल लेकर चढ़ाएँ।

श्री हनुमते स्नानाय शुद्ध जलं समर्पयामि। (स्नानार्थ जल अर्पित करें।)

श्री हनुमते कटिसूत्र-कोपोन-उत्तरीयार्थे मांगली सूत्रम् समर्पयामि। (इससे मौली चढ़ाएँ)।

श्री हनुमते गंध अक्षतान् पुष्यं समर्पयामि। (इससे हनुमानजी पर गंध, चावल, पुष्प चढ़ाएँ)।

श्री हनुमते धूपं आध्रापपामि। दीपे संदर्शयामि।

नैवेद्यं निवेदयामि। पानाय जलं समर्पयामी। शुद्धाचमनीयं समर्पयामि।

दक्षिणां समर्पयामि। पुंगीफल सहित तांबूलं समर्पयामि। (इस प्रकार क्रम से धूप, दीप, नैवेद्य, जल, आचमन, दक्षिणा, सुपारी, पान आदि हनुमानजी को अर्पण करके नमस्कारं करोमि। हनुमानजी को नमस्कार करें।

इसके पश्चात्—

यानि कानि च पयानि जन्मान्तर कृतानि च।
तानि सर्वाणि तश्यनुतु प्रदक्षिणा पदे-पदे॥
(इससे हनुमानजी की प्रदक्षिणा करें)।
अनेन यथाशक्ति षोडषोपचार पूजनेन श्री हनुमान प्रीयतां न मम॥

इसके बाद हनुमानजी का कवच, जाप, मंत्र, पाठ अथवा हनुमान स्तोत्र (जो कुछ करने का आपने निश्चय किया हो) विधि के अनुसार करें। जो लोग संस्कृत के स्तोत्र का पाठ न कर सकें तो वे तुलसीकृत स्तोत्रों में से कुछ एक अपनी श्रद्धा-भक्ति के अनुसार निर्धारित कर लें या अपने इच्छित फल-लाभ की दृष्टि से व्यवस्था कर लें। भजन गाकर हनुमानजी की श्रद्धापूर्वक स्तुति करें। अंत में आरती पढ़कर समापन करें। यह हनुमत उपासना की संक्षिप्त व समुचित विधि है।

हनुमत पूजन सामग्री—किसी जानकार पुरोहित से पूछकर अपने पूजा कार्य के लिए निम्न सामग्री एकत्र कर सकते हैं—

चंदन, रोली, केसर, सिंदूर, धूपबत्ती, मौली, रुई, पान, सुपारी, लौंग, इलायची, चावल, पुष्प, तुलसी, दूर्वा, कपूर, रुद्राक्ष माला, आसन, पंचपात्र, आचमनी, तृष्टा,

अर्धा, नारियल, गंगाजल, हवन के लिए लकड़ी, तिल, जौ, घृत, चीनी, कड़वा तेल, पंचमेल, हनुमानजी के लिए वस्त्र, कटसरैया, खड़ाऊँ, अबीर, पंचामृत, बालू, पेड़ा, बताशा, यज्ञोपवीत, वरण-सामग्री, हनुमानजी की मूर्ति, हनुमत यंत्र, सुगंधित द्रव्य (तेल, इत्र वगैरह) चौकी, लाल-कपड़ा, सफेद कपड़ा, आम्रपल्लव, सुतरौ, बंदनवार, दियासलाई, कलश, दीया, गोबर आदि।

बुद्धि-प्रधान हनुमानजी का हमारे धर्म में विशेष महत्त्वपूर्ण स्थान है। श्री हनुमानजी की सत्यतापूर्वक उपासना करने से बुद्धि एवं बल दोनों की प्राप्ति होती है।

☐

कैसे करें रामनवमी का व्रत

चैत्र शुक्ल नवमी को रामनवमी का व्रत होता है। यह व्रत मध्याह्न व्यापिनी दशमी विधि को करना चाहिए। 'अगस्त्य संहिता' में कहा गया है कि चैत्र शुक्ल नवमी पुनर्वसु नक्षत्र से संयुक्त हो तो महान् पुण्यदायी होती है। चैत्र मास शुक्ल पक्ष की नवमी को भगवान् श्रीराम का अवतार हुआ। अत: जो व्यक्ति रामनवमी का व्रत करता है, उससे उसके जन्म के पाप भस्मीभूत हो जाते हैं। रामनवमी व्रत से भक्ति व मुक्ति दोनों की ही सिद्धि होती है।

कैसे करें व्रत

रामनवमी के दिन प्रात: स्नानादि से निवृत्त होकर अपने घर की उत्तर दिशा या ईशान कोण में एक सुंदर मंडप बना लें। भगवान् श्रीराम परिवार अथवा रामदरबार की मूर्ति, प्रतिमा या चित्र स्थापित करें। हनुमानजी को विराजमान करें। फिर इस मंडप में विराजमान सीता, राम, लक्ष्मण, हनुमानजी का विविध उपचारों (जल, पुष्प, गंगाजल, वस्त्र, अक्षत, कुमकुम) आदि से यथाशक्ति पूजन करें।

फिर निम्न मंत्र से भगवान् की आरती करें—

मंगलार्थ महीपाल, नीराजनमिदं हरे।
संग्रहाण जगन्नाथ रामचंद्र नमोस्तु ते॥
ॐ परिकर सहिताय श्री सीताराम चंद्राय कर्पूरार्तिक्यं समर्पयानि।

हे पृथ्वीपालक भगवान् श्री रामचंद्र! आपके सर्वविध मंगल के लिए यह आरती है। हे जगन्नाथ! इसे आप स्वीकार करें। आपको प्रणाम है।

उपर्युक्त श्लोक को पढ़कर शुद्ध पात्र में कपूर तथा घी की बत्ती जलाकर श्री सीताराम जी की आरती उतारनी चाहिए।

इन बातों का रखें विशेष ध्यान

1. श्रीरामजी की पूजा से पूर्व हनुमानजी की पूजा जरूर करें। हनुमानजी की पूजा के बिना श्रीराम को पूजा स्वीकार्य नहीं है। भगवान् उसे ग्रहण नहीं करते।
2. हनुमानजी को सिंदूर व चमेली के तेल चढ़ाएँ। चाँदी का वरक अथवा चमकीले पन्ने का वस्त्र उनको चढ़ता है, उसे जरूर चढ़ाएँ।
3. भगवान् राम को सीताफल अत्यंत प्रिय है। इसे प्रसाद स्वरूप चढ़ाएँ। मावे से बनी मिठाई भोग (नैवेद्य) में अर्पित करें।
4. भगवान् श्रीराम को रक्त कमल पसंद है। रक्त कमल के अभाव में रक्त पुष्प (लाल रंग के पुष्पों) से श्रीराम का पूजन करें।
5. जिन महिलाओं को सौभाग्य व सुंदर पति की कामना है, वे सीताजी का सौभाग्य द्रव्य (सिंदूर, चूड़ियाँ, आभूषण) आदि से पूजन करें व सौभाग्य की कामना करें।
6. तीर्थजल से अथवा गंगाजल से श्रीराम का अभिषेक करें। गंगाजल या अन्य किसी भी तीर्थजल से मूर्ति प्रतिमा या फ्रेम की हुई तसवीर को साफ करें तथा कुमकुम व चावल आदि चढ़ाएँ।

क्या खाएँ व क्या न खाएँ

'व्रत मीमांसा' में साफ कहा गया है कि अपने ईष्ट या अपने आराध्य को प्रसन्न करने के लिए की जानेवाली तपस्या, तप को 'व्रत' का नाम दिया गया है।

रामनवमी का व्रत निराहार (अन्न के बिना) करने का विधान है। इस दिन अन्न त्यागकर, भगवान् राम की पूजा, पाठ, मंत्र, स्तोत्र का पाठ करें। फल, दूध वगैरह का सेवन कर सकते हैं। वृद्ध एवं अशक्त लोग एक समय भोजन (अन्न ग्रहण) करके भी व्रत कर सकते हैं। एक समय भोजन करनेवाले व्रत में भी फलाहार (फल, दूध वगैरह) ग्रहण किया जा सकता है।

आमतौर पर यह भी देखा गया है व्रतवाले दिन लोग फलाहार भोजन से भी अधिक करते हैं। व्रत अपने ईष्ट आराध्य को प्रसन्न करने हेतु किया गया तप है। इसमें उपासक अपने शरीर को कष्ट देकर अपने आराध्य के प्रति भक्ति प्रदर्शित करता है, अत: फलाहार का ज्यादा सेवन करने से व्रत निष्फल हो जाता है।

क्यों मनाई जाती है रामनवमी

जो एक बार प्रभु राम के सम्मुख हो जाता है, उसके करोड़ों जन्म के पाप नष्ट हो जाते हैं। संपूर्ण भारतवर्ष में मर्यादा पुरुषोत्तम के रूप में ख्यातिप्राप्त राम का जन्म महोत्सव चैत्र मास के शुक्ल पक्ष की नवमी तिथि को मनाया जाता है। यदि पुनर्वसु नक्षत्र से नवमी तिथि संयुक्त हो, तो संपूर्ण कामनाओं को देनेवाली होती है। यह रामनवमी करोडों सूर्य ग्रहों से अधिक फलदायक होती है। बाबा तुलसीदास ने 'श्रीरामचरितमानस' की रचना इसी दिन से अयोध्या में आरंभ की थी। यदि चैत्र शुक्ल नवमी तिथि पुनर्वसु नक्षत्र युक्त होकर मध्याह्न व्यापिनी हो, तो वह महापुण्यप्रद होती है। चैत्र मास की नवमी तिथि में स्वयं हरि राम के रूप में उत्पन्न हुए। इस दिन प्रत्येक राम मंदिर में भक्तों द्वारा श्रीराम का गुणगान किया जाता है।

कहते हैं, जहाँ पर राम जन्म महोत्सव का आयोजन किया जाता है, वहाँ सभी देव व तीर्थ अदृश्य रूप में उपस्थित रहते हैं, अत: सभी तीर्थों की यात्रा से प्राप्त होनेवाला पुण्य फल इस रामनवमी के दिन एक ही स्थान पर प्राप्त हो जाता है। इसी कारण चैत्र शुक्ल नवमी को 'रामनवमी' कहा जाता है। इसी दिन गोस्वामी तुलसीदान ने 'रामचरितमानस' की रचना का शुभारंभ किया था।

इस दृष्टि से भी रामनवमी का महत्त्व है। अपने भक्तों के जन्म-जन्मों के पापों को नष्ट करनेवाले आनंदसागर, सुख के धाम, जो श्रीराम हैं, आज ही के दिन अवतरित हुए थे।

राम का व्रत क्यों?

'अगस्त्य संहिता' में कहा है—चैत्र मास के शुक्ल पक्ष की नवमी तिथि में पवित्र पुनर्वसु नक्षत्र में गुरु नवांश में पाँच ग्रहों के उच्च राशि में स्थित होने पर, मेष में सूर्य के प्राप्त होने पर तथा कर्क लग्न में कौशल्या महारानी से 'महाराज दशरथ के आँगन में' परब्रह्म परमात्मा का आविर्भाव हुआ। उसी दिन सदा उपवासरूपी व्रत करना चाहिए।

चैत्रमासे नवम्याँ तु जातो राम: स्वयं हरि:॥
पुनर्वस्वृक्ष संयुक्ता सा तिथि: सर्वकामदा॥
श्री रामनवमी प्रोक्त कोटिसूर्यग्रहाधिका।

'हरे कृष्ण, हरे कृष्ण, कृष्ण-कृष्ण, हरे-हरे' महामंत्र का जाप, दिव्य राम कथा, श्रीराम की प्रतिमा का पंचामृत से अभिषेक, गंधोदक-शुद्धोदक स्नान, धूप, दीप, नैवेद्यादि से पंचोपचार एवं षोडशोपचार पूजा, नृत्य, गीत, भजन आदि के कार्यक्रम

सानंद संपन्न किए जाते हैं। उसी दिन रघुनाथ के भक्त पृथ्वी पर जागरण करते हैं। सत्य है कि यह व्रत सभी वर्णों के नर-नारियों को समान रूप से करना श्रेयस्कर है, क्योंकि भगवान् राम की मर्यादाएँ जनमानस के लिए विशेष लाभकारी हैं। जो कर्तव्य हैं, वे भगवान् श्रीराम के चरित्र से ही प्राप्त हैं। मनुष्य जीवन के चार पुरुषार्थ 'धर्म-अर्थ-काम-मोक्ष' इस व्रत से सिद्ध हो जाते हैं। रामनवमी व्रत—

"चैत्र मासे नवम्याँ तु जातो रामः स्वयं हरिः।
श्री रामनवमी प्रोक्ता कोटिसूर्यग्रहाधिका॥

अगस्त्य संहिता के अनुसार चैत्र मास की नवमी के दिन स्वयं हरि ने रामावतार लिया। रामनवमी के व्रत का पुण्य कोटि सूर्य ग्रहणों के समय दान देने के पुण्य से भी अधिक है। इस दिन आठों प्रहर भगवान् राम का स्मरण तथा जप करें। 'रामचरितमानस' का पाठ करें। भगवान् राम का सीता, लक्ष्मण, भरत, शत्रुघ्न, हनुमान आदि सहित पूजन करें। ब्राह्मणों को यथाशक्ति वस्त्र, भोजन, दक्षिणा दान दें। इस व्रत को करने से भगवान् राम की कृपा से जीवन में भौतिक तथा आध्यात्मिक उन्नति होती है।

□

श्री सत्यनारायण व्रत का रहस्य

हिंदू जाति के अजर-अमर होने के अनेक कारण हैं। उनमें से प्रमुख कारण हैं—उनका व्रत-पर्व एवं त्योहार प्रिय होना। प्रतिवर्ष, प्रतिमास एवं प्रतिदिन व्रतों, पर्वों एवं त्योहारों को मनाने की ललक, जैसा उत्साह हिंदुओं में पाया जाता है, वैसा किसी भी अन्य जातियों में नहीं। यहाँ तो दशा यह है कि एक त्योहार अभी मनाया ही जा रहा है और तभी दूसरे को मनाने की तैयारी प्रारंभ हो जाती है, किंतु उत्साह, उल्लास एवं चाव में रंचभर भी कमी आने का प्रश्न ही नहीं है।

पूर्णिमा तिथि का है खास महत्त्व

यों तो वर्ष भर में मनाए जानेवाले व्रतों, पर्वों तथा त्योहारों की लंबी शृंखला है, क्योंकि हमारा कोई भी मास, तिथि अथवा वार ऐसा नहीं है, जिस दिन किसी व्रत, किसी पर्व या त्योहार मनाने का विधान न हो। पूर्णिमा, अमावस्या जैसी कई तिथियाँ तो ऐसी हैं कि अनेक व्रतों, पर्वों एवं त्योहारों का संगम हो जाता है। पूर्णिमा को सौभाग्यशाली महिलाएँ सौभाग्य की अभिवृद्धि के लिए व्रत रखती हैं एवं सायंकाल में पूर्ण चंद्र को अर्घ्य समर्पित करके व्रत की पारणा करती हैं। इनके अतिरिक्त व्यास पूर्णिमा, उपाकर्म एवं रक्षाबंधन, महालयारंभ पूर्णिमा, बुद्ध पूर्णिमा एवं होली जैसे त्योहारों का संबंध भी इस तिथि के साथ है। परंतु एक कार्य ऐसा है, जो इस दिन सारे विश्व में जहाँ-जहाँ हिंदू-सनातनधर्मी निवास करते हैं, वहाँ-वहाँ पूरी निष्ठा के साथ ही सम्मान के साथ संपन्न किया जाता है। वह है श्री सत्यनारायण व्रत-कथा का श्रद्धापूर्वक अनुष्ठान। इस संबंध में यदि सर्वेक्षण कराया जाए तो आँकड़े देखकर हमें सुखद आश्चर्य होगा कि लगभग पचासी प्रतिशत से भी अधिक हिंदू परिवारों में प्राय: पूर्णिमा के दिन श्री सत्यनारायण व्रत-कथा का श्रद्धापूर्वक श्रवण करते हैं। इस अनुष्ठान को बंधु-बांधवों सहित उत्सव की भाँति मनाकर स्वयं को गौरवान्वित महसूस करते हैं।

नारायण ही हैं एकमात्र सत्य

महर्षि वेद व्यास ने विभिन्न पुराणों में 'सत्यान्नास्ति परो धर्मः, सत्ये सर्वं प्रतिष्ठितम्, सत्येन लोकान्जयति, नास्ति सत्यात् परं तपः', इत्यादि वचनों द्वारा पदे-पदे सत्य की महिमा का प्राख्यापन किया है। स्थावर-जंगमात्मक इस नानाविध सृष्टि में भगवान् श्रीमन्नारायण ही एकमात्र सत्य हैं, शेष समस्त प्रपंच नामरूपात्मक होने से मिथ्याकल्प हैं। सकलशास्त्रानुमोदित इस सिद्धांत के अनुसार ही ब्रह्मादि देवता गर्भस्तुति के समय भगवान् श्रीकृष्ण की सत्यरूप में वंदना करते हैं। अर्थात् हे प्रभो! आप सत्य संकल्प हैं। सत्य ही आपकी प्राप्ति का श्रेष्ठ साधन है। सृष्टि के पूर्व, प्रलय के पश्चात् एवं जगत् की स्थिति के समय इन असत्य अवस्थाओं में भी आप सत्य हैं। पृथ्वी, जल, तेज, वायु एवं आकाश—इन पाँच दृश्यमान सत्यों के आप कारण हैं एवं उनमें अंतर्यामी रूप से विराजमान भी आप हैं। आप ही मधुर वाणी एवं समदर्शन के प्रतीक हैं। आप इस दृश्यमान जगत् के परमार्थरूप हैं। हे भगवन्! आप तो साक्षात् सत्यस्वरूप ही हैं। हम सब आपकी शरण में हैं।

नारायण शब्द का अर्थ

'नारायण' शब्द का व्युत्पत्तिलभ्य अर्थ भी तो इसी रहस्य की ओर संकेत करनेवाला है—नार अर्थात् पंच महाभूत, उनमें अयन अर्थात् सत्यरूप से अवस्थित रहनेवाले भगवान् नारायण। अतएव, सत्य एवं नारायण परस्पर अभिन्न हैं। दोनों में एकात्म संबंध होने के कारण सत्यश्चासे नारायणः सत्य नारायणः, इस प्रकार कर्मधारय समास करने पर अथवा सत्ये नारायणः सत्यनारायणः, इस प्रकार तत्पुरुष समास द्वारा भी सत्य एवं नारायण में अपृथक् भाव ही सिद्ध होता है। इसका फलितार्थ यह है कि मानव अपने जीवन-व्यवहार में यदि सत्य को प्रतिष्ठित करता है तो वह अर्थांतर से अपने भीतर भगवद् गुणों का आधान करता है। इसके विपरीत सत्य से दूर रहनेवाला व्यक्ति भगवदीय गुणों से हीन होने के कारण तामस स्वभाववाला हो जाता है। पाप कर्मों में उसकी प्रवृत्ति बढ़ जाती है, जिसके परिणामस्वरूप वह यावज्जीवन नाना प्रकार के क्लेशों से घिरा हुआ रहता है।

सत्यनारायण व्रत की महिमा

मृत्युलोक के प्राणियों की यही दुर्दशा देखकर देवर्षि नारद द्रवित हो उठे थे। श्री सत्यनारायण व्रत-कथा की भूमिका के निम्नांकित शब्द कितने मर्मस्पर्शी

हैं और आज के संदर्भ में भी कितने यथार्थ प्रतीत हो रहे हैं—एकदा नारदो योगी परानुग्रहकांक्षया। पर्यटन विविधान् लोकान् मर्त्यलोकमुपागत:॥ ततो दृष्ट्वा जनान् सर्वान् नानाक्लेशसमन्वितान्। नानायोनिसमुत्पन्नान् क्लिश्यमानान्स्वकर्मभि:॥ यहाँ 'जनान् सर्वान्' तथा आगे के श्लोकों में भी 'मर्त्यलोके जना: सर्वे नानाक्लेशसमन्विता: सर्वे जना:' कहना महत्त्वपूर्ण है, जिसका अभिप्राय है कि इस मृत्युलोक में देवर्षि नारद को एक भी प्राणी ऐसा दृष्टिगोचर नहीं हुआ, जो सर्वथा क्लेशमुक्त हो। फिर जगतादिक प्राणियों के क्लेशों की आत्यंतिक निवृत्ति का उपाय क्या है ? उपाय बहुत ही सरल एवं सभी के द्वारा आचरण में लाया जा सकता है। अंधकार को दूर भगाने के लिए जैसे प्रकाश ही एकमात्र उपाय है, उसी प्रकार क्लेशों से मुक्ति पाने के लिए सत्यनारायण का आश्रय ही अमोघ उपाय है—नान्य: पन्था विद्यतेअयनाय। यह उपाय भी किसी सामान्य जन ने नहीं, अपितु स्वयं श्रीविष्णु भगवान् ने अपने श्रीमुख से देवर्षि नारदजी को बताया है।

जीवन में सत्य को अपनाने का व्रत लीजिए और सद्य: सुख प्राप्त कीजिए। सद्य: का तात्पर्य है—तुरंत, अविलंब या हाथोहाथ। ज्यों ही आपने सत्य को अपने जीवन का अंग बनाया, त्यों ही उसी क्षण से आपको सुख मिलना प्रारंभ हुआ। ऐसा चमत्कारी है सत्य व्रत। नारायण जैसे बिना किसी भेदभाव के प्राणिमात्र पर समान रूप से अपनी करुणा की वृष्टि किया करते हैं, उसी प्रकार सत्य भी तद्रूप होने के कारण सभी को क्लेश-मुक्त कर शाश्वत सुख प्रदान करनेवाला है।

सत्य आचरण अपनाने से बढ़ी व्रत की महिमा

सत्यनारायण की कथा में ऐसे उन सभी व्यक्तियों की कथाएँ संगृहीत की गई हैं, जिन्होंने अपने कार्य-व्यवहार में सत्य को समाविष्ट करने का व्रत धारण किया था। फिर चाहे वे समाज के किसी भी वर्ग से थे। यहाँ काशीपुर में रहनेवाला दरिद्र ब्रह्मण है तो उल्कामुख एवं तुंगध्वज जैसे राजा भी हैं। इसी प्रकार गरीब लकड़हारा है तो चतुर चालाक साधु नामक बनिया भी यहाँ है। गोचारण करनेवाले साधारण ग्वालों की कथा भी यहाँ है।

सत्य को अपनाने से जैसे ये सब प्रकार से सुखी एवं संपन्न हो गए, उसी प्रकार जो भी सुखी एवं समृद्ध होना चाहे, वह इन्हीं की भाँति सत्य को अपने जीवन का अभिन्न अंग बनाने का व्रत धारण कर ले। यहाँ किसी के लिए द्वार नहीं बंद है। यही कारण है कि श्री सत्यनारायण व्रत-कथा में जिनकी कथाएँ संकलित हैं, उन

सभी ने सत्यव्रत धारण करने का संकल्प किया था, यही बारंबार कहा गया है। श्री सत्यनारायण व्रत-कथा के अंतिम अध्याय में फलश्रुति के अंतर्गत यह बताया गया है कि सत्य का आश्रय लेनेवालों को क्या लोकोत्तर लाभ हुए।

सत्य में छिपे देवत्व गुण

वाल्मीकि रामायण में जानकीजी को बचाने के प्रयास में रावण के भीषण प्रहारों से क्षत-विक्षत एवं मरणासन्न जटायु को देखकर श्रीराम करुणार्द्र हो उठते हैं एवं नया शरीर धारण करने की उससे अभ्यर्थना करते हैं। लेकिन जीवन के प्रति उसकी अरुचि देखकर अंततः उसे दिव्य गति के साथ उत्तम लोक प्रदान करते हैं। यहाँ यह जिज्ञासा उत्पन्न होती है कि मोक्ष प्रदान करने की सामार्थ्य तो केवल विष्णु भगवान् में ही है, फिर मनुष्य रूप में विराजमान श्रीराम ने जटायु को मोक्ष (उत्तम लोक) किस प्रकार दे दिया? यह तो मानव लीला से अलग विषय है।

इस जिज्ञासा का समाधान पूर्वाचार्य इस प्रकार करते हैं कि मानवीय गुणों में सत्य सर्वोपरि था एवं सत्यव्रत का पालन करनेवाले व्यक्ति के लिए समस्त लोकों पर विजय पा लेना अतीव सहज हो जाता है। इसलिए श्रीराम ने विष्णु होने के कारण से नहीं, अपितु मनुष्य को देवोपम बना देनेवाले अपने सत्यरूपी सद्गुण के आधार पर जटायु को मोक्ष प्रदान किया। इस प्रकार सत्य को नारायण मानकर अपने सांसारिक व्यवहारों में उसे प्रतिष्ठित करने का व्रत लेनेवालों की है श्री सत्यनारायण व्रत-कथा।

हर मुहूर्त है शुभ

सत्य को अपनाने के लिए किसी मुहूर्त शोधन की भी आवश्यकता नहीं है। कभी भी, किसी भी दिन से यह शुभ कार्य प्रारंभ किया जा सकता है। बस, आवश्यकता है केवल व्यक्ति के दृढ़ निश्चय की एवं उसके परिपालन के लिए संपूर्ण समर्पण भाव की। इधर आपने सत्य को अंगीकार किया और उधर उसी पल से सुख एवं समृद्धि की वर्षा आप पर प्रारंभ हुई।

सत्यनारायण व्रत-कथा व पूजन विधि

सत्यनारायण भगवान् की कथा जगत् में प्रचलित है। कुछ लोग मनौती पूरी होने पर तो कुछ किसी शुभ कार्य के प्रारंभ व गृह-प्रवेश के अवसर पर सत्यनारायण कथा का आयोजन करते हैं। शास्त्रों में कहा गया है कि लौकिक क्लेश-मुक्ति,

सांसारिक सुख-समृद्धि एवं पारलौकिक लक्ष्य-सिद्धि के लिए एक ही राजमार्ग है, वह है सत्यनारायण व्रत। सत्यनारायण का अर्थ है—सत्याचरण, सत्याग्रह, सत्यनिष्ठा। संसार में सुख-समृद्धि की प्राप्ति सत्याचरण द्वारा ही संभव है।

कौन हैं सत्यनारायण

भगवान् सत्यनारायण विष्णु के ही रूप हैं। कथा के अनुसार इंद्र का दर्प भंग करने के लिए विष्णुजी ने नर और नारायण के रूप में बद्रीनाथ में तपस्या की थी, वहीं नारायण सत्य को धारण करते हैं, अत: 'सत्य नारायण' कहे जाते हैं।

पूजन विधि

जो व्यक्ति सत्यनारायण की पूजा का संकल्प लेते हैं, उन्हें दिन भर व्रत रखना चाहिए। पूजन स्थल को गाय के गोबर से पवित्र करके वहाँ एक अल्पना बनाएँ और उस पर पूजा की चौकी रखें। इस चौकी के चारों पाए के पास केले का वृक्ष लगाएँ। इस चौकी पर ठाकुरजी और श्री सत्यनारायण की प्रतिमा स्थापित करें। पूजा करते समय सबसे पहले गणपति की पूजा करें, फिर इंद्रादि दसदिक्पाल की और क्रमश: पंच लोकपाल, सीता सहित राम, लक्ष्मण की, राधा-कृष्ण की। इनकी पूजा के पश्चात् ठाकुरजी व सत्यनारायण की पूजा करें। इसके बाद लक्ष्मी माता की और अंत में महादेव और ब्रह्माजी की पूजा करें। पूजा में केले के पत्ते व फल के अलावा पंचामृत, पंचगव्य, सुपारी, पान, तिल, मौली, रोली, कुमकुम, दूर्वा की आवश्यकता होती है, जिनसे भगवान् की पूजा होती है। सत्यनारायण की पूजा के लिए दूध, मधु, केला, गंगाजल, तुलसी पत्ता, मेवा मिलाकर पंचामृत तैयार किया जाता है, जो भगवान् को काफी पसंद है। सत्यनारायण भगवान् को प्रसाद के तौर पर फल-मिष्टान्न के अलावा आटे की पंजीरी का भी भोग लगाया जाता है। पूजन विधि में निम्न मंत्रों के उच्चारण से आप सत्यनारायण की कथा का सफल आयोजन कर सकते हैं।

बाएँ हाथ में जल लेकर दाहिने हाथ की अनामिका से निम्न मंत्र बोलते हुए अपने ऊपर एवं पूजन सामग्री पर जल छिड़कें—

अपवित्र: पवित्रो वा सर्वावस्थां गतोऽपि वा।
य: स्मरेत् पुंडरीकाक्षं स बाह्याभ्यन्तर: शुचि:॥
पुन: पुंडरीकाक्षं, पुन: पुंडरीकाक्षं, पुन: पुंडरीकाक्षं।

निम्न मंत्र से अपने आसन पर उपरोक्त तरह से जल छिड़कें—

पृथ्वी त्वया घता लोका देवि त्वं विष्णुना धृता।
त्वं च धारय माँ देवि पवित्रं कुरु च आसनम्॥

यदि यजमान सपत्नीक बैठ रहे हों तो निम्न मंत्र के पाठ से ग्रंथि बंधन या गठजोड़ करें—

यदाबंधनन दाक्षायणा हिरण्य(गुं) शतानीकाय सुमनस्यमानाः।
तन्म आ बन्धामि शत शारदायायुष्यंजरदष्टियर्थासम्॥

आचमन

इसके बाद दाहिने हाथ में जल लेकर तीन बार आचमन करें व तीन बार कहें—

1. केशवाय नमः स्वाहा,
2. नारायणाय नमः स्वाहा,
3. माधवाय नमः स्वाहा।

यह बोलकर हाथ धो लें—

गोविन्दाय नमः हस्तं प्रक्षालयामि।

कथा

श्री सत्यनारायण की कई कथाएँ हैं, जिसमें से कुछ का यहाँ वर्णन किया जा रहा है। इस कथा को सूतजी ने सनकादि ऋषियों के कहने पर कहा था। इनसे पूर्व नारद मुनि को स्वयं भगवान् विष्णु ने यह कथा सुनाई थी। कथा के अनुसार एक गरीब ब्राह्मण था। ब्राह्मण भिक्षा के लिए दिन भर भटकता रहता था। भगवान् विष्णु को उस ब्राह्मण की दीनता पर दया आई और एक दिन भगवान् स्वयं ब्राह्मण वेश धारण कर उस विप्र के पास पहुँचे। विप्र से उन्होंने उनकी परेशानी सुनी और उन्हें सत्यनारायण की पूजा करने की सलाह दी। ब्राह्मण ने श्रद्धापूर्वक सत्यनिष्ठ होकर सत्यनारायण की पूजा एवं कथा की। इसके प्रभाव से उसकी दरिद्रता समाप्त हो गई और वह धन-धान्य से संपन्न हो गया। इस अध्याय में एक लकड़हारे की भी कथा है, जिसने विप्र को सत्यनारायण की कथा करते देखा तो उनसे पूजन विधि जानकर भगवान् की पूजा की, जिससे वह धनवान बन गया। ये लोग सत्यनारायण की पूजा से मृत्यु के पश्चात् उत्तम लोक गए और कालांतर में विष्णु की सेवा में रहकर मोक्ष के भागी बने।

सत्यनारायण का अर्थ है, एकमात्र नारायण ही सत्य हैं अथवा सत्य में ही

नारायण प्रतिष्ठित हैं। एक बार योगी नारदजी ने भ्रमण करते हुए मृत्युलोक के प्राणियों को अपने-अपने कर्मों के अनुसार नाना क्लेशजन्य ताप से संतप्त होते देखा। इससे उनका संत हृदय द्रवित हो उठा और वह वीणा बजाते हुए अपने परम आराध्य भगवान् श्रीहरि की शरण में क्षीरसागर पहुँच गए और स्तुतिपूर्वक बोले, "हे नाथ! यदि आप मेरे ऊपर प्रसन्न हैं तो मृत्युलोक के प्राणियों की व्यथा हरनेवाला कोई छोटा-सा उपाय बताने की कृपा करें।" तब भगवान् ने कहा, "हे वत्स! तुमने विश्व-कल्याण की भावना से बहुत सुंदर प्रश्न किया है। अतः तुम्हें साधुवाद है। आज मैं तुम्हें ऐसा व्रत बताता हूँ, जो स्वर्ग में भी दुर्लभ है और महान् पुण्यदायक है तथा मोह के बंधन को काट देनेवाला है और वह है श्री सत्यनारायण व्रत। इसे विधि-विधान से करने पर मनुष्य सांसारिक सुखों को भोगकर परलोक में मोक्ष प्राप्त कर लेता है।" इसके पश्चात् काशीपुर नगर के एक निर्धन ब्राह्मण को भिक्षावृत्ति करते देख भगवान् विष्णु स्वयं ही एक बूढ़े ब्राह्मण के रूप में उस निर्धन ब्राह्मण के पास जाकर बोले, "हे विप्र! श्री सत्यनारायण भगवान् मनोवांछित फल देनेवाले हैं। तुम उनका व्रत-पूजन करो, जिसे करने से मनुष्य सब प्रकार के दुःखों से मुक्त हो जाता है। इस व्रत में उपवास का भी अपना महत्त्व है, किंतु उपवास का अर्थ मात्र भोजन न करना ही नहीं समझना चाहिए। उपवास के समय हृदय में यह धारणा होनी चाहिए कि आज श्री सत्यनारायण भगवान् हमारे पास ही विराजमान हैं। अतः बाह्य-आभ्यंतर शुचिता बनाए रखनी चाहिए और श्रद्धा-विश्वासपूर्वक भगवान् का पूजन कर उनकी मंगलमयी कथा का श्रवण करना चाहिए।"

सत्यनारायण व्रत-कथा में निर्धन ब्राह्मण, गरीब लकड़हारा, राजा उल्कामुख, धनवान व्यवसायी, साधु वैश्य, उसकी पत्नी लीलावती, पुत्री कलावती, राजा तुङ्गध्वज एवं गोपगणों की कथा का समावेश किया गया है। कथासार ग्रहण करने से यह निष्कर्ष निकलता है कि जिस किसी ने सत्य के प्रति श्रद्धा-विश्वास किया, उन सबके कार्य सिद्ध हो गए, जैसे—लकड़हारा, गरीब ब्राह्मण, उल्कामुख, गोपगणों ने सुना कि यह व्रत सुख, सौभाग्य, संतति, संपत्ति सबकुछ देनेवाला है, तो सुनते ही श्रद्धा, भक्ति तथा प्रेम के साथ सत्यव्रत का आचरण करने में लग गए और फलस्वरूप इहलौकिक सुख भोगकर परलोक में मोक्ष के अधिकारी हुए। साधु वैश्य ने भी यही प्रसंग राजा उल्कामुख से विधि-विधान के साथ सुना, किंतु उसका विश्वास अधूरा था। श्रद्धा में कमी थी। वह कहता था कि संतान प्राप्ति पर सत्यव्रत-पूजन करूँगा। समय बीतने पर उसके घर एक सुंदर कन्या ने जन्म लिया। उसकी श्रद्धालु पत्नी ने

व्रत की याद दिलाई तो उसने कहा कि कन्या के विवाह के समय करेंगे।

समय आने पर कन्या का विवाह भी हो गया, किंतु उस वैश्य ने व्रत नहीं किया। वह अपने दामाद को लेकर व्यापार के लिए चला गया। उसे चोरी के आरोप में राजा चंद्रकेतु द्वारा दामाद सहित कारागार में डाल दिया गया। पीछे घर में भी चोरी हो गई। पत्नी लीलावती व पुत्री कलावती भिक्षावृत्ति के लिए विवश हो गईं। एक दिन कलावती ने किसी विप्र के घर श्री सत्यनारायण का पूजन होते देखा और घर आकर माँ को बताया। तब माँ ने अगले दिन श्रद्धा से व्रत-पूजन कर भगवान् से पति और दामाद के शीघ्र वापस आने का वरदान माँगा। श्रीहरि प्रसन्न हो गए और स्वप्न में राजा को दोनों बंदियों को छोड़ने का आदेश दिया। राजा ने धन-धान्य तथा प्रचुर द्रव्य देकर उन्हें विदा किया। घर आकर पूर्णिमा और संक्रांति को सत्यव्रत सत्यनारायण पूजन का जीवनपर्यंत आयोजन करता रहा, फलतः सांसारिक सुख भोगकर उसे मोक्ष प्राप्त हुआ।

इसी प्रकार राजा तुङ्गध्वज ने वन में गोपगणों को श्री सत्यनारायण भगवान् का पूजन करते देखा, किंतु प्रभुता के मद में चूर राजा न तो पूजास्थल पर गया, न दूर से ही प्रणाम किया और न ही गोपगणों द्वारा दिया प्रसाद ग्रहण किया। परिणाम यह हुआ कि राजा के पुत्र, धन-धान्य, अश्व-गजादि सब नष्ट हो गए। राजा को अकस्मात् यह आभास हुआ कि विपत्ति का कारण सत्यदेव भगवान् का निरादर है। उसे बहुत पश्चात्ताप हुआ। वह तुरंत वन में गया। गोपगणों के साथ सत्यनारायण भगवान् की पूजा की। फिर उसने उनसे ही प्रसाद ग्रहण किया तथा घर आ गया। उसने देखा कि विपत्ति टल गई और उसकी सारी संपत्ति तथा जन सुरक्षित हो गए। राजा प्रसन्नता से भर गया और सत्यव्रत के आचरण में रत हो गया तथा अपना सर्वस्व भगवान् को अर्पित कर दिया।

□

साईं बाबा व्रत पूजा

साईं बाबा व्रत कोई भी व्यक्ति कर सकता है। इस व्रत को करने के नियम भी अत्यंत साधारण हैं। साईं बाबा अपने भक्तों की हर इच्छा पूरी करते हैं। उनकी कृपा से सभी की मनोकामनाएँ पूरी होती हैं। माँगने से पहले ही वे सबकुछ देते हैं। उनके स्मरण मात्र से जीवन में आ रही बाधाओं में कमी होती है। कहा भी जाता है कि शिर्डी वाले श्री साईं बाबा की महिमा का कोई ओर-छोर नहीं है। साईं बाबा पर पूरा विश्वास करनेवालों को कभी निराशा का सामना नहीं करना पड़ता है।

1. इस व्रत को सभी स्त्री-पुरुष और बच्चे कर सकते हैं।
2. किसी भी जाति या धर्म का व्यक्ति इस व्रत को कर सकता है।
3. यह व्रत बहुत ही चामत्कारिक है। 7 या 9 गुरुवार विधिपूर्वक इस व्रत को करने से निश्चित ही इच्छित फल की प्राप्ति होती है।
4. यह व्रत किसी भी गुरुवार को साईं बाबा का नाम लेकर शुरू किया जा सकता है। जिस अभीष्ट कार्य के लिए व्रत किया जाए, उसकी धारणा सच्चे मन से करते हुए साईं व्रत को करना चाहिए।
5. किसी आसन पर पीला कपड़ा बिछाकर उस पर साईं की सिद्ध प्रतिमा रखकर चंदन या कुमकुम का तिलक लगाना चाहिए और उन पर पीले फूल का हार चढ़ाना चाहिए। फिर अगरबत्ती और दीपक जलाकर साईं व्रत की कथा पढ़नी चाहिए और साईं बाबा का स्मरण करना चाहिए। उसके बाद प्रसाद बाँटना चाहिए। प्रसाद में कोई भी फल या मिठाई बाँटी जा सकती है।
6. यह व्रत फलाहार लेकर, जैसे—दूध, चाय, फल, मिठाई अथवा एक समय भोजन करके भी किया जा सकता है।
7. 7 या 9 गुरुवार को हो सके तो साईं बाबा के मंदिर जाकर उनके दर्शन भी

अवश्य करें और नियम से उनकी आरती में भी शामिल हों; नहीं तो घर पर ही श्रद्धापूर्वक साईं बाबा की पूजा व आरती की जा सकती है।

8. कहीं आवश्यक काम से बाहर जाना पड़ जाए, तो भी इस व्रत को किया जा सकता है।
9. व्रत के समय स्त्रियों को मासिक धर्म की समस्या आ जाए अथवा किसी कारण से व्रत न हो पाए तो उस गुरुवार को 7 या 9 गुरुवार की गिनती में शामिल न किया जाए। उस गुरुवार के बदले अन्य गुरुवार को व्रत करके अपने व्रत पूरे करें, तत्पश्चात् उद्यापन करना न भूलें।

साईं बाबा व्रत-कथा

एक शहर में कोकिला नाम की स्त्री और उसके पति महेशभाई रहते थे। दोनों का वैवाहिक जीवन सुखमय था। दोनों में आपस में स्नेह और प्रेम था, पर महेशभाई में कभी-कभार झगड़ा करने की आदत थी। परंतु कोकिला अपने पति के क्रोध का बुरा न मानती थी। वह धार्मिक आस्था और विश्वासवाली महिला थी। उसके पति का काम-धंधा भी बहुत अच्छा नहीं था। इस कारण वह अपना अधिकतर समय अपने घर पर ही व्यतीत करता था। समय के साथ काम में कमी होने पर उसके स्वभाव में और अधिक चिड़चिड़ापन रहने लगा।

एक दिन दोपहर के समय कोकिला के दरवाजे पर एक वृद्ध महाराज आए। उनके चेहरे पर गजब का तेज था। वृद्ध महाराज के भिक्षा माँगने पर उसने उन्हें दाल-चावल दिए और दोनों हाथों से उस वृद्ध बाबा को नमस्कार किया। बाबा के आशीर्वाद देने पर कोकिला के मन का दु:ख उसकी आँखों से छलकने लगा। इस पर बाबा ने कोकिला को श्री साईं व्रत के बारे में बताया और कहा कि इस व्रत को 9 गुरुवार तक एक समय भोजन करके करना है। पूर्ण विधि-विधान से पूजा करना और साईं बाबा पर अटूट श्रद्धा रखना। तुम्हारी मनोकामना जरूर पूरी होगी।

महाराज के बताए अनुसार कोकिला ने गुरुवार के दिन साईं बाबा का व्रत किया और नौवें गुरुवार को गरीबों को भोजन भी कराया। साथ ही साईं पुस्तकें भेंटस्वरूप दीं। ऐसा करने से उसके घर के झगड़े दूर हो गए और उसके घर की सुख-शांति में वृद्धि हुई। इसके बाद दोनों का जीवन सुखमय हो गया।

एक बार उसकी जेठानी ने बातों-बातों में उसे बताया कि उसके बच्चे पढ़ाई नहीं करते, यही कारण है कि परीक्षा में वे फेल हो जाते हैं। कोकिला बहन ने अपनी

जेठानी को श्री साईं बाबा के नौ व्रत का महत्त्व बताया। कोकिला बहन के बताए अनुसार जेठानी ने साईं व्रत का पालन किया। उसके थोड़े ही दिनों में उसके बच्चे पढ़ाई करने लगे और बहुत अच्छे अंकों से पास हुए।

साई बाबा व्रत उद्यापन विधि

1. जब भी आपके व्रतों की गिनती पूरी हो जाए तो आखिरी गुरुवार को उद्यापन करना चाहिए। इसमें पाँच गरीब व्यक्तियों को भोजन अपनी सामर्थ्यानुसार कराएँ।
2. साईं बाबा की महिमा एवं व्रत का फैलाव करने के लिए अपने सगे-संबंधियों या पड़ोसियों को इस व्रत की 5, 11, 21 पुस्तकें भेंट करें।
3. इस व्रत की जो भी पुस्तकें भक्तजनों को भेंट देनी हैं, उन्हें पूजा में रखें और बाद में इन्हें श्रद्धालुओं को भेंट करें, जिससे अन्य व्यक्तियों की भी मनोकामना पूर्ण हो।

विधि अनुसार व्रत एवं उद्यापन करने से निश्चित ही आपकी मनोकामना पूर्ण होगी। ऐसा साईं भक्तों का असीम विश्वास है।

साईं बाबा की आरती

साईं बाबा की भक्ति में आरती का अनुपम स्थान है। शिर्डी में बाबा की लीला का पानी से दीप जलाने से ही प्रारंभ हुआ। जब गाँव के बनियों ने बाबा को तेल नहीं दिया तो बाबा ने पानी से ही दीपक जला दिया। यह दीपावली का दिन था। बाबा को दीप से बहुत लगाव था। वास्तव में वह संसार में अज्ञान, अंधकार, व्याधि आदि को मिटाने के लिए आए थे। द्वारकामाई में प्रकाश फैलाना बाबा के ज्योति दर्शन का एक अभिन्न अंग है। सबसे प्रारंभ में मध्याह्न आरती होती थी। दोपहर की इस आरती का नियमित क्रम सन् 1909 में प्रारंभ हुआ। इसके बाद सन् 1910 से बाबा नियमित रूप से एकांतर रात्रि में चावड़ी में विश्राम करने लगे। बाबा के चावड़ी पहुँचने पर उनकी रोज आरती होने लगी। इसके बाद उनके चावड़ी से प्रात:काल द्वारकामाई लौटने के समय प्रभात आरती होने लगी। प्रभात आरती को मराठी में 'काकड़ आरती' भी कहते हैं। वास्तव में वस्त्र को लकड़ी में लपेटकर उसमें अग्नि प्रज्वलित करने से जो प्रकाशमय वस्तु बनती है, उसे 'काकड़' कहते हैं।

संध्याकालीन आरती की शुरुआत बहुत समय बाद से हुई। बाबा को आरती

से इतना अधिक लगाव था कि आरती के बहुत से पद बाबा के समय में ही तैयार हो चुके थे। बाबा ने आरती की प्रति काका साहेब दीक्षित को देखने के लिए भिजवाई थी। काका साहेब ने आरती को तैयार करने में रचनात्मक सहयोग दिया। इसमें उपासनी महाराज ने भी अपनी गुरु भक्ति के प्रतीक के रूप में 'साईं नाथ महिमा स्तोत्र' की रचना की। आरती में तुकाराम, जानाबाई, एकनाथ, माहिनीराज, कृ.जा. भीष्म आदि के पदों को लिया गया। इसमें सनातन मार्ग की उपासना पद्धति के अनुरूप क्षमा, प्रार्थना आदि श्लोक को शामिल किया गया। बाबा को भीष्म और दासगणू के पद, जो आरती में शामिल हैं, बहुत पसंद थे। बाबा स्वयं आरती के समय इतने भावमय होते थे कि भक्तों को उनमें साक्षात् परमेश्वर के दर्शन होते थे। बाबा आरती के समय कभी द्वारकामाई में बैठकर आरती के पदों को सुनते थे और कभी भावुक होकर चहलकदमी करने लगते थे। आरती के समय उनके प्रिय अश्व श्याम कर्ण भी अपना पैर उठाकर नृत्य करते थे। भक्तगण स्थानीय वाद्य यंत्रों से संगीत उत्पन्न कर परिवेश को मनोरम बना देते थे। ऐसा दिव्य वातावरण हो जाता था जैसे देवी शक्तियाँ अदृश्य रूप में बाबा की आरती में विराजमान हों। आरती के बाद बाबा भक्तों को उदी (भस्म) का प्रसाद वितरित करते थे। प्रारंभ में शिर्डी गाँव के निवासी और अंतरंग भक्त आरती में शामिल होते थे, लेकिन बाद में दूर-दराज से भी भक्तगण आकर आरती में शामिल होने लगे।

आज भी बाबा के मंदिरों में आरती के समय ध्यान से देखने पर पता चलता है कि बाबा अत्यंत ही प्रसन्न भाव से भक्तों के निवेदन को स्वीकार करते हैं। आरती में मराठी भाषा के अधिकांश पद हैं। संस्कृत के भी पद हैं। लेकिन मराठी के पदों में हिंदी और उर्दू के शब्दों को उदारतापूर्वक स्वीकार किया गया है। दासगणू के पद 'साईं रहम नजर करना' और 'रहम नजर करो साईं' उर्दू और हिंदी का सुंदर मिश्रण है। उपासनी महाराज द्वारा रचित स्तोत्र में प्रांजल-प्रवाहमयी संस्कृत का प्रयोग है। साथ ही आरती में नामधुन है। 'रूसो मम…' जैसे पदों को आरती में सन् 1940 में शामिल किया गया।

बाबा की आरती में सनातन उपासना, भक्तिमार्ग, ज्ञानमार्ग और कर्ममार्ग के दर्शन का अद्‌भुत समावेश है। चार आरतियों में प्रत्येक आरती का समय लगभग आधे घंटे का है। इसमें पारंपरिक वाद्य यंत्र ढोलक, मृदंग, करताल आदि से ही अनुपम संगीतमय समा बँध जाता है। आरती में तुकाराम और जानाबाई आदि के पदों के माध्यम से साईंनाथ की आराधना पंढरपुर के पंढरीनाथ अर्थात् श्रीकृष्ण के रूप में की

गई है। मराठी अंचल में पंढरीनाथ की उपासना सगुण भक्ति का उत्कृष्टतम रूप है। मराठी जनमानस ने बाबा में ही पंढरीनाथ का दर्शन किया। बाबा की आरती में एक स्थान पर सर्वधर्म समभाव की भी बात कही गई है। इस आरती में लोकरीति और शास्त्र के अनुरूप भावों का अद्भुत मिलन है। साईं आरती बाबा के प्रति समर्पण का एक महान् यज्ञ है। जो आरती के पदों में व्यक्त भाव को आत्मसात् करते हुए बाबा की चार आरतियाँ नियमित रूप से करेगा, उसका भवसागर से उद्धार निश्चित ही है।

साईं बाबा की आरती

आरती श्री साईं गुरुवर की, परमानंद सदा सुखकर की।
जाकी कृपा विपुल सुखकारी। दुःख, शोक, संकट, भयहारी॥ 1॥
शिर्डी में अवतार रचाया। चमत्कार से तत्त्व दिखाया॥ 2॥
कितने भक्त चरण पर आए। वे सुख-शांति चिरंतन पाए॥ 3॥
भाव धरे जो मन में जैसा। पावन अनुभव वो ही वैसा॥ 4॥
गुरु की उदी लगावे तन को। समाधान लाभत उस मन को॥ 5॥
साईं नाम सदा जो गावे। सो फल जग में शाश्वत पावे॥ 6॥
गुरुवार करि पूजा सेवा। उस पर कृपा करत गुरुदेवा॥ 7॥
राम, कृष्ण, हनुमान रूप में। दे दर्शन जानत जो मन में॥ 8॥
विविध धर्म के सेवक आते। दर्शन कर इच्छित फल पाते॥ 9॥
जै बोलो साईं बाबा की। जै बोलो अवधूत गुरु की॥ 10॥
साईं दास आरती को गावे। घर में बसे सुख मंगल पावे॥ 11॥

□

साधना का पर्व : निर्जला एकादशी

ज्येष्ठ मास के शुक्ल पक्ष की एकादशी 'निर्जला एकादशी' कहलाती है। अन्य माह की एकादशियों में फलाहार किया जाता है, परंतु इसमें जल तक ग्रहण नहीं किया जाता। एक ओर ज्येष्ठ की भीषण गरमी और दूसरी ओर साधक द्वारा निर्जल व्रत रखना। पूरा एक दिन बिना पानी के रहना भारतीय उपासना पद्धति में कष्ट सहिष्णुता की पराकाष्ठा को ही दरशाती है। धर्म, आस्था व आत्मसंयम की साधना के इस अनूठे पर्व के बारे में विस्तार से जानें, इस लेख से।

भारतीय उपासना पद्धति में व्रत व उपवास का बहुत महत्त्व है। हमारे यहाँ प्रत्येक मास कोई-न-कोई बड़ा व्रत होता ही है। ऐसा ही एक महान् व पुण्यकारी व्रत है—निर्जला एकादशी। इस व्रत के करने से आरोग्य की वृद्धि तथा उत्तम लोकों की प्राप्ति होती है।

'महाभारत' के अनुसार अधिमास सहित एक वर्ष की छब्बीसों एकादशियाँ न की जा सकें तो केवल निर्जला एकादशी का ही व्रत कर लेने से पूरा फल प्राप्त हो जाता है—

वृषस्थे मिथुनस्थेऽर्के शुक्ला ह्योकादशी भवेत्
ज्येष्ठे मासि प्रयत्नेन सोपाष्या जलवर्जिता।

निर्जला व्रत करनेवाले को अपवित्र अवस्था में आचमन के सिवा बिंदुमात्र भी जल ग्रहण नहीं करना चाहिए। यदि किसी प्रकार जल उपयोग में ले लिया जाए तो व्रत भंग हो जाता है। निर्जला एकादशी को संपूर्ण दिन-रात निर्जल व्रत रहकर द्वादशी को प्रात: स्नान करना चाहिए तथा सामर्थ्य के अनुसार वस्तुएँ और जलयुक्त कलश का दान करना चाहिए। इसके अनंतर व्रत के पारायण का प्रसाद ग्रहण करना चाहिए।

आत्मसंयम की होती है परीक्षा

निर्जला एकादशी के दिन पानी का वितरण देखकर आपके मन में एक प्रश्न अवश्य आता होगा कि जहाँ इस दिन के उपवास में पानी न पीने का व्रत होता है तो यह पानी वितरण करनेवाले कहीं लोगों का धर्म भ्रष्ट तो नहीं कर रहे हैं, लेकिन इसका मूल आशय यह है कि व्रतधारी लोगों के लिए यह एक कठिन परीक्षा की ओर संकेत करता है कि चारों ओर आत्मतुष्टि के साधन रूप जल का वितरण देखते हुए भी उसकी ओर आपका मन न चला जाए।

साधना में यही होता है कि साधक के सम्मुख सारे भोग पदार्थ स्वयमेव उपस्थित हो जाते हैं। वस्तु, पदार्थ उपलब्ध होते हुए उनका त्याग करना ही त्याग है अन्यथा उनके न होने पर तो अभाव कहा जाएगा। अत: अभाव को त्याग नहीं कहा जा सकता। दूसरी ओर जो लोग व्रत नहीं करते, लेकिन गरमी के कारण आकुल हो जाते हैं और उनको ऐसी स्थिति में एक गिलास शीतल पानी मिल जाता है तो उनकी आत्मा प्रसन्न हो जाती है। अत: इस उपासना का सीधा संबंध एक ओर जहाँ पानी न पीने के व्रत की कठिन साधना है, वहीं आम जनता को पानी पिलाकर परोपकार की प्राचीन भारतीय परंपरा से भी है।

पृथ्वी, जल, अग्नि, आकाश और वायु—इन पाँच तत्त्वों से ही मानव देह निर्मित होती है। अत: पाँचों तत्त्वों को अपने अनुकूल बनाने की साधना अति प्राचीन काल से हमारे देश में चली आ रही है। अत: निर्जला एकादशी अन्नमय कोश की साधना से आगे जलमय कोश की साधना का पर्व है। पंचतत्त्वों की साधना को योग दर्शन में गंभीरता से बताया गया है। अत: साधक जब पाँचों तत्त्वों को अपने अनुकूल कर लेता है तो उसे न तो शारीरिक कष्ट होते हैं और न ही मानसिक पीड़ा। साथ ही साधना द्वारा कष्टों को सहन करने का अभ्यास हो जाने पर समाज में एक-दूसरे के प्रति सहयोग की भावना जागती है।

जल संरक्षण का संदेश

यह व्रत आयु, आरोग्य और पापों का नाश करनेवाला माना गया है। वहीं इसके व्यावहारिक पक्ष पर विचार करें तो पाते हैं कि यह व्रत वास्तव में पानी की अहमियत को बताता है। जल पंच तत्त्वों में से एक माना गया है। चूँकि अकसर इनसान किसी विषय या वस्तु का महत्त्व उससे शरीर और मन में होनेवाले अनुभव के आधार पर ही समझता है। यही कारण है कि इस व्रत का विधान जल का महत्त्व बताने के लिए

ही धर्म के माध्यम से परंपराओं में शामिल किया गया। जब व्रती पूरे दिन जल ग्रहण नहीं करता है, तब जल की प्यास से खुद-ब-खुद उसे जल का महत्त्व महसूस हो जाता है। किंतु धर्म भाव के कारण वह दृढ़ता से व्रत संकल्प पूरा करता है। यह समय एक कठिन तप के समान होता है। वह भी गरमी के ऐसे मौसम में, जबकि पानी का अभाव होता है और जल के साथ ठंडक की सबसे ज्यादा जरूरत महसूस होती है। यह बातें भारतीय मनीषियों की दूरदर्शिता को उजागर करती हैं।

दरअसल, यह व्रत संदेश देता है कि हम जल का संरक्षण करें। हर व्यक्ति जल उपलब्ध होने पर यह बात भूल जाता है और जल की कमी होने पर हाहाकार मचता है। इसलिए अगर हम चाहते हैं कि हम जल के साथ और जल हमारे साथ हमेशा रहे तो निर्जला एकादशी के व्रत की मूल भावना को अपनाकर जल का अपव्यय न करने का संकल्प जरूर लें। संकल्प ही व्रत का पर्याय होते हैं।

व्रत कथा

एक बार युधिष्ठिर ने श्रीकृष्ण से कहा—जनार्दन! ज्येष्ठ मास के शुक्ल पक्ष में जो एकादशी पड़ती हो, कृपया उसका वर्णन कीजिए।

भगवान् श्रीकृष्ण बोले—राजन्! इसका वर्णन परम धर्मात्मा सत्यवतीनंदन व्यासजी करेंगे, क्योंकि ये संपूर्ण शास्त्रों के तत्त्वज्ञ और वेद-वेदांगों के पारंगत विद्वान् हैं।

तब वेदव्यासजी कहने लगे—दोनों ही पक्षों की एकादशियों के दिन भोजन न करें। द्वादशी के दिन स्नान आदि से पवित्र हो फूलों से भगवान् केशव की पूजा करें। फिर नित्य कर्म समाप्त होने के पश्चात् पहले ब्राह्मणों को भोजन देकर अंत में स्वयं भोजन करें। राजन्! जननाशौच और मरणाशौच में भी एकादशी को भोजन नहीं करना चाहिए।

यह सुनकर भीमसेन बोले—परम बुद्धिमान पितामह! मेरी उत्तम बात सुनिए। राजा युधिष्ठिर, माता कुंती, द्रौपदी, अर्जुन, नकुल और सहदेव, ये एकादशी को कभी भोजन नहीं करते तथा मुझसे भी हमेशा यही कहते हैं कि—भीमसेन! तुम भी एकादशी को न खाया करो…! किंतु मैं उन लोगों से यही कहता हूँ कि मुझसे भूख नहीं सही जाएगी।

भीमसेन की बात सुनकर व्यासजी ने कहा—यदि तुम्हें स्वर्गलोक की प्राप्ति अभीष्ट है और नरक को दूषित समझते हो तो दोनों पक्षों की एकादशियों के दिन भोजन न करना।

भीमसेन बोले—महाबुद्धिमान पितामह! मैं आपके सामने सच्ची बात कहता हूँ। एक बार भोजन करके भी मुझसे व्रत नहीं किया जा सकता, फिर उपवास करके तो मैं रह ही कैसे सकता हूँ? मेरे उदर में वृक नामक अग्नि सदा प्रज्वलित रहती है, अत: जब मैं बहुत अधिक खाता हूँ, तभी यह शांत होती है। इसलिए महामुने! मैं वर्ष भर में केवल एक ही उपवास कर सकता हूँ। जिससे स्वर्ग की प्राप्ति सुलभ हो तथा जिसके करने से मैं कल्याण का भागी हो सकूँ, ऐसा कोई एक व्रत निश्चय करके बताइए। मैं उसका यथोचित् रूप से पालन करूँगा।

व्यासजी ने कहा—भीम! ज्येष्ठ मास में सूर्य वृष राशि पर हो या मिथुन राशि पर, शुक्ल पक्ष में जो एकादशी हो, उसका यत्नपूर्वक निर्जल व्रत करो। केवल कुल्ला या आचमन करने के लिए मुख में जल डाल सकते हो, उसको छोड़कर किसी प्रकार का जल विद्वान् पुरुष मुख में न डालें, अन्यथा व्रत भंग हो जाता है। एकादशी को सूर्योदय से लेकर दूसरे दिन के सूर्योदय तक मनुष्य जल का त्याग करे तो यह व्रत पूर्ण होता है। तदनंतर द्वादशी को प्रभातकाल में स्नान करके ब्राह्मणों को विधिपूर्वक जल और स्वर्ण का दान करें। इस प्रकार सब कार्य पूरा करके जितेंद्रिय पुरुष ब्राह्मणों के साथ भोजन करें। वर्ष भर में जितनी एकादशियाँ होती हैं, उन सबका फल निर्जला एकादशी के व्रत से मनुष्य प्राप्त कर लेता है, इसमें तनिक भी संदेह नहीं है। शंख, चक्र और गदा धारण करनेवाले भगवान् केशव ने मुझसे कहा था कि यदि मानव सबको छोड़कर एकमात्र मेरी शरण में आ जाए और एकादशी को निराहार रहे तो वह सब पापों से छूट जाता है।

एकादशी व्रत करनेवाले पुरुष के पास विशालकाय, विकराल आकृति और काले रंगवाले दंड पाशधारी भयंकर यमदूत नहीं जाते। अंतकाल में पीतांबरधारी, सौम्य स्वभाववाले, हाथ में सुदर्शन धारण करनेवाले और मन के समान वेगशाली विष्णुदूत आखिर इस वैष्णव पुरुष को भगवान् विष्णु के धाम में ले जाते हैं। अत: निर्जला एकादशी को पूर्ण यत्न करके उपवास और श्रीहरि का पूजन करो। स्त्री हो या पुरुष, यदि उसने मेरु पर्वत के बराबर भी महान् पाप किया हो तो वह सब इस एकादशी व्रत के प्रभाव से भस्म हो जाता है। जो मनुष्य उस दिन जल के नियम का पालन करता है, वह पुण्य का भागी होता है। उसे एक-एक प्रहर में कोटि-कोटि स्वर्ण मुद्रा दान करने का फल प्राप्त होता सुना गया है। मनुष्य निर्जला एकादशी के दिन स्नान, दान, जप, होम आदि जो कुछ भी करता है, वह सब अक्षय होता है, यह भगवान् श्रीकृष्ण का कथन है। निर्जला एकादशी को विधिपूर्वक उत्तम रीति से

उपवास करके मानव वैष्णव पद को प्राप्त कर लेता है। जो मनुष्य एकादशी के दिन अन्न खाता है, वह पाप का भोजन करता है। इस लोक में वह चांडाल के समान है और मरने पर दुर्गति को प्राप्त होता है।

जो ज्येष्ठ के शुक्ल पक्ष में एकादशी को उपवास करके दान करेंगे, वे परम पद को प्राप्त होंगे। जिन्होंने एकादशी को उपवास किया है, वे ब्रह्म-हत्यारे, शराबी, चोर तथा गुरुद्रोही होने पर भी सब पातकों से मुक्त हो जाते हैं।

कुंतीनंदन! निर्जला एकादशी के दिन श्रद्धालु स्त्री-पुरुषों के लिए जो विशेष दान और कर्तव्य निहित हैं, उन्हें सुनो—उस दिन जल में शयन करनेवाले भगवान् विष्णु का पूजन और जलमयी धेनु का दान करना चाहिए अथवा प्रत्यक्ष धेनु या घृतमयी धेनु का दान उचित है। पर्याप्त दक्षिणा और भाँति-भाँति के मिष्टान्नों द्वारा यत्नपूर्वक ब्राह्मणों को संतुष्ट करना चाहिए। ऐसा करने से ब्राह्मण अवश्य संतुष्ट होते हैं और उनके संतुष्ट होने पर श्रीहरि मोक्ष प्रदान करते हैं। जिन्होंने शम, दम और दान में प्रवृत्त हो श्री हरि की पूजा और रात्रि में जागरण करते हुए इस निर्जला एकादशी का व्रत किया है, उन्होंने अपने साथ ही बीती हुई सौ पीढ़ियों को और आनेवाली सौ पीढ़ियों को भगवान् वासुदेव के परम धाम में पहुँचा दिया है। निर्जला एकादशी के दिन अन्न, वस्त्र, गौ, जल, शय्या, सुंदर आसन, कमंडलु तथा छाता दान करना चाहिए। जो श्रेष्ठ तथा सुपात्र ब्राह्मण को जूता दान करता है, वह सोने के विमान पर बैठकर स्वर्गलोक में प्रतिष्ठित होता है। जो इस एकादशी की महिमा को भक्तिपूर्वक सुनता अथवा उसका वर्णन करता है, वह स्वर्गलोक में जाता है। चतुर्दशी युक्त अमावस्या को सूर्यग्रहण के समय श्राद्ध करके मनुष्य जिस फल को प्राप्त करता है, वही फल इसके श्रवण से भी प्राप्त होता है। पहले दंतधावन करके यह नियम लेना चाहिए कि मैं भगवान् केशव की प्रसन्नता के लिए एकादशी को निराहार रहकर आचमन के सिवा दूसरे जल का भी त्याग करूँगा। द्वादशी को देवेश्वर भगवान् विष्णु का पूजन करना चाहिए। गंध, धूप, पुष्प और सुंदर वस्त्र से विधिपूर्वक पूजन करके जल के घड़े के दान का संकल्प करते हुए निम्नांकित मंत्र का उच्चारण करें—

देवदेव हृषीकेश संसारार्णवतारक।
उदकुम्भप्रदानेन नय मां परमां गतिम्॥

संसार-सागर से तारने वाले हे देवादिदेव हृषीकेश! इस जल के घड़े का दान करने से आप मुझे परम गति की प्राप्ति कराइए।

भीमसेन! ज्येष्ठ मास में शुक्ल पक्ष की जो शुभ एकादशी होती है, उसका

निर्जल व्रत करना चाहिए। उस दिन श्रेष्ठ ब्राह्मणों को शक्कर के साथ जल के घड़े दान करने चाहिए। ऐसा करने से मनुष्य भगवान् विष्णु के समीप पहुँचकर आनंद का अनुभव करता है। तत्पश्चात् द्वादशी को ब्राह्मण भोजन कराने के बाद स्वयं भोजन करें। जो इस प्रकार पूर्ण रूप से पापनाशिनी एकादशी का व्रत करता है, वह सब पापों से मुक्त हो आनंदमय पद को प्राप्त होता है।

यह सुनकर भीमसेन ने भी इस शुभ एकादशी का व्रत आरंभ कर दिया।

दान का माहात्म्य

निर्जला एकादशी के दिन भगवान् विष्णु की आराधना की जाती है। लोग ग्रीष्म ऋतु में पैदा होनेवाले फल, सब्जियाँ, पानी की सुराही, हाथ का पंखा आदि का दान करते हैं। इस उपासना में कौटिल्य अर्थशास्त्र के वस्तु-विनिमय सिद्धांत के भी दर्शन होते हैं, क्योंकि धन की अपेक्षा साधन या वस्तुओं को उपलब्ध कराकर समाज तुरंत लाभान्वित होता है। इसलिए इस व्रत के दिन प्राकृतिक वस्तुओं के दान का बड़ा महत्त्व बताया गया है। आर्थिक रूप से सामर्थ्यवान लोग प्राकृतिक वस्तुओं के साथ, धन, द्रव्य आदि का भी दान कर समाज को आत्मबल प्रदान करते हैं।

प्राचीन काल में धर्मज्ञ राजा एवं सामर्थ्यवान लोग निर्जला एकादशी को जल एवं गौ-दान करना सौभाग्य की बात मानते थे। इसीलिए जल में वास करनेवाले भगवान् श्रीमन्नारायण विष्णु की पूजा के उपरांत दान-पुण्य के कार्य कर समाज सेवा की जाती रही है। आज भी अधिक नहीं तो थोड़ा ही सही, श्रद्धालु लोग इस परंपरा का अपनी सामर्थ्य के अनुसार निर्वाह करते हैं।

□

लंबे सुहाग की कामना का पर्व

भारतीय संस्कृति में जप, तप, व्रत का बहुत महत्त्व है। भारतीय संस्कृति में पुराण तथा धार्मिक ग्रंथ व्रतों के प्रसंग से भरे पड़े हैं। भारत में शायद ही कोई महीना व्रत और त्योहार के बिना बीतता हो, बल्कि यहाँ तो हर दिन यानी सोमवार, मंगलवार, वीरवार, शुक्रवार आदि को भी व्रत रखे जाते हैं। प्यार और विश्वास की अभिव्यक्ति से जुड़ा ऐसा ही एक व्रत है—करवा चौथ। हर वर्ष कार्तिक मास के कृष्ण पक्ष की चतुर्थी तिथि को आनेवाला तथा भारतीय नारी को अखंड सुहाग देनेवाला करवाचौथ का व्रत सुहागिनों का सबसे बड़ा पर्व है। पहले यह व्रत मुख्यत: उत्तरी भारत में मनाया जाता था। लेकिन आज देश के सभी भागों में इस व्रत का जबरदस्त आकर्षण एवं उल्लास नजर आता है। अब विदेशों में भारतीयों की संख्या में वृद्धि होने के कारण वहाँ भी करवाचौथ एक जाना-माना पर्व बन गया है।

करवे का महत्त्व

'करवे' का अर्थ है—मिट्टी का बरतन और 'चौथ' का अर्थ है—चतुर्थी। करवाचौथ का व्रत सुहागिन स्त्रियाँ रखती हैं तथा अपने पति की लंबी आयु और खुशहाल जीवन की कामना करती हैं। करवाचौथ पर 'करवे' का विशेष रूप से पूजन किया जाता है। स्त्री धर्म की मर्यादा 'करवे' की भाँति ही होती है। जिस प्रकार 'करवे' की सीमाएँ हैं, उसी प्रकार स्त्री धर्म की भी अपनी सीमाएँ हैं।

व्रत की शुरुआत

विभिन्न पौराणिक कथाओं के अनुसार करवाचौथ के व्रत का उद्गम उस समय हुआ था, जब देवों और दानवों के बीच भयंकर युद्ध चल रहा था और युद्ध में देवता परास्त होते नजर आ रहे थे। तब देवताओं ने ब्रह्माजी से इसका कोई उपाय करने

की प्रार्थना की। ब्रह्माजी ने देवताओं की करुण पुकार सुनकर उन्हें सलाह दी कि अगर आप सभी देवों की पत्नियाँ सच्चे और पवित्र हृदय से अपने पतियों के लिए प्रार्थना एवं उपवास करें तो देवता दैत्यों को परास्त करने में सफल होंगे। ब्रह्माजी की सलाह मानकर सभी देव पत्नियों ने कार्तिक मास की चतुर्थी को व्रत किया और रात्रि के समय चंद्रोदय से पहले ही देवता युद्ध जीत गए। तब चंद्रोदय के पश्चात् दिन भर से भूखी-प्यासी देव पत्नियों ने अपना-अपना व्रत खोला। ऐसी मान्यता है कि तभी से करवाचौथ व्रत किए जाने की परंपरा शुरू हुई।

संकल्प मंत्र

मम सुखसौभाग्यपुत्रपौत्रादिसुस्थिर श्री प्राप्त
करक चतुर्थीव्रतमहं करिष्ये॥

उपरोक्त मंत्र से संकल्प लेकर व्रत का प्रारंभ करके सर्वथम गणेशजी, भगवान् शिव, माता पार्वती, कार्तिकेय तथा चंद्रमा की पूजा की जाती है। इसी समय सुहागिनें कुछ नैवेद्य भी खाती हैं। इसे 'सरगी' कहते हैं। सारा दिन निर्जल व्रत रखने के बाद रात्रि को चंद्रमा के दर्शन कर, अर्घ्य देकर अपने पति के दर्शन करके ही व्रती स्त्री अन्न-जल ग्रहण करती है। कुछ लोग इस दिन महागौरी तथा महालक्ष्मी दोनों का पूजन भी करते हैं।

पूजन विधि

रात्रि वेला में भगवान् शिव, माँ पार्वती, स्वामी कार्तिकेय, श्री गणेश, चंद्रदेव एवं सुहाग के सभी सामान की पूजा का विधान है। सर्वथम पट्टे पर जल से भरा लोटा रखें। मिट्टी के एक करवे में गेहूँ और ढक्कन में चीनी व सामर्थ्यानुसार पैसे रखें। रोली, चावल, गुड़ आदि से गणपतिजी की पूजा करें। रोली से करवे पर स्वस्तिक बनाएँ और 13 बिंदियाँ रखें। स्वयं भी बिंदी लगाएँ और गेहूँ के 13 दाने दाएँ हाथ में लेकर कथा सुनें। कथा सुनने के बाद अपनी सासू माँ के चरण स्पर्श करें और करवा उन्हें दें। पानी का लोटा और गेहूँ के दाने अलग-अलग रख लें। रात्रि में चंद्रोदय होने पर पानी में गेहूँ के दाने डालकर उससे अर्घ्य दें और फिर भोजन करें। यदि व्रत कथा पंडिताइन से सुनी हो तो गेहूँ, चीनी और पैसे उसे दे दें, नहीं तो किसी कन्या को दान कर दें।

व्रत कथा

महाभारत काल में जब अर्जुन नीलगिरि पर्वत पर तप करने चले गए और काफी समय तक नहीं लौटे तो द्रौपदी चिंता में डूब गई। उस समय श्रीकृष्ण ने कहा कि माता पार्वती ने भी भगवान् शंकर से यही प्रश्न किया था तो शंकरजी ने जो विघ्ननाशक कथा सुनाई थी, वही मैं तुम्हें कहता हूँ। कार्तिक कृष्ण पक्ष की चतुर्थी तिथि 'करक चतुर्थी' को निर्जल व्रत करके यह कथा सुनी जाती है—एक समय स्वर्ग से भी सुंदर, मनोहर, रमणीक सब प्रकार के रत्नों से शोभायमान विद्वान् पुरुषों से सुशोभित इंद्रस्थ नगरी में वेदशर्मा नामक ब्राह्मण रहता था। उसके सात पुत्र और एक पुत्री थी। पुत्री का नाम वीरवती था। उसका विवाह सुदर्शन नामक ब्राह्मण से कर दिया गया। करवाचौथ के दिन ब्राह्मण की बेटी ने व्रत रखा, लेकिन चंद्रोदय से पूर्व ही उसे भूख सताने लगी। भूख से व्याकुल अपनी बहन का मुरझाया चेहरा उसके भाइयों से देखा न गया। अत: उन्होंने वीरवती से व्रत खोलने का आग्रह किया, पर वह इसके लिए तैयार नहीं हुई। तभी सब भाइयों ने मिलकर एक योजना बनाई। उन्होंने एक पीपल के वृक्ष की ओट में प्रकाश करके वीरवती से कहा, 'देखो, चंद्रमा निकल आया।' वीरवती बहुत भोली थी और अपने भाइयों की बात पर विश्वास करके उसने प्रकाश को ही अर्घ्य देकर व्रत खोल लिया। इस प्रकार व्रत भंग होने के कारण उसके पति की मृत्यु हो गई। वह जोर-जोर से रोने चिल्लाने लगी। संयोगवश उसी समय वहाँ से देवी इंद्राणी अन्य देव पत्नियों के साथ गुजर रही थीं। वह किसी औरत की जोर-जोर से रोने की आवाज सुनकर वहाँ पहुँचीं और उसके रोने का कारण जानना चाहा। इसकी व्यथा सुनकर इंद्राणी ने कहा कि चंद्रोदय से पहले व्रत खोल लेने के कारण तुम्हारे पति की मृत्यु हुई है।

देवी इंद्राणी ने कहा कि अब अगर तुम पूरे 12 महीने अपने पति के मृत शरीर की सेवा करते हुए प्रत्येक चतुर्थी को विधिपूर्वक व्रत करो और अगले करवाचौथ को विधिवत् शिव, पार्वती, गणेश तथा कार्तिकेयजी सहित चंद्रमा की पूजा करके, चंद्रमा निकलने के बाद अर्घ्य देकर अन्न-जल ग्रहण करो तो निश्चय ही तुम्हारा पति जीवित हो जाएगा। ब्राह्मण कन्या के भाइयों को अपने से हुई भारी भूल का एहसास हुआ और उन्होंने अपनी बहन से उसके लिए क्षमा-याचना की और बहन से इंद्राणी की बातों पर अमल करने को कहा। तब ब्राह्मण कन्या ने इंद्राणी की बातों पर अमल करते हुए इंद्राणी द्वारा बताई गई विधि अनुसार प्रत्येक चतुर्थी को व्रत करते हुए अगले करवाचौथ का व्रत विधिवत् पूरा किया और चंद्रोदय के बाद

चंदमा को अर्घ्य देकर अपना व्रत खोला। व्रत के प्रभाव से उसका पति जीवित हो उठा। भगवान् श्रीकृष्ण ने द्रौपदी को यह कथा सुनाने के बाद कहा अगर तुम भी विधानपूर्वक सच्चे मन से करवाचौथ का व्रत करो तो तुम्हारे समस्त संकट दूर हो जाएँगे। तब द्रौपदी ने करवाचौथ का व्रत रखा और उसके प्रभाव से पांडवों को महाभारत के युद्ध में विजय प्राप्त हुई।

करती हैं सोलह श्रृंगार

भारतीय स्त्री के साज-श्रृंगार को उसके सुहाग का प्रतीक माना जाता है। यह साज-श्रृंगार नारी के रूप में चार-चाँद लगा देता है। सदियों से महिलाएँ अपने सौंदर्य-आकर्षण को बढ़ाने के लिए इन गहनों, जैसे—माँग में सिंदूर, माथे पे बिंदिया, कानों में झुमके, नाक में नथनी, गले में मंगलसूत्र, हाथों में चूड़ियाँ, बाजूबंद, अँगूठियाँ, पैरों में बिछुए, पायल आदि का प्रयोग करती हैं। यह गहने शरीर की बाहरी सुंदरता बढ़ाने के साथ-साथ शरीर के प्रत्येक अंग पर कोई-न-कोई वैज्ञानिक भाव भी डालते हैं।

करवा बाँटना

शाम के वक्त सोलह श्रृंगार से सजी सखियों, देवरानियों-जेठानियों और पड़ोस की महिलाओं के साथ थाली बाँटने से पहले पंडिताइन मिट्टी की बीरो कुड़ी बनाती है। मिट्टी की इस गुड़िया को महिलाओं के गोल घेरे के बीच में रखा जाता है और सभी महिलाएँ व्रत की कथा सुनने और थाली बाँटने से पहले बीरो कुड़ी को याद करते हुए, 'ले बीरो कुड़िए करवड़ा, ले सर्व सुहागन करवड़ा...' का उच्चारण किया जाता है।

दान देने योग्य वस्तुएँ

पति की दीर्घ आयु और पूरे परिवार के सौभाग्य के लिए करवाचौथ व्रत पर सुहागिनें कंजकों को चूड़ियाँ-बिंदियाँ आदि दान करती हैं। कुछ महिलाएँ अपनी सामर्थ्य अनुसार तीन-पाँच या सात की संख्या में कन्याओं को चूड़ियाँ और बिंदियाँ दान करती हैं। परंपरा में चूड़ी व बिंदिया के साथ लाल रंग के फीते दान करने का भी चलन है।

रिश्तों का जुड़ाव

यह व्रत संबंधों में भावात्मक दृढ़ता लाता है और रिश्ते करीब आते हैं। यह व्रत भारतीय संस्कृति के उस पवित्र बंधन और प्रेम का प्रतीक है, जो एक स्नेहमय परिवार की स्थापना करता है। स्त्रियाँ पूर्ण शृंगार करके ईश्वर के समक्ष व्रत के उपरांत यह प्रण करती हैं कि वे मन, वचन और कर्म से पति के प्रति पूर्ण समर्पण की भावना रखेंगी और धर्म, अर्थ, काम और मोक्ष चारों पुरुषार्थों को प्राप्त करेंगी। करवाचौथ व्रत रखनेवाली महिलाओं की संख्या हमारे देश में सर्वाधिक है। यह त्योहार पति–पत्नी में प्यार बढ़ाता है। पति भी यही इच्छा रखते हैं कि इस दिन वह घर पर ही रहें। इस तरह यह त्योहार घर–गृहस्थी में उत्साह और स्फूर्ति लाता है।

□

पुत्रों पर कृपा करती हैं–अहोई माता

सृष्टि का सबसे पावन शब्द है—माँ। माँ का स्थान ही सर्वोपरि है। माँ अपनी संतान के लिए नाना प्रकार के कष्ट उठाती है और अपनी संतान के मंगल के लिए सभी प्रयास करती है। माँ का दर्जा न कभी किसी ने लिया है और न ही कोई ले सकता है। इसलिए माँ के कदमों के नीचे जन्नत कही गई है। माँ के इसी वात्सल्य भाव के कारण इसे ईश्वरतुल्य माना जाता है। शायद ईश्वर की उपासना भी माँ के रूप में इसी वात्सल्य स्वरूप के कारण ही की जाती है। माँ के इसी सार्थक पर्व का नाम अहोई अष्टमी है। अहोई का व्रत पुत्रवती स्त्रियाँ अपने बच्चों के सुख-सौभाग्य, दीर्घायु और कुलदीपक की उन्नति की कामना के लिए करती हैं। दीपावली के त्योहार की खुशियाँ अहोई आठे से ही शुरू हो जाती हैं। अहोई अष्टमी का पर्व माता द्वारा अपनी संतान को समर्पित है।

व्रत-पूजन विधि

इस दिन माताएँ अपनी संतान की दीर्घायु एवं मंगल कामना के लिए सूर्योदय से पहले उठकर स्नान व ध्यान करके आहार लेती हैं व सारा दिन निराहार व्रत करती हैं। सब प्रकार की कच्ची रसोई बनाई जाती है। संध्या को दीवार में आठ कोष्ठक की एक पुतली लिखी जाती है। उसी के समीप स्याऊ (सेही) के बच्चों की और सेही की आकृति बनाई जाती है। जमीन पर चौक पूजकर कलश की स्थापना की जाती है। रसोई का थाल लगाकर भोग के लिए तैयार रखा जाता है। कला पूजन के बाद अष्टमी (दीवार में लिखी हुई चित्रकारी) का विधिवत् पूजन होता है। तब दूध-भात का भोग लगाया जाता है। पहले घर की दीवार पर विभिन्न रंगों से अहोई माता बनाई जाती थी। अब समय बदला तो अहोई के कैलेंडर बाजार में बिकने लगे हैं।

फिर रात्रि को संतान को साथ लेकर अहोई माता की पूजा-अर्चना की जाती है

तथा बच्चों को मिट्टी के बरतन भरकर मिठाई दी जाती है, जिसे 'झक्करियाँ' कहते हैं, ताकि उनका परिवार संतान से भरा-पूरा रहे। घर के बच्चे दरवाजों की कुंडियाँ जोर-जोर से बजाते हैं और अहोई माता को पुकारते हैं। माताएँ ये शब्द बार-बार दोहराती हैं, 'हे होई, दे मेरा दुध पुत लै अपना टिकडा लोई।' इस दिन गन्ने की भी पूजा की जाती है। मीठी मट्ठा और गुड़ से बनी मिठाई बाजार में तैयार मिलती है। पूजा के बाद ब्राह्मण को नेवैद्य देकर बच्चों को भी यही प्रसाद दिया जाता है। शाम को चंद्र दर्शन करके व तारे को अर्घ्य देकर व्रत खोला जाता है।

पूजन के लिए सामग्री

तेल से बने पदार्थ जैसे—मट्ठा, शीरा, गुलगुले, पूड़े, चावल और माश की साबुत दाल, मूली के साथ ही गेहूँ अथवा मक्की के सात दाने हाथ में लेकर, तेल का दीया जलाकर अहोई माता का पूजन करें। जल के पात्र को रखकर उस पर स्वस्तिक बनाएँ। मिट्टी की हाँड़ी व बरतन में खानेवाला सामान डालकर पूजा करें।

अहोई पूजन

यदि किसी स्त्री के बेटा हुआ हो या बेटे का विवाह हुआ हो तो अहोई व्रत की समाप्ति का उत्सव करें। एक थाली में सात जगह चार पूड़ी और थोड़ा-थोड़ा शीरा रखें। इसके अलावा एक साड़ी या सूट, एक ब्लाउज व कुछ पैसे थाली में रखकर और थाली के चारों ओर हाथ फेरकर, अपनी सासूजी के पैर छूकर उन्हें दे दें।

प्रचलित कथा

एक नगर में एक साहूकार रहता था। उसके सात पुत्र और एक पुत्री थी। साहूकार के सभी बेटे-बेटी विवाहित थे। एक दिन साहूकार के बेटों की बहुएँ अपनी ननद के साथ मिट्टी खोदने गईं। मिट्टी खोदते समय साहूकार की बेटी से संयोगवश कुदाली स्याऊ (सेही) के बच्चे को लग गई, जिससे उसकी मृत्यु हो गई। अनजाने में हुए इस पाप से बेटी को बहुत दुःख हुआ। स्याऊ को जब ज्ञात हुआ कि इसने मेरे बच्चे को मार डाला है, तो उसने ननद की कोख बाँधनी चाही। तब ननद ने अपनी भाभियों से आग्रह किया कि वे मेरी बजाय अपनी कोख बँधवा लें। इस पर छहों बड़ी भाभियों ने कोख बँधवाने से मना कर दिया, लेकिन सबसे छोटी बहू ने ननद के बदले अपनी कोख यह सोचकर बँधवा ली कि जेठानियों के बेटा-बेटी भी

तो मेरे ही बच्चों के समान होंगे। यदि ननद की कोख बँध गई, तो इससे सास को भी दु:ख होगा। समय बीतता गया और छोटी बहू के जनमे सातों बेटे एक के बाद एक मरते चले गए। इससे दु:खी होकर छोटी बहू ने कई पंडितों को बुलाकर स्याऊ के शाप से मुक्ति पाने के उपाय पूछे। इस पर पंडितों ने बताया कि तुम गऊ की पूजा करो। वह स्याऊ माता की बहन है। वह कहेगी तो स्याऊ तुम्हारी कोख खोल देगी।

छोटी बहू प्रतिदिन गऊ की पूजा करने लगी। सेवा-पूजा से प्रसन्न होकर एक दिन गऊ माता ने कहा, "तुझे मेरी सेवा करते बहुत दिन हो गए हैं, बता क्या चाहती है?" तब साहूकार की बहू ने पूरी घटना गऊ को सुनाते हुए कहा, "स्याऊ से मेरी कोख छुड़वा दें।" गऊ ने कहा, "सवेरे अँधेरे में आना।" अगले दिन गऊ उसे लेकर घने जंगल में स्याऊ माता के पास आई। स्याऊ ने गऊ को देखकर कहा, "आओ बहन, बहुत दिनों में आई हो। यह तुम्हारे साथ कौन है?"

गऊ बोली, "यह मेरी भक्त है और मेरी बहुत सेवा करती है।" तब स्याऊ बोली, "मुझे भी मेरे बच्चों की रखवाली के लिए किसी की आवश्यकता है।" इस पर छोटी बहू ने स्याऊ के बच्चों की रखवाली करने की बात स्वीकार कर ली और वह वहीं रहने लगी। बहू उन सबकी खूब सेवा करती। यह देखकर एक दिन स्याऊ बोली, "तुम इतनी उदास क्यों रहती हो?" बहू की आँखों में आँसू आ गए। बहू को रोती देख स्याऊ ने कहा, "मुझे बता, क्या बात है, मैं तेरा संकट दूर करूँगी।" इस पर बहू बोली, "वचन दो।" स्याऊ ने वचन दे दिया। तब उसने अपनी कोख बँधनेवाली सारी घटना स्याऊ को बता दी। सुनकर स्याऊ ने कहा, "तूने मुझे ठग लिया है, लेकिन कोई बात नहीं, मैं तेरी कोख खोलती हूँ—आज से तेरी कोई भी संतान नहीं मरेगी।" इसके बाद स्याऊ ने बहुत सारा धन देकर बहू को वहाँ से विदा किया। बहू ने घर आकर देखा तो उसके मरे हुए सातों बेटे जीवित हो गए। उस दिन अहोई अष्टमी थी। सभी के साथ-साथ उसने अहोई माता का व्रत रखा, कथा कही एवं पूजा की। अहोई माता त्रितापों का क्षय करनेवाली देवी हैं। वह महालक्ष्मीजी का प्रतीक हैं।

□

सूर्योपासना का लोकपर्व छठ

छठ पूजा केवल एक पर्व नहीं है, बल्कि इसे महापर्व का दर्जा प्राप्त है। इस पर्व के साथ करोड़ों हिंदुओं की आस्था जुड़ी हुई है और हो भी क्यों न, भगवान् सूर्य की उपासना से जुड़े इस महापर्व की महिमा ही ऐसी है।

दीपावली के ठीक छह दिन बाद मनाए जानेवाले पर्व छठ का भारतीय संस्कृति में व्यापक महत्त्व है। हमारे देश में छठ पर्व मनाने की परंपरा सदियों से चली आ रही है। सूर्योपासना का यह पर्व बिहार में घर-घर में मनाया जाता है। इसके अलावा, उत्तर प्रदेश, उत्तरांचल और पूर्वोत्तरी राज्यों में भी इस पर्व को लेकर खासा उत्साह रहता है। हिंदुओं द्वारा मनाए जानेवाले इस पर्व को इसलाम व अन्य धर्मावलंबी भी मनाते देखे गए हैं। हमारे यहाँ मान्यता है कि सूर्य की शक्तियों का मुख्य स्रोत उनकी पत्नियाँ उषा और प्रत्यूषा हैं। छठ में सूर्य के साथ-साथ उनकी दोनों शक्तियों की संयुक्त आराधना होती है। प्रात:काल में सूर्य की पहली किरण (उषा) और संध्याकाल में सूर्य की अंतिम किरण (प्रत्यूषा) को अर्घ्य देकर दोनों को नमन किया जाता है।

पौराणिक और लोककथाएँ

ऐसी मान्यता है कि चौदह वर्ष की वनवास की अवधि पूरी करने के पश्चात् भगवान् राम, जानकी और लक्ष्मण के साथ कार्तिक अमावस्या के दिन अयोध्या लौटे थे, उसी दिन से दीपावली मनाई जाती है। अपने प्रिय राजा राम और रानी सीता के आने के उपलक्ष्य में राज्य भर में घी के दीये जलाए गए थे। राम के राज्याभिषेक के पश्चात् राम राज्य की परिकल्पना को ध्यान में रखकर राम और सीता ने कार्तिक शुक्ल षष्ठी को उपवास रखकर प्रत्यक्ष देव भगवान् सूर्य की आराधना की और सप्तमी को इसे पूर्ण किया। पवित्र सरयू तट पर राम-सीता के इस अनुष्ठान से

प्रसन्न होकर सूर्यदेव ने उन्हें आशीर्वाद दिया था। तब से छठ पर्व इस अंचल विशेष में लोकप्रिय हो गया।

एक पौराणिक मान्यता के अनुसार कार्तिक शुक्ल षष्ठी के सूर्यास्त एवं सप्तमी के सूर्योदय के मध्य वेदमाता गायत्री का जन्म हुआ था। भगवान् सूर्य की आराधना करते हुए विश्वामित्र के मुख से अनायास ही वेदमाता गायत्री प्रकट हुई थीं। यह पवित्र मंत्र भगवान् सूर्य के पूजन का परिणाम था। तभी से कार्तिक शुक्ल षष्ठी की तिथि आर्यों के लिए परम पूज्य हो गई और छठ पर्व आर्यों का महान् धरोहर बन गया। एक अन्य मान्यता है कि जुए में पांडव अपना राजपाठ, धन-दौलत सभी कुछ हारकर जंगल-जंगल घूम रहे थे, उस समय पांडवों के बुरे हाल, दुर्दशा और संकट से मुक्ति पाने के लिए द्रौपदी ने स्वयं सूर्यनारायण की आराधना करते हुए छठ व्रत किया। फलस्वरूप पांडवों को खोया राजपाठ, सम्मान, प्रतिष्ठा सभी कुछ प्राप्त हुआ।

एक कथा के अनुसार राजा प्रियवद की कोई संतान नहीं थी, तब महर्षि कश्यप ने पुत्रेष्टि यज्ञ करवाकर उनकी पत्नी मालिनी के यज्ञाहुति के लिए बनाई गई खीर दी। इसके प्रभाव से उन्हें पुत्र हुआ, परंतु वह मरा हुआ था। प्रियवद पुत्र को लेकर श्मशान गए और पुत्र-वियोग में प्राण त्यागने लगे। उसी वक्त भगवान् की मानस कन्या देवसेना प्रकट हुईं और कहा कि सृष्टि की मूल प्रवृत्ति के छठे अंश से उत्पन्न होने के कारण मैं 'षष्ठी' कहलाती हूँ। राजन्! तुम मेरा पूजन करो तथा लोगों को भी प्रेरित करो। राजा ने पुत्र इच्छा से देवी षष्ठी का व्रत किया और उन्हें पुत्र-रत्न की प्राप्ति हुई। यह पूजा कार्तिक शुक्ल की षष्ठी को हुई थी।

सूर्य षष्ठी व्रत की कथा

एक वृद्धा के कोई संतान नहीं थी। कार्तिक शुक्ल सप्तमी के दिन उसने संकल्प किया कि यदि उसके यहाँ पुत्र होगा तो वह व्रत करेगी। सूर्य भगवान् की कृपा से वह पुत्रवती हो गई, लेकिन उसने व्रत नहीं किया।

लड़के का विवाह हो गया। विवाह से लौटते समय वर-वधू ने एक जंगल में डेरा डाल दिया। तब वधू ने वहाँ पालकी में अपने पति को मृत पाया। वह विलाप करने लगी। उसका विलाप सुनकर एक वृद्धा उसके पास आकर बोली, "मैं छठ माता हूँ। तुम्हारी सास सदैव मुझे फुसलाती रही है। उसने संकल्प करके भी मेरी पूजा व व्रत नहीं किया। किंतु तुम्हारा विलाप देखकर मैं तुम्हारे पति को जीवित कर देती हूँ। घर जाकर अपनी सास से इस विषय में बात करना, तो वह तुम्हें इस बात

से अवगत करा देगी।" तब छठ माता ने अपने दैवयोग से वर को जीवित कर दिया।

घर पहुँचकर वधू ने जब अपनी सास से सारी घटना बताई, तो सास को अपनी भूल का एहसास हुआ और उसने अपनी भूल स्वीकार करते हुए आगे से सूर्य षष्ठी का व्रत करने का संकल्प लिया। तभी से इस व्रत का प्रचलन हुआ और आज तक चला आ रहा है।

सूर्य को समर्पित छठ पर्व नियम

प्रत्यक्ष देव भगवान् श्रीसूर्यनारायण की उपासना से व्रतधारी सुख-शांति, समृद्धि तथा मनोवांछित फल की कामना करते हुए, इस पर्व को आस्था, श्रद्धा, भक्ति एवं अत्यंत शुद्धता से पूरे 36 घंटे निर्जला रहते हुए, समीप के किसी स्वच्छ जलाशय अथवा नदी के तीरे जाकर, जल में षष्ठी तिथि को नहाकर उसी जल में खड़े होकर, सायंकालीन समय अस्ताचलगामी सूर्यदेव को तथा पुनः सप्तमी तिथि को व्रती द्वारा प्रातःकाल उसी स्थान पर जल में खड़े होकर उदीयमान सूर्यदेव को अर्घ्य देकर पूजा की जाती है।

पहले जरूरी है पवित्रता

यों तो घर की साफ-सफाई का काम रोशनी के उत्सव दीवाली के पहले ही हो जाता है, पर छठ के लिए सफाई के साथ पवित्रता का होना भी जरूरी है। यही कारण है कि धुले घर-आँगन फिर से धोए जाते हैं तथा छत की सफाई का खास ध्यान रखा जाता है, क्योंकि छठ में चढ़ाए जानेवाले प्रसाद ठेकुआ के लिए गेहूँ धोकर वहीं सुखाया जाता है। ठेकुआ बनाने के लिए बाजार से खरीदा आटा कतई इस्तेमाल नहीं किया जाता। धुले गेहूँ को पीसने के लिए आटा चक्कियों की भी विशेष सफाई की जाती है। यदि प्रसाद सामग्री रसोई में बनानी हो, तो रसोई में बिना स्नान प्रवेश वर्जित रहता है। ज्यादातर घरों में पूजा गृह में ही मिट्टी के चूल्हे का बंदोबस्त किया जाता है, जिसमें सूखी लकड़ियाँ जलाकर पूजा के लिए खास रखे बरतनों में प्रसाद बनाया जाता है।

कद्दू-भात का प्रयोग

छठ पर्व का शुभारंभ कद्दू-भात या नहाय-खाय से होता है। कद्दू-भात यानी लौकी की बिना लहसुन-प्याज की सब्जी और अरवा चावल का भोजन और

नहाय-खाय यानी गंगा में स्नान करके भोजन पकाना व खाना।

घरों में तो कार्तिक मास के शुरू होते ही मांसाहार, लहसुन, प्याज जैसे तामसी भोजन बंद हो जाते हैं। व्रती यानी घर की प्रमुख महिला, जो छठ का व्रत रखती हैं, के साथ-साथ घर के सभी सदस्यों का उस दिन का खाना यही कद्दू-भात होता है।

खरना—उपवास की शुरुआत

कद्दू-भात के अगले दिन व्रती महिला दिन भर का उपवास रखती है और संध्याकाल में देवी-देवताओं की पूजा-अर्चना करती है। भगवान् के भोगस्वरूप कहीं खीर-पूड़ी या रोटी, तो कहीं चावल-दाल साफ-सफाई के कड़े नियमों का पालन करते हुए भोग बनाकर चढ़ाया जाता है। साथ में सभी मौसमी फलों का भी भोग लगता है। पूजा करने के बाद व्रती महिला भोग सामग्री से ही व्रत तोड़ती है, जिसे 'खरना' कहते हैं। घर के सभी परिजन इस बात का पूरा ध्यान रखते हैं कि व्रती महिला नि:शब्द वातावरण में भरपेट भोजन कर ले, क्योंकि इसे अगला पूरा दिन निर्जल उपवास रखना होता है। 'खरना' के उपरांत घर के सभी लोग प्रसाद ग्रहण करते हैं। इस प्रसाद को ग्रहण करना काफी महत्त्वपूर्ण माना जाता है और आस-पड़ोस के जिन घरों में छठ की पूजा नहीं होती, उनके सदस्य भी आकर श्रद्धापूर्वक प्रसाद ग्रहण करते हैं।

सूर्यास्त की प्रतीक्षा में

तीसरा दिन काफी गहमागहमी भरा होता है, क्योंकि इसी दिन संध्या में डूबते सूरज को अर्घ्य देने के लिए गंगातट या पास के किसी अन्य नदी या तालाब पर श्रद्धालुओं का हुजूम जुटता है। इस दिन छठ के गीत गाए जाते हैं। सभी पूजन सामग्री को बाँस से बने सूपों में सजाकर साफ धुली धोती में बाँधकर श्रद्धापूर्वक सिर पर रखकर नंगे पैर घाट तक ले जाते हैं। घाट पर सूपों को अस्त होते सूर्य की दिशा क्रम में घी के दीये जलाकर रखते हैं। व्रती महिला नदी में स्नान करती है और पानी में खड़े होकर ही भीगे आँचल को हथेलियों पर रखती है। दूसरा व्यक्ति प्रसाद सामग्री से सजे सूपों को एक-एक करके व्रती महिला की हथेलियों पर रखते जाते हैं और श्रद्धालु सूर्य देव का स्मरण करते हुए सूप के समक्ष जल का अर्घ्य देते हैं। सूर्य अस्त होते ही सभी समूह घर वापस आ जाते हैं। अर्घ्य दिए सूपों को उसी श्रद्धा से पूजागृह में रखा जाता है। निर्जला व्रती महिला के साथ सभी को अगले दिन के सूरज की पहली किरणों की प्रतीक्षा रहती है और रात आँखों-आँखों में सूरज के इंतजार में कट जाती है।

उगते सूर्य को नमन

सूरज के अँगड़ाई लेने से पहले ही सभी लोग नहा-धोकर, साफ कपड़े पहनकर घाट पर जाने को तैयार हो जाते हैं। सूपों के बीच की सामग्री रात में बदल दी जाती है। फिर उसी प्रकार सूपों को घाट पर ले जाकर सजाया जाता है। प्रज्वलित दीपों से सारा नदी तट रोशन हो जाता है। बच्चे पटाखे-फुलझड़ियाँ चलाते हैं। व्रती नदी में स्नान कर भीगे वस्त्रों में सूपों को अपनी हथेलियों पर रखती है और सभी श्रद्धा से पूरब में लालिमा बिखेर रहे सूर्य देवता को अर्घ्य देती है।

अगले दिन उगते सूर्य को अर्घ्य देने के साथ ही छठ की पूजा संपन्न होती है और साथ ही पारिवारिक सामाजिक सौहार्द की सुखद अनुभूतियाँ शुरू होती हैं। घाट पर ही व्रती महिला से छोटे सभी लोग उनका चरण स्पर्श कर आशीर्वाद लेते हैं।

हर वर्ष कार्तिक मास के शुक्ल पक्ष की षष्ठी को संपन्न होनेवाले छठ पर्व की सबसे बड़ी विशेषता है कि इतना भव्य धार्मिक आयोजन होने के बावजूद इसमें न तो किसी पुजारी की जरूरत होती है, न किसी कठिन अनुष्ठान की। बस साफ-सफाई, पवित्रता और व्यक्तिगत आस्था के दम पर संपन्न यह पर्व आज के युग में लोगों में परंपरा से जुड़ी चंद उन बातों को जीवित रख रही हैं, जो परस्परता और सामाजिकता की जीवन रेखा है।

पूजन विधि

पूजा-अर्चना के समय शुद्ध घी के दीपक प्रज्वलित किए जाते हैं, जिससे जलाशय अथवा नदी के तीर का दृश्य बड़ा ही मनोरम तथा लुभावना हो जाता है। इन दीपकों को जल में प्रवाहित किया जाता है। षष्ठी तिथि सायंकालीन अस्ताचलगामी सूर्यदेव को अर्घ्य देने के पश्चात् व्रती स्त्रियाँ अपने-अपने घरों के आँगन में विशेष अनुष्ठान के तहत 'कोसी भरना' कार्यक्रम करती हैं। इसके अंतर्गत चीनी अथवा गुड़ के साथ आटा मिलाकर पकाया हुआ 'ठेकुआ' मुख्य होता है, इसके साथ ही चावल के आटे में गुड़ मिलाकर बनाई गई 'कचवनिया' जो कि लड्डू की तरह होती है, के साथ गन्ना, नारियल, अमरूद, केला, सेब अथवा बाजार में उपलब्ध फल को लेकर गन्नों (सात) को खड़ा करके उसका घेरा बनाकर उसके अंदर उक्त प्रसाद को रखकर, लोकगीतों के माध्यम से सूर्यनारायण प्रभु की पूजा पूरी रात करती हैं। इस प्रकार के प्रसाद का बड़ा ही प्राचीन एवं पौराणिक महत्त्व है।

छठ का वैज्ञानिक महत्त्व

छठ पर्व की परंपरा में बहुत ही गहरा विज्ञान छिपा हुआ है। षष्ठी तिथि (छठ) एक विशेष खगोलीय अवसर है। उस समय सूर्य की पराबैंगनी किरणें पृथ्वी की सतह पर सामान्य से अधिक मात्रा में एकत्र हो जाती हैं। उसके संभावित कुप्रभावों से मानव की यथासंभव रक्षा करने का सामर्थ्य इस परंपरा में है। पर्व पालन से सूर्य (तारा) प्रकाश (पराबैंगनी किरण) के हानिकारक प्रभाव से जीवों की रक्षा संभव है। पृथ्वी के जीवों को इससे बहुत लाभ मिल सकता है। सूर्य के प्रकाश के साथ उसकी पराबैंगनी किरण भी चंद्रमा और पृथ्वी पर आती हैं। सूर्य का प्रकाश जब पृथ्वी पर पहुँचता है तो पहले उसे वायुमंडल मिलता है। वायुमंडल में प्रवेश करने पर उसे आयन मंडल मिलता है। पराबैंगनी किरणों का उपयोग कर वायुमंडल अपने ऑक्सीजन तत्त्व को संश्लेषित कर उसे उसके एलोट्रोप ओजोन में बदल देता है। इस क्रिया द्वारा सूर्य की पराबैंगनी किरणों का अधिकांश भाग पृथ्वी के वायुमंडल में ही अवशोषित हो जाता है। पृथ्वी की सतह पर उसका केवल नगण्य भाग ही पहुँचता है। सामान्य अवस्था में पृथ्वी की सतह पर पहुँचनेवाली पराबैंगनी किरण की मात्रा मनुष्यों या जीवों के सहन करने की सीमा में होती है। अत: सामान्य अवस्था में मनुष्य पर उसका कोई विशेष हानिकारक प्रभाव नहीं पड़ता, बल्कि उस धूप द्वारा हानिकारक कीटाणु मर जाते हैं, जिससे मनुष्य या जीवन को लाभ ही होता है।

सूर्य आराधना का केंद्र है पश्चिमोन्मुख देव मंदिर

बिहार के औरंगाबाद जिले में स्थित देव सूर्य मंदिर एक ऐसा मंदिर है, जो पूर्वाभिमुख न होकर पश्चिमोन्मुख है। छठ के अवसर पर भगवान् सूर्य को अर्घ्य अर्पित करने के लिए यहाँ लाखों की संख्या में श्रद्धालुओं का ताँता लगता है। मंदिर के निर्माण-काल के संबंध में उसके बाहर संस्कृत में लिखे श्लोक के अनुसार 12 लाख 16 हजार वर्ष त्रेता युग के बीतने के बाद राजा इला पुत्र पुरूरवा ऐल ने इस सूर्य मंदिर का निर्माण प्रारंभ करवाया था। शिलालेख से पता चलता है कि साल 2007 में इस मंदिर के निर्माण को एक लाख पचास हजार सात वर्ष पूरे हुए। इसके अलावा मंदिर के बारे में किंवदंती प्रचलित है कि इसे स्वयं देवताओं के वास्तुशिल्पी विश्वकर्मा ने बनाया था। भगवान् भास्कर का यह विशाल मंदिर अपने सौंदर्य एवं शिल्प के कारण सैकड़ों वर्षों से श्रद्धालुओं, वैज्ञानिकों, मूर्ति चोरों, तस्करों तथा आम जनता के लिए भी आकर्षण का केंद्र बना हुआ है। जिस तरह पुरी के मंदिर का

शिल्प है, ठीक उसी से मिलता-जुलता शिल्प है देव के इस प्राचीन सूर्य मंदिर का। देव मंदिर में सात रथों से सूर्य की उत्कीर्ण प्रस्तर मूर्तियाँ अपने तीनों रूपों में विद्यमान हैं। पूरे देश में देव का ही एकमात्र सूर्य मंदिर पूर्वोन्मुख नहीं होकर पश्चिमोन्मुख है। करीब एक सौ फीट ऊँचा यह सूर्य मंदिर स्थापत्य एवं वास्तुकला का अद्‍भुत नमूना है। मंदिर के बारे में यह भी कहा जाता है कि एक आयल नाम के राजा थे, जो किसी ऋषि के शापवश श्वेत कुष्ठ से पीड़ित थे। भूखे, प्यासे राजा आयल भटक रहे थे कि उन्हें एक छोटा-सा सरोवर दिखाई पड़ा, जिसके किनारे वे पानी पीने के लिए गए। उन्होंने अंजुलियों में भरकर पानी पिया। पानी पीने के क्रम में ही वे घोर आश्चर्य में डूब गए कि उनके शरीर के जिन-जिन जगहों पर पानी के छींटे पड़े थे, उन जगहों के श्वेत दाग जाते रहे।

इससे प्रसन्न एवं आश्चर्यचकित हो राजा ने अपने वस्त्रों की परवाह नहीं की और वे सरोवर के गंदे पानी में कूद गए। कहा जाता है कि इससे उनका श्वेत कुष्ठ पूरी तरह मिट गया। अपने शरीर में आश्चर्यजनक परिवर्तन देख प्रसन्नचित्त राजा आयल ने इसी वन प्रांत में रात्रि विश्राम करने का निर्णय लिया। रात्रि में राजा आयल को स्वप्न आया कि उसी सरोवर में भगवान् भास्कर की प्रतिमा दबी पड़ी है, उन्हें निकालकर वहीं मंदिर बनवाएँ और उसमें प्रतिस्थापित करें। राजा आयल ने इसी निर्देश के मुताबिक सरोवर से दबी मूर्ति को निकालकर मंदिर में स्थापित कराया और सूर्य कुंड का निर्माण कराया।

इस मंदिर निर्माण के संबंध में एक कहानी यह भी प्रचलित है कि इसका निर्माण एक ही रात में भगवान् विश्वकर्मा ने अपने हाथों से किया था। इतना सुंदर मंदिर कोई साधारण शिल्पी नहीं बना सकता। देश में जहाँ भी सूर्य मंदिर हैं, उनका मुख पूर्व की ओर है, लेकिन यही एक मंदिर है, जो सूर्य मंदिर होते हुए भी ऊषःकालीन सूर्य की रश्मियों का अभिषेक नहीं कर पाता, अस्ताचलगामी सूर्य की किरणें ही मंदिर का अभिषेक करती हैं। कहा जाता है कि एक बार बर्बर लुटेरा काला पहाड़ मूर्तियों तथा मंदिरों को तोड़ता हुआ यहाँ पहुँचा, तो देव मंदिर के पुजारियों ने उससे काफी विनती की कि इस मंदिर को न तोड़े, यहाँ के भगवान् का बहुत बड़ा माहात्म्य है। इस पर वह हँसा और बोला कि यदि सचमुच में तुम्हारे भगवान् में कोई शक्ति है, तो रात भर का समय देता हूँ। यदि इसका मुख पूर्व से पश्चिम हो जाए तो मैं इसे नहीं तोड़ूँगा। पुजारियों ने सिर झुकाकर इसे स्वीकार कर लिया और रात भर भगवान् से प्रार्थना करते रहे। सवेरे उठते ही किसी ने देखा कि सचमुच मंदिर का मुख पूर्व

से पश्चिम की ओर हो गया था और तब से इस मंदिर का मुख पश्चिम की ओर ही है। मंदिर में सात रथों से सूर्य की उत्कीर्ण प्रस्तर मूर्तियाँ अपने तीनों रूपों उदयाचल, मध्याचल तथा अस्ताचल के रूप में विद्यमान हैं। बिना सीमेंट और चूने व गारे का प्रयोग किए पत्थरों को विभिन्न आकार में काटकर बनाया गया, यह मंदिर अत्यंत आकर्षक व अद्‌भुत लगता है। चैत्र व कार्तिक माह के छठ में श्रद्धालुओं की भीड़ से मंदिर की शोभा देखते ही बनती है।

□

कामनाओं को पूरा करें महालक्ष्मी व्रत से

ब्रह्मवैवर्त पुराण के अनुसार आदिशक्ति प्रकृति ही महालक्ष्मी हैं। दुर्गा-काली, सरस्वती-पार्वती, सीता, राधा आदि समस्त मातृशक्तियाँ आपके ही विविध अंश रूप हैं। परंतु संसारी जन आपको लक्ष्मीजी, धनलक्ष्मी, गजलक्ष्मी, राजलक्ष्मी, सागर से उत्पन्न विष्णुप्रिया, कमला आदि विभिन्न नामों से पूजते हैं। इस रूप में आप गौर वर्ण, स्वर्ण-सा दमकता चेहरा, चतुर्भुजी, शांत स्वभाव, समस्त संसार को सुख देनेवाला मनोरम चेहरा, हाथ में कमल पुष्प और धन कलश लिये कमल पुष्प पर विराजित हैं। पीले वस्त्रों में गले में वैजयंती पुष्प और मणियों की माला से सुशोभित हैं और इनका वाहन परमज्ञानी पक्षिराज उलूक है।

भगवती लक्ष्मी ही समस्त सृष्टि और इस जगत् को धन-दौलत, सुख-वैभव, ऋद्धि-सिद्धि तथा सभी ऐश्वर्यों को प्रदान करती हैं। अथर्ववेद में लक्ष्मीजी के स्वरूप का वर्णन करते हुए कहा गया है कि यह देवी सुंदर उँगलियों से युक्त चार हाथों से सुशोभित हैं। तुम इस संसार का पालन करनेवाली देवी को प्रणाम करो। जब लक्ष्मीजी प्रसन्न होती हैं, तब भगवान् विष्णु को प्रेरित करती हैं कि आप इन भक्तों को सभी ऐश्वर्य प्रदान करो। ऋग्वेद का इस बारे में कथन है कि यह सुंदर वस्त्र और आभूषण धारण करनेवाली देवी समस्त पार्थिव धनों की स्वामिनी हैं। यह संपूर्ण सौभाग्यों से संपन्न देवी हमारे यहाँ विस्तार करती हुई निवास करें।

देव्युपनिषद् का इस बारे में कथन है कि हम उस महालक्ष्मी को जानते हैं, जो सारी सिद्धियाँ उपलब्ध कराती हैं, वे देवी हमें सद्प्रेरणाएँ दें। ब्रह्मपुराण में लक्ष्मीजी की महिमा का वर्णन करते हुए कहा गया है कि अधिक कहने से क्या लाभ! यह संपूर्ण जगत् ही लक्ष्मी से भरा हुआ है और उनके तेज से निर्मित एवं संचालित है। जगत् में जो कुछ भी दिखाई देता है, वह सबकुछ लक्ष्मीजी की ही देन है। स्कंद पुराण में लक्ष्मीजी के स्वरूप एवं महिमा का वर्णन करते हुए कहा गया है कि सागर

मंथन से जिन लक्ष्मीजी का जन्म हुआ, वह एक ही इस जगत् की स्वामिनी हैं। इस महाशक्ति देवी को योगीजन 'अन्वीक्षिकी' कहते हैं तो ज्ञानीजन 'मूल विद्या' कहते हैं। कुछ व्यक्ति इन्हें 'ब्रह्मविद्या' और 'ऋद्धि-सिद्धि' कहते हैं तो कुछ व्यक्ति इन्हें 'आशा' अथवा 'वैष्णवी' भी कहते हैं। आर्थिक समृद्धि पाने के लिए व लक्ष्मी को प्राप्त करने के लिए एक ऐसा ही महत्त्वपूर्ण व्रत शास्त्रों में है, जिसे 'महालक्ष्मी व्रत' के नाम से जाना जाता है।

शास्त्रों-पुराणों में भी है व्रत का महत्त्व

'मनोभिलाषित व्रतानुवर्णनम्' ग्रंथ में दिए गए विवरण के अनुसार महालक्ष्मी व्रत कभी निष्फल नहीं जाता। स्कंदजी ने एक बार पिता श्री शंकरजी से कहा—हे पिताश्री शंकरजी, एक ऐसा व्रत बताइए, जिसके करने से सभी कामनाओं की पूर्ति हो सके। तब शंकरजी ने कहा—बहुत ही उत्तम बात है, अनघ, आपने पूछा है, इसलिए व्रतों में मैं उत्तम व्रत सुना रहा हूँ, जिसके करने से कोई मनुष्य कभी दुर्गति को नहीं प्राप्त हो सकता। दुर्भागा स्त्री भी सुभागा हो जाती है। विधवा कभी नहीं होती। जिससे नर और नारी सभी दु:खों से छूट जाते हैं, वह महालक्ष्मी का व्रत है। भाद्रपद शुक्लाष्टमी से आरंभ कर सोलह दिन तक चलनेवाला यह व्रत आधी रात को अतिक्रमण करके बरतनवाली अष्टमी में करना चाहिए। 'चंद्रप्रकाश' में कहा गया है कि उत्तरा तिथि अर्धरात्रि का अतिक्रमण करके मनुष्यों को चाहिए कि महालक्ष्मी व्रत करें।

विधि व विधान—व्रत के पूर्व दिन सायंकाल नित्यकर्मादि करके व्रत ग्रहण करें। व्रत के दिन स्नानादि नित्य कर्म को संपन्न कर संकल्प करें। अंत में 'मम से करिष्ये' तक जोड़ दें। उसके बाद सोलह तंतुओं से सोलह ग्रंथियुक्त एक सूत्र का निर्माण करें। विमल आसन पर महालक्ष्मी के आगे स्थापित कर दें। हाथ में अक्षत लेकर आह्वान करें। 'महालक्ष्मी से लेकर भी लक्ष्मी इहागच्छ' तक कहकर अक्षत छोड़ दें।

उसके बाद सोलह दूर्वा, सोलह मालती पुष्प, कर्पूर, चंदन इत्यादि से श्रीसूक्त से 'ॐ महालक्ष्मै नम:' इस नाममंत्र से पूजन कर प्रार्थना करें। धन-धान्य से लेकर तथा वस पर्यंत श्लोक पढ़कर दोरक (डोरे) को हाथ में बाँधें। पुरुष दक्षिण में तथा स्त्री वाम भुजा में कंठ में धारण करें व कथा सुनें या 'श्री महालक्ष्म्यै नम:' का जप करके भोजन ग्रहण करें। इस प्रकार से कृष्णाष्टमी पर्यंत प्रतिदिन उसी सूत्र को 'ॐ लक्ष्मी देवि ग्रहण त्वं' इस मंत्र से पूजित करके धारण करें। कृष्णाष्टमी को प्रात:

रंगवल्ली से युक्त एक मंडप में अष्टदल कमल पर इंद्रादि को शक्तियों सहित स्थापित करके श्री महालक्ष्मीजी की प्रतिमा, मिट्टी, लकड़ी इत्यादि से निर्मित चार भुजावाली को स्थापित करें। उसके आगे पूर्वोक्त विधि अनुसार नवीन सूत्र स्थापित करके पूजा करें। पुष्प चढ़ाकर अंगपूजा करें।

ये भी रहे ध्यान

पुष्प में गंध लगाकर 'पूजयामि पर' संबंधित अंगों पर छोड़ें। इस प्रकार आवरण पूजा करके पूर्ववत् षोडशोपचार से पूजन करके उस नूतन सूत्र को पहले के समान धारण करके सोलह बार नमस्कार करके पुराने दोरक (डोरे) को पूर्वोक्त मंत्र से लक्ष्मी के बगल में समर्पित करके ब्राह्मणों को पूजित करके वंशपात्र सूप में 16 दीपों, 16 गुह पत्रों, 16 लड्डुओं को रखकर दें। उसके बाद मंत्र 'चतुर्थादश से प्रीतये श्रिय' तक पढ़ें, उसके बाद यदि चंद्रोदय हो गया हो तो चंद्रमा को पूजित करके अर्घ्य दें। मंत्र 'नमस्तेऽस्तु से लेकर विधोमम' तक पढ़कर अर्घ्य दें। उसके बाद भोज न करके रात्रि में जागरण करके प्रात: 'पंकज से त्वत्प्रसादत:' तक पढ़कर लक्ष्मी का विसर्जन करें। सूत्र को एक वर्ष तक धारण करें। इस प्रकार से सोलह वर्ष या सोलह माह तक व्रताचरण करें। असमर्थ अवस्था में सोलह दिन तक करके अंत में उद्यापन करें।

उद्यापन विधि—संकल्प करें, उसके बाद गणेश पूजन से आरंभ करके आचार्य वरण तक कर्म करें। सर्वतोभद्र के ऊपर ताम्र कलश स्थापित करें। उसके बाद व उसके ऊपर स्वर्ण की या चाँदी की महालक्ष्मी की प्रतिमा 'श्रीश्चते' मंत्र से स्थापित करें। श्रीसूक्त से षोडशोपचार पूजन करके पूष्प पूजा के बाद नाम पूजन करें। नाम पूजन में नम: पर पुष्प छोड़ते जाएँ। इस प्रकार से नाम की पूजा करके चंद्रमा को अर्घ्य दें। मंत्र 'नमस्तेऽस्तु से विद्यो मम' तक है। हाथ में लाल फूल लेकर देवी की प्रार्थना श्रीरोदार्णव से लेकर अलक्ष्मीं त्वाशुनाशय' तक करें। इस प्रकार प्रार्थना करके रात्रि में जागरण करें।

प्रात:काल स्नान करके पूर्ववत् महालक्ष्मी को पूजित करके अग्नि को स्थापित कर आज्य भागांत कर्म के बाद प्रधान देवता को घृत, पायस, बिल्वफल इत्यादि से श्रीमहालक्ष्मी मंत्र से 108 बार हवन करके श्रीसूक्त की प्रत्येक ऋचाओं से एक-एक कमल द्वारा होम करें। उसके बाद मंडल देवताओं को एक-एक आज्याहुति देकर अवशिष्ट हवन को समाप्त कर आचार्य का पूजन करके सामग्री सहित लक्ष्मीजी की प्रतिमा और गौ को दें। उसके बाद षोडश जोड़ा वस्त्र इत्यादि से पूजा करके

सूप में 16 जगह नाना प्रकार से भक्ष्य पदार्थ, चंदन, ताड़पत्र (ताड़वाला पंखा), पुंगीफल इत्यादि को रखकर दूसरे सूप से उसको आच्छादित कर क्षीरोदार्ण मंत्र को विष्णुवल्लभा तक पढ़कर दें। उसके बाद सोलह ब्राह्मणों को संतुष्ट कर आशीर्वाद लेकर स्वयं भोजन करें। इस प्रकार इस व्रत के संपूर्ण होने पर नर-नारी सभी प्रकार से संपन्न होते हैं व सौभाग्यशाली होकर जीवन व्यतीत करते हैं। जिसका जो मनोरथ होता है, उसे वही मिल जाता है, यह निश्चित है।

□

संतोषी माता व्रत की विधि

विधि

स्नानादि से निवृत्त होकर इस व्रत को करनेवाला स्वच्छ वस्त्र पहने। जल से भरे कलश के ऊपर गुड़ व चने से भरी कटोरी रखे। घी का दीपक जलाए। कथा सुननेवाला, 'संतोषी माता की जय, संतोषी माता की जय', इस प्रकार बोलता जाए। कथा समाप्त होने पर हाथ का गुड़ और चना गौमाता को खिलाए। कलश पर रखा गुड़ व चना सबको प्रसाद के रूप में बाँट दे। कथा समाप्त होने और आरती के बाद कलश का जल घर में सब जगह छिड़क दे। बचा हुआ जल तुलसी में डाल दे। एक समय भोजन करे। खटाई बिल्कुल न खाए। मनोकामना पूरी होने पर व्रत का उद्यापन कर दे। इस व्रत के उद्यापन में अढ़ाई सेर खाजा, चने का शाक, मोइनदार पूड़ी, खीर, नैवेद्य रखे। घी का दीपक जलाकर कथा कहने के बाद संतोषी माता की जय-जयकार बोलकर नारियल फोड़ें। ८ लड़कों को खाना खिलाएँ। खटाई न स्वयं खाएँ और न ही किसी और को खाने दें। लड़के देवर, जेठ अथवा परिवार के ही हों। यदि कुटुंब परिवार में लड़के न मिलें तो ब्राह्मणों के, रिश्तेदारों के या पड़ोसियों के लड़के बुलाएँ। उन्हें प्रेम से भोजन कराकर, केले अथवा नारियल दक्षिणा में दें। पैसे न दें।

व्रत के नियम

- व्रत करनेवाले व्यक्ति को क्रोध, लोभ, मोह, आलस्य, चोरी, ईर्ष्या आदि नहीं करना चाहिए। व्रती को क्षमा, दया, दान, शौच, इंद्रिय निग्रह, देव पूजा, अग्निहोत्र और संतोष से काम करना उचित और आवश्यक है।
- व्रत के समय बार-बार जल पीने, दिन में सोने, तांबूल चबाने और स्त्री-सहवास करने से व्रत बिगड़ जाता है।
- जल, फल, फूल, दूध, दही, औषधि के सेवन और गुरु (पूज्य जनों) के

वचन—इनसे व्रत नहीं बिगड़ता।

होमावशिष्ट खीर, सत्तू (भुने हुए जौ का चूर्ण), जौ, शाक (तोरई, ककड़ी, मेथी आदि), गौ दुग्ध, दही, घी, मूल, आम, नारंगी और कदली फल (केला) व्रत में खाने योग्य है।

- व्रत में गंध, पुष्प, माला, शुभ्र, स्वच्छ वस्त्र धारण करने चाहिए। सौभाग्यवती स्त्रियों को विष्णु धर्म के अनुसार व्रत-पूजाओं में लाल वस्त्र धारण करने चाहिए।
- व्रत करनेवाले व्यक्ति के लिए आचमन करना आवश्यक है। नहाते-धोते, खाते-पीते, सोते, छींक लेते समय और गलियों में घूमकर आने पर यदि आचमन किया हुआ हो तो भी दुबारा करना आवश्यक है। यदि जल न मिले तो दक्षिण कर्ण का स्पर्श कर ले। हाथ के पोरुओं को बराबर करके हाथ को गौ के कान जैसा बनाकर आचमन करें।
- अधोवायु (अपाश्वाक) के निकल जाने, रोने, क्रोध करने, बिल्ली और चूहे से छू जाने के बाद, जोर से हँसने और झूठ बोलने पर जल स्पर्श करना आवश्यक होता है।
- बहुत दिनों में समाप्त होनेवाले व्रत का पहले संकल्प कर लिया हो तो उसमें जन्म और मरण का सूतक नहीं लगता। व्रतों में अशौच आने पर व्रत करते रहें दान और पूजा न करें।
- बड़े व्रतों का प्रारंभ करने पर स्त्री रजस्वला हो जाए, तो उससे भी व्रत में कोई बाधा नहीं आती।
- व्रत में, तीर्थयात्रा में, अध्ययन काल में तथा श्राद्ध में दूसरे का अन्न लेने से जिसका अन्न होता है, उसी को पुण्य प्राप्त होता है।
- किसी विपत्ति, रोग अथवा यात्रा के कारण धर्म-कर्म अपने से न हो सके तो वायु पुराण के अनुसार पति, पत्नी, ज्येष्ठ पुत्र, पुरोहित, भाई अथवा मित्र को अपना प्रतिनिधि बनाकर उससे कराया जा सकता है। यदि इनमें से कोई उपलब्ध न हो तो यह काम ब्राह्मण से कराया जा सकता है।

व्रत किस प्रकार करें

मनुष्यों के हित के लिए महर्षियों ने अनेक साधन बताए हैं। उनमें एक साधन व्रत भी है।

मनुष्य जीवन को सफल बनाने में व्रत की बड़ी महिमा मानी गई है। देवल के

अनुसार व्रत और उपवास के नियम पालन से शरीर को तपाना ही तप है।

व्रत में भोजन किया जा सकता है। उपवास में निराहार रहना पड़ता है। इनके कायिकादि तीन भेद हैं—

- शस्त्राघात, मर्माघात और कार्य हानि आदि जनित हिंसा के त्याग से कायिक।
- सत्य बोलने और प्राणिमात्र से निर्वैर रहने से वाचिक।
- मन को शांत रखने की दृढ़ता से मानसिक व्रत होता है।

प्रयोजन सिद्धि के लिए तीन भेद

- पुण्य संचय के लिए एकादशी आदि 'नित्य व्रत' कहलाते हैं।
- पाप क्षय के निमित्त चांद्रायणादि 'नैमित्तिक व्रत' कहलाते हैं।
- सुख-सौभाग्यादि के वट सावित्री आदि 'काम्य व्रत' माने जाते हैं।

□

ईसाई धर्म और व्रत

सभी धर्मों में उपवास व व्रत की महिमा को किसी-न-किसी रूप में स्वीकारा गया है। अब तो वैज्ञानिक भी व्रत एवं उपवास के वैज्ञानिक महत्त्व को मान्यता देने लगे हैं, किंतु सदियों से व्रत व उपवास आदि हमारी धार्मिक मान्यताओं का अंग रहे हैं।

हिंदू, मुसलिम, बौद्ध, सिख, ईसाई व जैन आदि धर्मों व अन्य संप्रदायों में अपने-अपने तरीके से उपवास रखने की प्रथा चली आ रही है। यद्यपि उपवास-व्रत रखने के नियमों में अंतर हो सकता है, किंतु मूल आत्मा एक ही है। उपवास का अर्थ है—ईश्वर के निकट वास करना, प्रभु के समीप होना।

ईसाई धर्म में भी प्रार्थना व उपवास का विशेष महत्त्व है। ईसाई धर्मावलंबी संतों, प्रभु ईसा मसीह व माँ मरियम के सम्मान में पर्व व दिवस मनाते हैं तथा अपनी श्रद्धा व आस्था के अनुसार उपवास भी करते हैं।

ईसा मसीह व उपवास

यीशु ने योहन से प्रार्थना की कि वे उन्हें भी पवित्र कर दें। संत योहन ने यीशु के अनुग्रह पर उन्हें बपतिस्मा दिया, जब वे जल से निकले तो आकाशवाणी हुई—

'यह मेरा ही पुत्र है, मैं इससे प्रसन्न हूँ।'

इस भविष्यवाणी के बावजूद यीशु अपने आपको पूरी तरह साधे बिना सेवा-कार्य आरंभ नहीं करना चाहते थे और न ही धार्मिक उपदेश देना चाहते थे।

उन्होंने एकांत प्रदेश में चालीस दिन तक उपवास किया। कहते हैं कि शैतान हमेशा हमारी कमजोरियों से ही फायदा उठाकर, हमें वश में करने का प्रयास करता है। जब यीशु भूखे थे तो शैतान ने उनकी तीन परीक्षाएँ लीं। लोभ, भय आदि कुछ भी यीशु को उनकी साधना से विलग नहीं कर पाया। उन्होंने

सफलतापूर्वक उपवास काल पूरा किया व तन-मन तथा आत्मा की पूर्ण शुद्धता के पश्चात् ही धार्मिक उपदेश देने आरंभ किए, जिन्हें 'सरमन ऑफ दि माउंट' के नाम से जाना जाता है।

आदर्श उपवास व विश्राम दिवस

ईसाई मान्यता के अनुसार उपवास करने पर उसका दिखावा नहीं करना चाहिए तथा उदास चित्त के साथ सबका ध्यान अपनी ओर आकर्षित नहीं करना चाहिए। यदि आपने सच्चे हृदय से उपवास किया है तो उस दिन अपने हिस्से का भोजन किसी भूखे को खिलाओ।

बाइबिल के अध्याय-58 के वाक्यांश 1 से 14 में कहा गया है—

ईश्वर यह कहता है—पूरी शक्ति से पुकारो, तुरही की तरह अपनी आवाज ऊँची करो—मेरी पूजा को उसके अपराध और याकूब के वंश को उसके पाप सुनाओ। वे मुझे प्रतिदिन खोजते हैं और मेरा मार्ग जानना चाहते हैं...

वे कहते हैं कि हम उपवास क्यों करते हैं, जब तू देखता भी नहीं? हम तपस्या क्यों करते हैं, जब तू ध्यान भी नहीं देता? देखो, उपवास के दिनों में तुम अपना कारोबार करते हो और अपने सब मजदूरों से कठोर परिश्रम लेते हो! तुम उपवास के दिनों में लड़ाई-झगड़ा करते हो और करारे मुक्के मारते हो! तुम आजकल जो उपवास करते हो, उससे स्वर्ग में तुम्हारी सुनवाई नहीं होगी।

क्या मैं इस प्रकार का उपवास और ऐसी तपस्या का दिन चाहता हूँ, जिसमें मनुष्य सरकंडे की तरह सिर झुकाए टाट तथा राख पर लेट जाए? क्या तुम इसे उपवास और ईश्वर का सुग्राह्य दिवस कहते हो?

मैं जो उपवास चाहता हूँ, वह इस प्रकार है—अन्याय की बेड़ियों को तोड़ना, जुए के बंधन खोलना, पददलितों को मुक्त करना और हर प्रकार की गुलामी समाप्त करना (अपनी रोटी भूखों के साथ खाना), बेघर दरिद्रों को अपने यहाँ ठहराना। जो नंगा है, उसे कपड़े पहनाना और अपने भाई से मुँह नहीं मोड़ना।

तब तुम्हारी ज्योति उषा की तरह फूट पड़ेगी और तुम्हारा घाव शीघ्र ही भर जाएगा। तुम्हारी धार्मिकता तुम्हारे आगे-आगे चलेगी और ईश्वर की महिमा तुम्हारे पीछे-पीछे आती रहेगी। यदि तुम पुकारोगे तो ईश्वर उत्तर देगा। यदि तुम दुहाई दोगे तो वह कहेगा—देखो, मैं प्रस्तुत हूँ! यदि तुम अपने बीच से अत्याचार दूर करोगे, किसी पर अभियोग नहीं लगाओगे और किसी की निंदा नहीं करोगे, यदि तुम भूखों

को अपनी रोटी खिलाओगे और पददलितों को तृप्त करोगे तो अंधकार में तुम्हारी ज्योति का उदय होगा और तुम्हारा अंधकार दिन का प्रकाश बन जाएगा। प्रभु निरंतर तुम्हारा पथ प्रदर्शन करेगा। वह मरुभूमि में भी तुम्हें तृप्त करेगा और तुम्हें शक्ति प्रदान करता रहेगा। तुम सींचे हुए उद्यान के सदृश बनोगे, चलरोत के सदृश, जिसकी धारा कभी नहीं सूखती। तब तुम पुराने खँड़हरों का उद्धार करोगे और पूर्वजों की नींव पर अपना नगर बसाओगे। तुम चहारदीवारी को दीवारें पाटनेवाले और टूटे-फूटे घरों के पुनर्निर्माता कहलाओगे। यदि तुम विज्ञान दिवस का नियम भंग करना छोड़ दोगे और उस पावन दिवस को कारोबार नहीं करोगे, यदि तुम उसे आनंद का दिन, प्रभु को अर्पित तथा प्रिय दिवस समझोगे, यदि उसके आदर में यात्रा पर नहीं जाओगे, अपना कारोबार नहीं करोगे, तो तुम्हें प्रभु का आनंद प्राप्त होगा'''यह प्रभु का कथन है।

पर्व व उपवास

ईसाई धर्म में त्योहार की बजाय उपासना दिवस मनाए जाते हैं। प्रत्येक रविवार को ईसाई गिरजाघर में जाकर प्रार्थना करते हैं। अधिकतर व्यक्ति सच्चे मुँह से प्रार्थना करना पसंद करते हैं, अर्थात् वे प्रार्थना के पश्चात् ही कुछ खाते-पीते हैं। 25 दिसंबर से 6 जनवरी तक प्रभु ईसा की जयंती का समारोह मनाया जाता है। जयंती से पहले आनेवाले चार रविवार, 'आगमन रविवार' कहलाते हैं। इन रविवारों में भक्तगण प्रभु के आगमन के लिए आपने हृदय को तैयार करते हैं, ताकि उनके हृदय में प्रभु का जन्म हो सके।

6 जनवरी को 'एपिकनी', अर्थात् 'प्रकटीकरण' दिवस मनाया जाता है। कहते हैं कि इस दिन प्रभु यीशु का बपतिस्मा हुआ था। शुभ शुक्रवार यीशु को क्रूज पर चढ़ाए जाने की स्मृति में मनाया जाता है। इसे 'गुड फ्राइडे' भी कहते हैं, क्योंकि इसी दिन प्रभु ने समस्त मानव जाति के पापों को अपने ऊपर ले लिया व प्राण देकर उन्हें पाप के दंड से बचा लिया। यह भी उपवास, प्रायश्चित्त व संयम का दिन है।

ईस्टर से पूर्व

ईसा अपनी मृत्यु के तीन दिन पश्चात् पुनः जीवित हो उठे थे। मार्च के तीसरे सप्ताह में पूर्णिमा के पश्चात् पहले रविवार को, उसी दिन की स्मृति में ईस्टर मनाया जाता है।

ईस्टर से पूर्व 40 दिन 'उपवास काल' कहलाते हैं।

इन दिनों ईसाई उपवास रखते हैं। खान-पान का पूरा संयम बरता जाता है। लोग प्रतिदिन उपवास नहीं रख सकते, किंतु वे रविवार को उपवास रखते हैं। गिरजाघरों में प्रतिदिन प्रार्थनाएँ होती हैं। यही पश्चात्ताप के भी दिन होते हैं।

संतों की पुण्यतिथियाँ भी मनाई जाती हैं। नौ दिवसीय प्रार्थनाएँ आयोजित की जाती हैं, जिसे नोवेना प्रार्थना भी कहते हैं। 8 सितंबर को मदर मेरी का जन्मदिवस मनाया जाता है। इन दिनों में भी उपवास किए जाते हैं।

ईसाई उपवास काल के दौरान अपनी शारीरिक क्षमता के अनुसार उपवास रखते हैं। वे दिन में अपनी इच्छानुसार कुछ पी सकते हैं। उस दिन वे विशेष रूप से उन खाद्य पदार्थों से दूर रहते हैं, जो उन्हें बेहद प्रिय हैं। उपवास का अर्थ यह नहीं कि सारा दिन कुछ न खाएँ और रात को मनचाहा भोजन करके सारी कसर निकाल दें।

बाइबिल में उपवास के विषय में कहा गया है कि 14 से 60 वर्ष की आयु के स्त्री-पुरुष उपवास रख सकते हैं। बच्चों, वृद्धों व रोगियों को उपवास नहीं रखना चाहिए। उस दिन सहज भाव से दीन-दु:खियों की सेवा व ईश्वर की प्रार्थना में दिन बिताना चाहिए। मांसाहार व शराब का सेवन नहीं करना चाहिए और सबसे विनम्रतापूर्वक पेश आना चाहिए, तभी वह सच्चे अर्थों में उपवास कहलाता है।

बाइबिल में लिखा है

"जब तुम उपवास करते हो तो अपने सिरों में तेल लगाओ और अपना मुँह धो लो, जिससे लोगों को नहीं, केवल तुम्हारे पिता को, जो अदृश्य है, यह पता चले कि तुम उपवास कर रहे हो।" मनी (6:17-18)

□

जैन धर्म और व्रत

जैन धर्म या फिर सही अर्थों में कहें जैन दर्शन अपने समृद्ध व्रत, त्योहार और रीति-रिवाजों के लिए भारतीय हिंदू संस्कृति में एक विशिष्ट स्थान रखता है। जैन दर्शन सांसारिक, सामाजिक, शारीरिक, मानसिक, आध्यात्मिक और आत्मिक लक्ष्यों की पूर्ति को क्षणभंगुर मानता हुआ, पूरा करता हुआ, इससे भी कहीं अधिक जरूरी लक्ष्य यानी जन्म एवं मृत्यु के चक्र से मुक्त होने की प्रेरणा, नियम, शिक्षा एवं मार्ग दरशाता है।

जैन धर्म या जिन धारा वर्तमान 24 तीर्थंकरों से मार्गदर्शन प्राप्त करती है, जिसके अग्रणी है भगवान् आदिनाथ और अंतिम भगवान् महावीर। जैन धर्म के मानने-जाननेवाले इन्हें एक लक्ष्य, उदाहरण एवं स्वयं के लिए आदर्श मानते हैं। वह मानते हैं कि ईश्वर का कोई ईश्वर नहीं होता, इस कारण हम स्वयं ईश्वर हैं, ईश्वर हम हैं, हम और ईश्वर एक ही हैं। यही 'अहं ब्रह्मस्मि' का सिद्धांत महावीर के स्यादवाद से प्रेरित है। यह सिद्धांत किसी गर्व या अज्ञानता के वशीभूत नहीं होकर सृष्टि की व्यापकता, अखंडता, शाश्वतता, अनादि-अनंत से प्रेरित है। यही कारण है कि जैन धर्म के अनुयायी जिस व्रत-त्योहार को मनाते हैं, वह आत्म-कल्याण से प्रेरित होते हैं। उनका सीधा सा संबंध जीवन के आचार, विचार, नियम एवं आत्मा के उच्चतम लक्ष्य से है।

व्रत या उपवास पर चर्चा करने से पूर्व एक दृष्टि इनके अर्थ पर डालनी आवश्यक है, तभी हम इन्हें जैन सिद्धांत के साथ जोड़ पाएँगे या समझ पाएँगे। 'वृत्त' शब्द 'व्रत' शब्द से आता है, जिसका अर्थ है गोलाकार। गोलाकार यानी ब्रह्मांड, जिसका कोई ओर-छोर नहीं है, जो अनंत है, जिसका केवल एक आवृत ही है। व्रत धारण करने का अर्थ है, उस व्यापकता का अनुभव करना, अपने मूल स्वरूप को पहचानना और केंद्र से विलय के लिए तैयार होना। कुछ इससे मिलता-जुलता ही

शब्द है—उपवास। उपवास यानी स्वयं के पास निवास करना, और स्वयं क्या है? स्वयं है ईश्वर का वह अंश, जो ईश्वर में विलय की यात्रा पर है। अतः यदि हम इन दोनों शब्दों पर दृष्टि डालें तो हमें महसूस होगा कि हम एक ऐसी क्रिया-पथ की चर्चा कर रहे हैं, जो हमें अनादि से अनंत की यात्रा की ओर अग्रसर कर रही है। जो हमारा हमसे ही परिचय करवा रही है। यह दोनों ही शब्द अनशन, भूखे रहना, अतृप्त रहना, अभाव में जीना, संतुष्टि-असंतुष्टि की सीमा से परे सत्-चित्-आनंद अवस्था की ओर इशारा करते हैं। व्रत एवं उपवास वे विधियाँ हैं, जो हमारे भीतर के भगवान् को सुनने, समझने, प्रेम करने और उसी में मग्न हो जाने का अवसर हमें देती हैं। अतः इसी दृष्टिकोण को यदि हम ध्यान में ला सकें तो जैन धर्म में प्रचलित विभिन्न व्रत एवं उपवास विधियों को समझ पाएँगे। हम समझ पाएँगे कि जैन मत प्रत्येक चरण पर आत्मबोध, आत्मसंयम, आत्मदर्शन, आत्मज्ञान और आत्मचरित्र को सर्वोच्च प्राथमिकता देता है।

व्रत या उपवास जैन धर्म के अनुयायियों में एक सरल, महत्त्वपूर्ण एवं जीवन अंग है। वह न केवल विशेष समय, दिवस, त्योहार या पवित्र योगों पर आधारित है, बल्कि जीवन की दिनचर्या से भी जुड़ा हुआ है। यह उन विधिवत् प्रयोगों पर आधारित है, जिनके द्वारा वे आत्मसंयम को प्राप्त करते हैं। यहाँ तक कि मृत्यु से भी जुड़े हुए उपवास हैं। अतः हम जैन धर्म में प्रचलित उपवास को तीन श्रेणियों में विभाजित कर सकते हैं—

1. दैनिक जीवन से जुड़े व्रत।
2. विशेष योग, त्योहार आदि से जुड़े व्रत।
3. आत्मिक लक्ष्य एवं मृत्यु से जुड़े व्रत।

दैनिक जीवन से जुड़े व्रत एवं उपवास—दैनिक जीवन से जुड़े हुए व्रत चित वृत्ति पर अंकुश धारण करने का कार्य करते हैं। जैन धर्म में दैनिक जीवन को सर्वोच्च प्राथमिकता प्रदान दी गई है। यदि आपको ज्ञान प्राप्त हो भी गया और वह दैनिक जीवन में नहीं उतरा तो वह क्षणमात्र की घटना बनकर रह जाएगा। इसके लिए आपको जीवन में एक बार नहीं, बल्कि बार-बार, प्रत्येक बार, जीवन के हर सूत्र में प्रत्येक समय उसे अपनाना होगा। इस सतत स्मरण के लिए दैनिक जीवन से जुड़े व्रत-उपवास-नियम एक बहुत बड़ा कार्य करते हैं। जैन धर्मावलंबी प्रत्येक दिवस प्रातः इष्ट दर्शन के उपरांत ही जल-भोजन आदि ग्रहण करते हैं। इस प्रकार उनका दिवस प्रारंभ ही उपवास के साथ होता है। भोजन के मध्य समय को भी वे व्रत से

जोड़ते हुए आहार का या अन्य किसी भोजन का त्याग कर देते हैं। इस प्रकार पुनः उन्हें अपने स्वयं के साथ जुड़ने का अवसर मिलता है। जैन धर्म में रात्रि भोजन का भी त्याग करने का नियम है, जिसके कई वैज्ञानिक, सामाजिक एवं धार्मिक कारण हैं। परंतु लक्ष्य फिर वही है। कई धर्मावलंबी 'दश लक्षण धर्म' के किसी भी एक सूत्र को चुनकर प्रत्येक दिवस उसमें से एक का पालन करते हैं। यह दश लक्षण धर्म हैं—क्षमा, मार्धव, आर्जव, सत्य, शौच, संयम, तप, त्याग, अकिंचन और ब्रह्मचर्य। दैनिक जीवन से जुड़े विभिन्न व्रत-उपवास को अपनाने से आपका अवचेतन मस्तिष्क सदा आपको सद्कर्म, आत्मकल्याण की ओर प्रेरित करता रहता है और आप जीवन को उच्चतम अवस्था में जीते हैं।

विशेष योग : त्योहार से जुड़े व्रत—आत्मा-शरीर और अनंत के साथ तालमेल रखने के लिए जैन धर्म में विभिन्न प्रयोग हैं। इनमें से कई तीर्थंकरों के जन्मदिवस एवं मोक्ष दिवसों पर आधारित हैं। जन्मदिवस पर आधारित त्योहार, जैसे—महावीर जयंती, पार्श्वनाथ जयंती आदि हैं, तो मोक्ष पर आधारित अवसर हैं दीपावली, आदि। इन सभी व्रत-उपवास दिवसों के विभिन्न कारण तो अवश्य हैं, परंतु लक्ष्य फिर वही—आत्म विश्लेषण एवं आत्म-कल्याण। फिर भी कुछ प्रमुख त्योहारों को हम यहाँ रेखांकित कर रहे हैं—

महावीर जयंती—चैत्र मास के शुक्ल पक्ष की त्रयोदशी को भगवान् महावीर का जन्म हुआ था। इस दिन जैन संप्रदाय भजन-पूजन, रथयात्रा एवं अन्य धार्मिक-भक्तिपूर्ण समारोह का आयोजन करते हैं। आहार-विचार का संयम रखा जाता है। व्रत रखे जाते हैं एवं आगामी ग्रीष्म ऋतु के लिए स्वयं को तैयार किया जाता है।

पर्युषण—भाद्रपद की शुक्ल चतुर्थी तक मनाया जानेवाला यह पर्व जैन धर्मावलंबियों के लिए विशेष महत्त्व रखता है। इन दिवसों में सभी व्रत रखते हैं एवं 'दश लक्षण धर्म' का पालन करते हैं। यदि कोई व्यक्ति पूर्णतः व्रत न भी रख पाए तो भी कुछ-न-कुछ भाग अवश्य करता है। धार्मिक-पूजन, शास्त्रों का पठन-पाठन, दैनिक पूजन आदि होते हैं। कई व्यक्ति निराहार या निर्जल रहकर भी इन व्रतों को संपन्न करते हैं।

दीपावली—कार्तिक मास की अमावस्या को भगवान् महावीर स्वामी मोक्ष को प्राप्त हुए थे। इस दिवस को जैन पंचांग में विगत वर्ष का अंतिम दिवस माना गया और अगले दिन से नया पंचांग वर्ष प्रारंभ होता है। इस दिवस को जैन धर्म में विशेष महत्त्व प्राप्त है, जिसकी खुशियाँ वे मन, वचन, कर्म सभी आयामों से मानते हैं।

कार्तिक पूर्णिमा—इस दिवस पर अष्टह्निक व्रत पूर्ण होते हैं एवं सभी धर्मावलंबी तीर्थयात्रा करते हैं। नहीं तो वे मंदिर आदि अवश्य जाकर ध्यान-पूजन आदि करते हैं। यह पापमुक्ति के दिवस के रूप में भी प्रचलित है। इस दिवस पर देव अराधना से आठों प्रकार के कर्मों की मुक्ति संभव है।

मौनी एकादशी—माघ में मौनी एकादशी का भी विशेष महत्त्व है। इस दिन जैन व्यक्ति व्रत-उपवास करते हैं, ध्यान करते हैं एवं पूर्ण मौन धारण करते हैं। जैन धर्मानुसार इस दिवस पर मोक्ष प्राप्ति के लिए जितना भी तप किया जाए, उसका अनंत फल प्राप्त होता है और हम मोक्ष पथ की ओर तीव्रता से अग्रसर होते हैं। जैन धर्म के विशेष योग त्योहार चंद्रमा की विभिन्न कलाओं पर आधारित हैं। प्रत्येक मास के दोनों पक्षों की अष्टमी, चौदस, अमावस्या या पूर्णिमा आदि को भी विशेष व्रत आदि रखे जाते हैं। जैन सिद्धांत का प्रमुख उद्‍देश्य सम्यक् दर्शन, सम्यक् ज्ञान एवं सम्यक् चरित्र को उपलब्ध होना है, जिसमें वे अपने मन, तन, आत्मा को प्रकृति की लय के साथ जोड़ते हैं।

आत्मिक लक्ष्य एवं मृत्यु से जुड़े व्रत—वैसे तो जैन दर्शन का प्रत्येक व्रत-त्योहार आत्मिक लक्ष्यों से ओत-प्रोत है, परंतु जीवन के उच्चतम शिखर यानी मृत्यु का वरण करने के लिए भी उनके यहाँ 'संथारा' नामक व्रत को धारण किया जाता है। जैन-साधु-संत जब अपने अंतर्ज्ञान से यह जान लेते हैं कि अब उनकी मृत्यु आनेवाली है तो वह संपूर्ण त्याग को अपनाते हैं, जिसे 'संथारा' कहा जाता है। परिवार, राग-द्वेष, आहार-जल, सांसारिक मोह-माया, सभी बंधनों से मुक्त होने की प्रक्रिया को 'संथारा' कहते हैं। इसके द्वारा वह अपने अवचेतन के उस ऊर्जा क्षेत्र से जुड़ते हैं, जो सदा से अमर हैं और अमर रहता है। अंतिम अवस्था में अन्य जैन धर्मावलंबी भी इस प्रयोग को धारण कर अनंत संयम धारण करते हैं। कहते हैं कि मृत्यु के समय के विचार, आगामी जन्मों की रूपरेखा तय करते हैं। अतः इस व्रत द्वारा वे पूर्ण होश में रहते हुए अपने आत्म स्वरूप को प्राप्त करते हैं।

जैन धर्म या संयम धर्म में अपने को सतत स्मरण रखने की कला का नाम है—व्रत या उपवास। जैन धर्म में उसकी मान्यताओं की उत्कृष्टता का परिचय उनके व्रत-आचार-विचार-व्यवहार एवं त्योहारों में मिलता है। साधुओं से अरिहंतों की यह यात्रा इसी मार्ग से सभी के लिए एक खुला आमंत्रण है। जय जिनेंद्र!

□

रोजे और रमजान : इनसानियत के पैगाम

इसलामी कैलेंडर का नौवाँ महीना रमजान का महीना होता है। यह एक पवित्र महीना होता है, जिसमें तीसों दिन मुसलमान धर्मावलंबी व्रत रखते हैं, जिन्हें रोजे के नाम से जाना जाता है।

इसलाम धर्म के आरंभ से ही मुसलमानों के लिए रोजे आध्यात्मिक, मानसिक व आत्मिक शोधन के आवश्यक कर्तव्य के रूप में तय किए गए हैं। मुख्य रूप से नजर डालें तो इसका वास्तविक उद्देश्य रोजेदारों को भूख और प्यास का एहसास कराने, जरूरतमंदों की मदद करने और खुदा की सच्ची इबादत की ओर उन्मुख करना होता है।

रोजे दरअसल मुसलमानों की सामूहिक फौजी ट्रेनिंग की तरह होते हैं, जिसमें दुनिया भर के लाखों-करोड़ों मुसलमान सुबह से लेकर शाम तक नियत समय पर खुदा की इबादत में डूबे रहते हैं और भूखे-प्यासे रहकर अपने कर्तव्य-कर्म में निमग्न रहते हैं। यह ट्रेनिंग तीस दिन तक लगातार चलती रहती है। इसमें रोजा रखनेवाले का संपर्क सीधे खुदा से होता है। वह जो भी अच्छा-बुरा, नेकी-बदी, दान-धर्म करता है, उस पर अल्लाह की सीधी नजर होती है, अत: उसमें धर्म-भीरुता, नेकी, ईमानदारी, निर्धनों के प्रति दया, खुदा के प्रति प्रेम आदि की भावनाएँ उत्पन्न होती हैं। रोजे का असल मकसद भी यही होता है कि रोजेदार केवल भूखा रहने और पाँच वक्त की नमाज पढ़ने को ही रोजे का असल मकसद न समझ ले, बल्कि इस एक महीने के दौरान वह अपने सभी गुनाहों से तौबा करते हुए जीवन भर के लिए इन गुणों को अपने जीवन में उतार ले।

इसलाम में कहा गया है कि इस पवित्र महीने में स्वर्ग के दरवाजे खुल जाते हैं

और शैतान कैद हो जाता है। रमजान के इस महीने में रोजे रखनेवालों को बेशुमार पुण्य मिलता है और इन दिनों में जो मुसलमान श्रद्धा और भक्ति से खुदा की उपासना करता है, उसके गुनाह ऐसे ही धुल जाते हैं, जैसे साफ पानी से गंदा कपड़ा धुल जाता है।

यह कहा जाता है कि रोजे रखनेवाले मुसलमान कयामत के दिन अल्लाह के नेक बंदों की शक्ल में पहचाने जाएँगे। इसलिए कहा गया है कि रमजान का महीना इनसानी शैतानियत को काबू में करने का बेहतरीन वक्त होता है। साल भर जो शख्स पाप और गुनाह में डूबा रहता है, उसके मन में भी रमजान के पवित्र दिनों में यही खयाल बना रहता है कि उसे अपने किए कामों का खुदा को जवाब देना है। यानी रमजान का माह गुनाहों को न कि केवल नसीहत देकर इनसान को अपने सदाचार पर गौर करने का मौका देता है।

सात साल की उम्र के बाद हर मुसलमान के लिए रोजा रखना फर्ज है। अरबी भाषा में रमजान का अर्थ है—झुलसा देना। रोजे इनसान के जीवन को तपाकर सोना बना देते हैं। इनसे इनसान को आत्मिक बल, आत्मसंयम, धैर्य धारण की कला आती है।

इसलाम के अनुसार, इनसान को रोजे के दौरान भूख-प्यास का मतलब समझ में आता है, उसके दिल में यतीम, बेसहारा, गरीब और लाचार लोगों की मदद की भावना पैदा होती है। रोजे के दौरान अपनी हैसियत के अनुसार गरीबों की मदद को अनिवार्य बनाया गया है। इसे 'जकात', खैरात या दान कहा जाता है। कमजोर वर्ग की सहायता किए बगैर रोजे का पूरा पुण्य हासिल नहीं होता। धनी-संपन्न लोग रोजे के दौरान अपनी हैसियत के अनुसार 'जकात' करते हैं। इस तरह समाज के कमजोरों को भी मुख्यधारा में शामिल होने का मौका मिलता है, सामाजिक व मानवीय संवेदनाओं का ताना-बाना सुदृढ़ होता है और परस्पर भाईचारा बढ़ता है।

रमजान के पहले दिन सूर्योदय से पहले सभी मुसलमान नहा-धोकर स्वच्छ वस्त्र धारण करते हैं और प्रात: की नमाज से पहले अल्पाहार से निबट लेते हैं। इस अल्पाहार को अरबी भाषा में 'सहरी' कहा जाता है। इसके बाद सूर्यास्त तक वे कुछ खा-पी नहीं सकते। यहाँ तक कि थूक भी नहीं गटक सकते। शाम का भोजन वे सूर्यास्त के समय होनेवाली 'मगरिब' की नमाज के बाद ही करते हैं, जिसे 'इफ्तार' कहा जाता है। इसके बाद रात भर बेखौफ होकर भोजन ग्रहण किया जा सकता है। रोजे के दौरान दिन में शारीरिक व मानसिक शुद्धि होना व रखना परमावश्यक है। असल में इसका मकसद ही व्यक्ति का मानसिक विकास करना है, इसलिए

रोजेदार की कोशिश होती है कि वह अधिक-से-अधिक स्वयं को खुदा से जोड़े और उसके बताए मार्ग पर चले। इस प्रकार रोजे का यह क्रम रमजान माह के तीसों दिन जारी रहता है।

जो रोजेदार श्रद्धा, भक्ति के साथ और शारीरिक व मानसिक शुद्धि से रोजे का पालन करता है, वह तमाम तामसिक वृत्तियों से दूर होकर खुदा के करीब हो जाता है। रमजान में हर दिन अदा की जानेवाली पाँच वक्त की नमाज (फजर, जोहर, असर, मगरिब और ईशा) के अलावा इस माह में तरावीह की विशेष नमाज पढ़ी जाती है। इस महीने की 27वीं रात्रि को पवित्र रात माना जाता है। इबादत की इस महान् रात को 'शबे-रूद्र' कहते हैं। इस रात को की जानेवाली पूजा-अर्चना का दर्जा हजार रातों की इबादत के बराबर माना गया है।

तरावीह और शबे-कद्र की पूरी रात की जानेवाली स्तुति के दौरान कुरआन पढ़ा-सुना जाता है। कुरआन लोगों को ऐसी दृष्टि प्रदान करता है, जो हर प्रकार के पक्षपात रहित समाज का निर्माण करे। इसलाम के अनुसार रोजे की मुख्य शिक्षा है—माँ-बाप, रिश्तेदारों, यतीमों, मुसाफिरों, गरीबों के साथ अच्छा व्यवहार करें। अपने धन में से जरूरतमंदों की सहायता करें। बुराई को भलाई से दूर करें, इससे दुश्मनी का अंत हो जाता है। सब्र करना और अपराधी-पापी को क्षमा करना। नाहक खून-खराबा न करें, लोगों को घरों से बेघर न करें, कमजोर स्त्री-पुरुषों और बच्चों के लिए अत्याचारियों से लड़ें। नाजायज तरीके से दूसरे की धन-संपत्ति न हड़पें। गुस्से को दबाएँ और लोगों को माफ करने की आदत डालें। वादा पूरा करें, समझौता करने के बाद उससे न फिरें। दूसरों के घरों में जबरदस्ती न घुसें। मर्द परायी स्त्री से और स्त्री पराये मर्द से नजरें बचाकर रखे। बेशर्मी से बचें। गंदी सोहबतों से बचें। संयम, धैर्य और शारीरिक व मानसिक शुचिता से रहें।

रोजे के दौरान कुछ सावधानियों और पाबंदियों का पालन भी करना पड़ता है। इनमें से कुछ प्रमुख निम्नानुसार हैं—

- अगर कोई रोजेदार कोई चीज जानबूझकर खा ले तो उसका रोजा भंग हो जाता है, लेकिन अगर भूल से कोई चीज खा-पी ले तो रोजा भंग नहीं होता।
- रोजे के दौरान बदन पर दवा के तौर पर इंजेक्शन लगवाए जा सकते हैं।
- बूढ़े, बीमार, अत्यधिक कमजोर लोग और गर्भवती स्त्रियाँ आदि रोजे छोड़ सकते हैं, लेकिन इसके बदले उन्हें रमजान के दौरान यथाशक्ति

दान-धर्म अवश्य करना चाहिए।

- रोजे के दौरान स्त्री-पुरुष को शारीरिक संपर्क से दूर रहना चाहिए।
- रोजे के दौरान झूठ बोलने से भी रोजा भंग हो जाता है।
- धूल-मिट्टी आदि उड़कर हलक में उतर जाए तो रोजा भंग हो जाता है।
- रोजे के दौरान बीड़ी, सिगरेट और तंबाकू आदि की भी मनाही है।
- रोजे के दौरान सिर को पानी से भिगोकर या पानी में डुबोकर स्नान करने से भी रोजा भंग हो जाता है—अगर यह स्नान, जानबूझकर किया जाए तो।
- रोजे के दौरान आँख में दवा डालना, सुरमा लगाना, नसवार खींचना, खून निकलवाना, खुशबूदार जड़ी-बूटी सूँघना, दाँत निकलवाना आदि मना है।

यदि रोजों को अनजाने में भंग किया जाए तो वे माफी योग्य हो सकते हैं, लेकिन जानबूझकर रोजा भंग करने पर सजा और उपचार के दौर पर भंग रोजे की 'कजा' और 'कफ्फारा' भुगतने पड़ते हैं।

कजा और कफ्फारे की सजा

अगर रमजान के महीने में कोई शख्स रोजा भंग करने का काम जानबूझकर करे और वह यह जानता हो कि इन कामों के करने से रोजा भंग हो जाता है, तो उस पर 'कजा' व 'कफ्फारा' दोनों लागू हो जाते हैं।

रोजे का कफ्फारा

जिस शख्स पर रोजा भंग करने के लिए सजा के तौर पर 'कफ्फारा' लागू है, उसे चाहिए कि वह एक गुलाम को आजाद करे या रमजान के अलावा अन्य किसी माह में साठ दिन के रोजे रखे या साठ फकीरों को पेट भरकर खाना खिलाए या हर फकीर को गेहूँ और जौ का दान दे।

कहा गया है कि जिस इनसान पर 'कफ्फारा' वाजिब हो और वह कई साल तक न दे तो कफ्फारे में कोई बढ़ोतरी नहीं होगी; लेकिन फिर भी उससे अपेक्षा यह होती है कि वह कफ्फारा देने में कोताही न बरते, उसे फौरन करे।

रोजे की कजा

कुछ हालतें ऐसी हैं, जिनमें इनसान पर सिर्फ रोजे की 'कजा' वाजिब होती है। ऐसी कुछ सूरतें हैं—

- रोजे को भंग करने का काम तो न किया हो, लेकिन रोजे का नियम न करे या लोगों को दिखाने के लिए रोजा रखे या रोजा न रखने का इरादा करे।
- अगर कोई कहे कि सुबह नहीं हुई है और इनसान उसके कथनानुसार कोई काम करे, जो रोजे को भंग करता हो और बाद में पता चले कि सुबह हो गई थी।
- अगर रोजेदार शरीर को ठंडा करने के लिए या बेवजह कुल्ला करे, यानी पानी मुँह में घुमाए और बेइख्तियार पानी पेट में चला जाए तो कजा लागू हो जाती है। लेकिन इनसान भूल जाए कि रोजे से है और पानी पी ले या कुल्ला करे और पानी बेइख्तियार पेट में चला जाए तो उस पर कजा लागू नहीं होती।
- जो रोजे किसी नशे की वजह से छूटे हों, उनकी कजा जरूरी है और इसमें कोई फर्क नहीं है कि जिस चीज के खाने से वह मदहोश हुआ हो, उसने वह चीज, चाहे इलाज की गरज से खाई हो या किसी और वजह से।
- अगर कोई व्यक्ति बीमारी की वजह से रमजान के रोजे न रखे और उसकी बीमारी अगले रमजान तक चलती रहे तो जो रोजे उसने न रखे हों, उनकी कजा उस पर लागू नहीं होती, बल्कि उसे चाहिए कि हर दिन रोजे के बदले गेहूँ या जौ या ऐसा ही कोई अनाज फकीर को दान करे।
- रोजे की कजा के तौर पर रोजों के बदले रोजे रखे जाते हैं, जो रमजान के आइंदा महीने में भी रखे जा सकते हैं। फिर भी बीमारी आदि की वजह से कजा के रोजे न रखे जा सकते हों तो फकीरों को अनाज दान करके इन्हें उपचारित किया जा सकता है।
- किसी के बदले कोई दूसरा शख्स भी कजा के रोजे रख सकता है।
- यदि माता-पिता को कजा के रोजे रखने हों और उसके पहले ही उनका निधन हो जाए तो बड़े बेटे को उनके कजा के रोजे रखने चाहिए।
- सफर या यात्रा के दौरान रोजे रखे जा सकते हैं, लेकिन रोजों से बचने के लिए सफर करने से कजा लागू हो जाती है।
- यदि रमजान के दिनों में कोई इनसान पागल या दीवाना हो जाए तो उस पर रोजों की कजा लागू नहीं होती।

इस प्रकार रोजों के द्वारा खुदा इनसान को महान् बनने की ओर अग्रसर करना चाहता है। रमजान का महीना केवल रोजा रखने का नाम नहीं है। यह महीना अपने

अंदर झाँकने का भी है। एक हदीस में आता है कि अगर किसी ने बुरी आदतें नहीं छोड़ीं तो अल्लाह को इसकी परवाह नहीं कि उसने खाना-पीना छोड़ दिया। इस नजरिए से सोहबत को बड़ी अहमियत दी गई है। काम से किरदार तक हरेक चीज की परीक्षा। कुव्वते-इरादों की और आपके कामों की भी। अल्लाह को सुस्ती, लापरवाही, काहिली, फर्ज से गफलत और गैर-जिम्मेदाराना रवैया पसंद नहीं। अल्लाह के रसूल ने इरशाद फरमाया है कि रोजा ढाल है, इसलिए तू न बुरी बात कर और न ही जहालत की बात कर। जहालत को अल्लाह बिल्कुल पसंद नहीं करता। इसलिए अल्लाह कहता है कि ऐ ईमानवालो! इस माहे-रमजान के रोजे तुम पर खर्च किए गए हैं, ताकि तुम परहेजदार हो जाओ।

धरती पर इनसान अधिकतर जो भी काम करता है, अपने फायदे के लिए करता है। लेकिन रोजे के जरिए वह अपने साथ-साथ समाज और देश के फायदे के लिए भी काम कर सकता है। हदीस में कहा गया है।

आदमी का हर अमल खुदा के जहाँ कुछ-न-कुछ बढ़ता है। एक नेकी दस गुनी से सात सौ गुनी तक फलती-फूलती है, मगर अल्लाहताला फरमाते हैं कि रोजा इससे अलग है। वह खास मेरे लिए है और मैं उसका जितना चाहता हूँ, बदला देता हूँ।

अर्थात् श्रद्धा और भक्ति से संपन्न रोजों से खुदा प्रसन्न होता है और रोजेदार पर जी भरकर प्रसन्नता लुटाता है। जब यही प्रसन्नता सैकड़ों-हजारों रोजेदारों पर बरसती है तो पूरी कायनात खुशियों से भर जाती है और रोजों का असल मकसद पूरा हो जाता है।

□

वार अनुसार व्रतों को रखने की विधि

रविवार व्रत की कथा पूजन विधि

सूर्य के बिना इस सृष्टि की कल्पना करना भी मुश्किल है। अगर यह न होता तो शायद धरती पर जीवन भी संभव न हो पाता। हमारे यहाँ सदियों से भगवान् सूर्यनारायण की आराधना व पूजा की परंपरा रही है। सूर्यदेव की अर्चना का ऐसा ही एक प्रमुख उपाय है रविवार का व्रत। क्या है रविवार व्रत-कथा व पूजन विधि, जानें इस लेख से।

मनुष्य की सभी मनोकामनाओं की पूर्ति के लिए रविवार का व्रत करना एक उत्तम उपाय है। इस व्रत के करने से मनुष्य सूर्यदेव को प्रसन्न कर अपने जीवन की समस्त बाधाओं को दूर कर सुख से अपना जीवनयापन कर सकता है। इस व्रत को करने के लिए प्रातःकाल स्नानादि करके साफ-धुले कपड़े पहनें और शांतचित्त होकर परमात्मा का स्मरण करें। इस व्रत में एक ही समय भोजन अथवा फलाहार दिन ढलने से पहले ही कर लेना चाहिए। यदि निराहार रहने पर सूर्य छिप जाए तो दूसरे दिन सूर्य उदय हो जाने पर अर्घ्य देने के बाद ही भोजन करें। व्रत के अंत में व्रत कथा सुननी चाहिए। व्रत के दिन नमकीन तेलयुक्त भोजन कदापि ग्रहण न करें।

रविवार व्रत कथा

एक बुढ़िया का नियम था कि वह प्रति रविवार को प्रातः स्नान कर, घर को गोबर से लीपकर, भोजन तैयार कर, भगवान् को भोग लगाकर, उसके पश्चात् भोजन करती थी। ऐसा व्रत करने से उसका घर सभी धन-धान्य से परिपूर्ण था। लेकिन कुछ दिन बाद उसकी एक पड़ोसन, जिसकी गाय का गोबर यह बुढ़िया लाया करती थी, विचार करने लगी कि यह वृद्धा, सर्वदा मेरी गाय का ही गोबर ले जाती है, इसलिए अब मैं इसे अपनी गाय का गोबर नहीं ले जाने दूँगी। यह सोचकर वह अपनी गाय को घर के भीतर बाँधने लगी। बुढ़िया गोबर न मिलने से रविवार के दिन अपने घर को

गोबर से न लीप सकी। इसलिए उस दिन उसने न तो भोजन बनाया, न भोग लगाया और न ही भोजन किया। इस प्रकार उस दिन उसने निराहार व्रत किया। रात्रि होने पर वह भूखी ही सो गई। रात में भगवान् ने उससे स्वप्न में भोजन न बनाने और भोग न लगाने का कारण पूछा। वृद्धा ने गोबर न मिलने का कारण बताया। तब भगवान् ने कहा कि माता, हम तुम्हें सर्व कामना पूरक गाय देते हैं और भगवान् ने उसे वरदान में गाय दी और उसकी परेशानी दूर की। इसके अलावा सूर्यदेव ने सपने में इस व्रत को करनेवाले अन्य व्रतियों की मनोकामना भी पूर्ण की। भगवान् सूर्य के इस व्रत को करनेवाले निर्धनों को उन्होंने धन और बाँझ स्त्रियों को पुत्र देकर अपने भक्तों के दु:खों को दूर किया। साथ ही अंत समय में उस बुढ़िया को मोक्ष दिया और अंतर्धान हो गए। आँख खुलने पर आँगन में अति सुंदर गाय और बछड़ा देखकर वृद्धा अति प्रसन्न हो गई। जब उसकी पड़ोसन ने घर के बाहर गाय व बछड़े को बँधे देखा, तो वह द्वेष से जल उठी। साथ ही देखा कि गाय ने सोने का गोबर किया है। उसने वह गोबर अपनी गाय के गोबर से बदल दिया। रोज ही ऐसा करने से बुढ़िया को इसकी खबर भी न लगी। भगवान् ने देखा कि चालाक पड़ोसन बुढ़िया को ठग रही है। इसलिए उसे सबक सिखाने के लिए उन्होंने जोर की आँधी चला दी। इससे बुढ़िया ने गाय को घर के अंदर बाँध लिया। सुबह होने पर उसने गाय के सोने के गोबर को देखा, तो उसके आश्चर्य की सीमा न रही। अब वह गाय को भीतर ही बाँधने लगी। उधर पड़ोसन ने ईर्ष्या से राजा से शिकायत कर दी कि बुढ़िया के पास राजाओं के योग्य गाय है, जो सोना देती है। राजा ने यह सुन अपने दूतों से गाय मँगवा ली। बुढ़िया ने गाय के वियोग में अखंड व्रत रखे। उधर व्रत के प्रभाव से राजा का सारा महल गाय के गोबर से भर गया। सूर्य भगवान् ने राजा से स्वप्न में बुढ़िया को गाय लौटाने को कहा। सुबह होते ही राजा ने ऐसा ही किया। साथ ही पड़ोसन को उचित दंड दिया। साथ ही राजा ने सभी नगरवासियों को व्रत रखने का निर्देश दिया। तब से सभी नगरवासी यह व्रत रखने लगे और उन लोगों की सभी मनोकामना पूर्ण हुईं।

व्रत का विधान

यह व्रत सूर्याष्ठी रथ सप्तमी या शुक्ल पक्ष के प्रथम रविवार से आरंभ कर प्रत्येक रविवार को 12 सप्ताह या पूरे एक साल रखना चाहिए। विशेष कामनाओं के लिए इसे बारह साल तक किया जा सकता है। व्रत के दिन तेल और नमक का परहेज करते हुए सूर्य भगवान् का ध्यान करना चाहिए। इसे एक दिन के उपवास के

साथ विधिपूर्वक इस प्रकार से किया जाता है—

1. रविवार को सूर्योदय से पहले उठकर नित्य कर्म से निपटने के बाद घर के ईशान कोण में किसी पवित्र स्थान पर भगवान् सूर्य की मूर्ति या तसवीर स्थापित करनी चाहिए।
2. व्रत के लिए संकल्प के बाद सुगंध, धूप, फूल, दीप आदि से लाल चंदन का तिलक लगाकर सूर्यदेव की पूजा करनी चाहिए। पूजा के लिए लाल रंग का फूल शुभ होता है। दोपहर के समय एक बार फिर भगवान् सूर्य को अर्घ्य देकर पूजा के बाद कथा श्रवण करनी चाहिए।
3. व्रत के दिन सिर्फ गेहूँ के आटे की रोटी गुड़ के साथ खानी चाहिए। साथ में दलिया, घी और शक्कर हो सकता है। किसी कारण सूर्य अस्त हो जाने तक भोजन नहीं कर पाने की स्थिति में अगले दिन के सूर्योदय तक निराहार रहना चाहिए। प्रात: स्नानादि कर सूर्य भगवान् को अर्घ्य देने के बाद ही भोजन ग्रहण करना चाहिए।
4. व्रत के पूजन या व्रत-कथा के अंत में रविवार की आरती जरूर गानी चाहिए।

सोमवार व्रत की कथा एवं पूजन विधि

विधि—सोमवार के व्रत में शिव-पार्वती का पूजन कर तीसरे पहर भोजन ग्रहण कर लिया जाता है। व्रत को कार्तिक माह में या सावन में आरंभ करना शुभ माना जाता है।

सोमवार को स्नानादि से निवृत्त होकर स्वच्छ वस्त्र पहनें। भक्ति भावना के साथ व्रत रखें। संध्या व उपासना के बाद आधा किलो गेहूँ का आटा लें, उसकी बाटी या पूरी बनाकर उसमें घी और गुड़ अथवा बूरा मिलाकर चूरमा बनाएँ। उसके तीन हिस्से कर लें, घी, गुड़, दीप, नैवेद्य, पुंगीफल, बेलपत्र, जनेऊ, चंदन, अक्षत, पुष्पादि द्वारा प्रदोष काल (संध्या समय) में भगवान् शंकर का यथाविधि पूजन करें। उसके बाद चूरमे के तीन हिस्सों में से एक शिवजी को अर्पण कर दें, दूसरा नंदी (साँड़) अथवा गाय को अर्पण कर दें तथा तीसरा हिस्सा शिवजी का प्रसाद समझकर सब उपस्थित जनों में बाँट दें और स्वयं भी प्रसाद ग्रहण करें।

इस विधि से सोलह सोमवार व्रत करें। सत्रहवें सोमवार को पाँच किलो आटे की बाटी अथवा पूरी बनाएँ। उसमें घी और गुड़ अथवा बूरा मिलाकर चूरमा बनाएँ।

भगवान् शिव को भोग लगाकर उपस्थित जनों में बाँट दें। इसके बाद कुटुंब-परिवार सहित प्रसाद लें। ऐसा करने से शिवजी की महान् कृपा प्राप्त होती है। सभी मनोरथ पूर्ण हो जाते हैं। ऐसा कहकर अप्सरा स्वर्ग को चली गई।

जो मनुष्य भक्तिभाव से सोलह सोमवार का व्रत एवं पूजन करता है, वह इस लोक में समस्त सुखों को भोगकर अंत में शिवलोक को प्राप्त होता है। यह व्रत सब कामनाओं को पूर्ण करनेवाला है।

सोमवार व्रत की कथा एवं पूजन विधि

एक नगर में एक धनवान साहूकार रहता था। उसके कोई संतान नहीं थी। इसलिए वह बहुत दु:खी रहता था। पुत्र की कामना के लिए वह प्रत्येक सोमवार को शिवजी का व्रत और पूजन करता था तथा सायंकाल शिवजी के मंदिर में प्रतिदिन दीपक जलाया करता था।

उसकी अनन्य भक्ति को देखकर एक दिन माता पार्वतीजी ने शिवजी से उसकी मनोकामना पूर्ण करने को कहा। शिवजी ने कहा, ''हे पार्वती, इसके कोई पुत्र नहीं है। इसी चिंता में यह दु:खी रहता है। इसके भाग्य में पुत्र का सुख नहीं है, फिर भी मैं इसको पुत्र की प्राप्ति का वर देता हूँ। परंतु वह पुत्र केवल 12 वर्ष तक जीवित रहेगा। इसके पश्चात् उसकी मृत्यु हो जाएगी।''

माँ पार्वती और भगवान् शिव का वार्त्तालाप साहूकार ने सुन लिया। कुछ समय बाद उसकी पत्नी गर्भवती हुई तथा दसवें महीने में उसने एक सुंदर पुत्र को जन्म दिया। साहूकार जानता था कि इसकी 12 वर्ष की आयु है, अत: वह अधिक प्रसन्न नहीं हो सका। परंतु उसने यह राज किसी को नहीं बताया।

जब वह बालक 11 वर्ष का हो गया तो बालक की माँ ने उसका विवाह करने के लिए कहा। साहूकार ने मना कर दिया और बालक के मामा के साथ उसको काशी पढ़ने भेज दिया। बालक के मामा को बहुत सा धन देकर साहूकार ने कहा, ''जिस स्थान पर भी जाओ, यज्ञ तथा ब्राह्मणों को भोजन कराते तथा दक्षिणा देते हुए जाना।''

काशी जाते समय रास्ते में एक शहर पड़ा, उस शहर की राजकन्या का विवाह था। जिस राजकुमार के साथ राजकुमारी की शादी होनेवाली थी, वह एक आँख से काना था। राजकुमार के पिता को इस बात की चिंता थी कि राजकुमार को देखकर राजकुमारी के माता-पिता कहीं उससे विवाह के लिए मना न कर दें! राजा ने साहूकार के लड़के को देखा तो सोचा कि इस सुंदर लड़के वे वर का काम चला लिया जाए

तो अच्छा है। राजा ने उस लड़के तथा मामा से बात की। वे राजी हो गए, राजा ने इस कार्य के लिए उन्हें काफी धन दिया। विवाह संपन्न होने के बाद जब साहूकार का लड़का जाने लगा तो उसने राजकुमारी की चुनरी के पल्ले पर लिख दिया, 'तुम्हारा विवाह मेरे साथ हुआ; किंतु जिस राजकुमार के साथ तुमको विदा करेंगे, वह एक आँख से काना है। मैं काशी पढ़ने जा रहा हूँ।' राजकन्या ने इसे पढ़कर काने राजकुमार के साथ जाने से मना कर दिया। बरात वापस चली गई।

साहूकार का लड़का और उसका मामा काशी पहुँच गए। जिस दिन लड़के ने 12 वर्ष की आयु पूरी की, उस दिन भी मामा ने यज्ञ रच रखा था। लड़के की अचानक तबीयत खराब हो गई। मामा ने उसे अंदर जाकर सो जाने के लिए कहा। लड़का अंदर जाकर सो गया। थोड़ी देर में उसके प्राण निकल गए। जब उसके मामा ने अंदर आकर देखा कि उसका भानजा मृत पड़ा है तो उसको बहुत दुःख हुआ। उसने किसी तरह अपने को संयत रखकर यज्ञ का कार्य समाप्त किया। ब्राह्मणों के जाने के बाद उसने रोना-पीटना शुरू किया।

दैवयोग से शिव-पार्वती उस समय संयोगवश उधर से जा रहे थे। उसका हृदय विदारक विलाप सुनकर पार्वतीजी ने शिवजी से उसका दुःख दूर करने की प्रार्थना की। शिव-पार्वती ने वहाँ पहुँचकर देखा कि उसी साहूकार का लड़का, जो शिवजी के वरदान से पैदा हुआ था, अपनी 12 वर्ष की आयु पूरी कर मर चुका था। शिवजी ने कहा, ''इसकी जितनी आयु थी, वह पूरी हो गई।'' माँ पार्वती ने उनसे प्रार्थना, ''हे भगवान्! इसको और आयु दो, नहीं तो इसके माता-पिता तड़प-तड़पकर मर जाएँगे।'' माँ पार्वती की प्रार्थना पर शिवजी ने उसको जीवित कर दिया।

जब साहूकार के लड़के की शिक्षा पूरी हो गई तो वह लड़का और उसका मामा उसी प्रकार यज्ञ करते, ब्राह्मणों को भोजन कराते तथा दान-पुण्य करते हुए घर की ओर चल पड़े। शिक्षा पूरी होने के बाद पहले उस शहर में आए, जहाँ उस लड़के का राजकुमारी के साथ विवाह हुआ था। वहाँ भी उन्होंने यज्ञ किया। वहाँ के राजा ने साहूकार के लड़के को पहचान लिया। राजा ने मामा-भानजे का बहुत आदर-सत्कार किया। बहुत सम्मान के साथ उन दोनों को महल में ले गया, बहुत से दास-दासियों सहित अतुल धन-संपत्ति देकर उसके साथ राजकुमारी को विदा किया।

जब वे अपने नगर के निकट पहुँचे, मामा ने कहा, "मैं, तुम्हारे माता-पिता को तुम्हारे आने की सूचना देने जाता हूँ।" लड़के के मामा ने समाचार दिया कि आपका पुत्र अपनी पत्नी तथा बहुत सारा धन साथ लेकर आया है। साहूकार व उसकी पत्नी

को विश्वास ही नहीं हुआ। बाहर जाकर उन्होंने अपने पुत्र तथा पुत्रवधू का हार्दिक स्वागत किया, सभी बड़ी प्रसन्नता के साथ रहने लगे।

जो व्यक्ति सोमवार का व्रत कर इस कथा को पढ़ता है, इस लोक में सुख भोगकर अंत में शिवलोक को प्राप्त होता है।

सोलह सोमवार व्रत कथा

एक बार पृथ्वी का भ्रमण करते हुए भगवान् शंकर व पार्वती विदर्भ देश की अमरावती नाम की अति सुंदर नगरी में पहुँचे। वहाँ के निवासी हर प्रकार से सुखी थे। वहाँ के राजा ने वहाँ एक भव्य शिव मंदिर बनवाया था। भगवान् शिव माँ पार्वती के साथ उस मंदिर में रहने लगे।

एक दिन शिव-पार्वती चौसर मंदिर के प्रांगण में चौसर खेल रहे थे। उसी समय मंदिर का पुजारी ब्राह्मण मंदिर में पूजा करने आया। माता पार्वती ने पुजारी से प्रश्न किया, ''पुजारी जी, बताइए, इस बाजी में हम दोनों में से किसकी जीत होगी?'' ब्राह्मण ने कहा, ''महादेवजी की जीत होगी।''

थोड़ी देर में बाजी समाप्त हो गई और पार्वतीजी की विजय हुई। पार्वतीजी बहुत क्रोधित हुईं और ब्राह्मण को झूठ बोलने के अपराध के कारण कोढ़ होने का श्राप दे दिया। कुछ समय बाद पार्वतीजी के श्रापवश पुजारी के शरीर में कोढ़ पैदा हो गया। वह बहुत दुःखी रहने लगा। एक दिन देवलोक की अप्सरा शिवजी की पूजा हेतु उसी मंदिर में आई। पुजारी के कोढ़ के कष्ट को देखकर उसने उससे रोगी होने का कारण पूछा। पुजारी ने माँ पार्वती के श्राप के बारे में बता दिया। अप्सरा बोली, "हे पुजारी, तुम सब व्रतों में श्रेष्ठ सोलह सोमवार का व्रत भक्तिभाव से किया करो। भगवान् शिव तुम्हारे कष्ट को दूर कर देंगे।"

पुजारी ने अप्सरा से सोलह सोमवार के व्रत की विधि पूछी। अप्सरा ने बताया, "सोमवार को स्नानादि से निवृत्त होकर स्वच्छ वस्त्र पहनें। भक्ति भावना के साथ व्रत रखें। संध्या व उपासना के बाद आधा किलो गेहूँ का आटा लें, उसकी बाटी या पूड़ी बनाकर उसमें घी और गुड़ अथवा बूरा मिलाकर चूरमा बनाएँ। उसके तीन हिस्से कर लें, घी, गुड़, दीप, नैवेद्य, पुंगीफल, बेलपत्र, जनेऊ, चंदन, अक्षत पुष्पादि द्वारा प्रदोष काल (संध्या समय) में भगवान् शंकर का यथाविधि पूजन करें। उसके बाद चूरमे के तीन हिस्सों में से एक शिवजी को अर्पण कर दें, दूसरा नंदी (साँड़) अथवा गाय को अर्पण कर दें तथा तीसरा हिस्सा शिवजी का प्रसाद समझकर सब उपस्थित जनों में बाँट दें और स्वयं भी प्रसाद ग्रहण करें।

इस विधि से सोलह सोमवार व्रत करें। सत्रहवें सोमवार को पाँच किलो आटे की बाटी अथवा पूड़ी बनाएँ। उसमें घी और गुड़ अथवा बूरा मिलाकर चूरमा बनाएँ। भगवान् शिव को भोग लगाकर उपस्थितजनों में बाँट दे। इसके बाद कुटुंब-परिवार सहित प्रसाद लें। ऐसा करने से शिवजी की महान् कृपा प्राप्त होती है। सभी मनोरथ पूर्ण हो जाते हैं।" ऐसा कहकर अप्सरा स्वर्ग को चली गई।

ब्राह्मण ने यथाविधि सोलह सोमवार व्रत किया। वह भगवान् शिव की कृपा से रोगमुक्त होकर आनंद से जीवन बिताने लगा तथा मरने पर शिवलोक को प्राप्त हुआ।

जो मनुष्य भक्तिभाव से सोलह सोमवार का व्रत एवं पूजन करता है, वह इस लोक में समस्त सुखों को भोगकर अंत में शिवलोक को प्राप्त होता है। यह व्रत सब कामनाओं को पूर्ण करनेवाला है।

मंगलवार व्रत की कथा एवं पूजन विधि

विधि—मंगलवार का व्रत सर्वसुख, राज-सम्मान तथा पुत्र प्राप्ति के लिए किया जाता है। स्नानादि से निवृत्त होकर लाल फूल, लाल वस्त्र व लाल चंदन से पूजा कर कथा सुनकर दिन में एक बार भोजन करना चाहिए। 21 मंगलवारों तक नियमित व्रत करने से 'मंगल दोष' समाप्त हो जाता है। मंगलवार का व्रत मंगल भगवान् को प्रसन्न करने के लिए किया जाता है। इसमें हनुमान चालीसा, सुंदर कांड आदि का पाठ करते हैं।

मंगलवार व्रत की कथा

एक वृद्धा सदैव मंगलवार का व्रत रखती थी। उसका एक पुत्र था, जो मंगलवार को पैदा हुआ था। उसे वह 'मंगलिया' के नाम से पुकारती थी। मंगलवार के दिन वह न मिट्टी खोदती और न ही अपने घर को लीपती थी। एक दिन उसकी परीक्षा लेने मंगल देव ब्राह्मण के रूप में वृद्धा के घर आए। वृद्धा से बोले—मुझे बहुत भूख लगी है। भोजन बनाना है। तुम जमीन को लीप दो। यह सुनकर वृद्धा बोली—महाराज, आज मंगलवार है, मैं जमीन नहीं लीप सकती। कहें तो जल का छिड़काव कर सकती हूँ। वहाँ पर भोजन बना लें। ब्राह्मण ने उत्तर दिया—मैं तो गोबर से लिपे चौके में ही भोजन बनाता हूँ। वृद्धा ने कहा—जमीन लीपने के अलावा कोई और सेवा हो तो वह मैं करने के लिए तैयार हूँ। ब्राह्मण बोला—सोच लो। जो कुछ मैं कहूँगा, तुमको करना पड़ेगा। वृद्धा बोली—महाराज, जमीन लीपने के अलावा आप जो भी आज्ञा देंगे, उसका मैं अवश्य ही पालन करूँगी। वृद्धा ने ऐसा वचन तीन बार दिया। तब

ब्राह्मण बोला—अपने पुत्र को बुलाओ, मैं उसकी पीठ पर भोजन बनाऊँगा। ब्राह्मण की बात सुनकर वृद्धा सकते में आ गई। तब ब्राह्मण बोला—बुला लड़के को। अब क्या सोच-विचार करती हो? वृद्धा ने मंगल भगवान् का स्मरण कर अपने पुत्र को बुलाकर औंधा लिटा दिया और ब्राह्मण की आज्ञा से उसकी पीठ पर अँगीठी रख दी। उसने ब्राह्मण से कहा—महाराज, अब आपको जो कुछ करना है, कीजिए, मैं जाकर अपना काम करती हूँ। ब्राह्मण ने लड़के की पीठ पर रखी हुई अँगीठी में आग जलाई और उस पर भोजन बनाया। जब भोजन बन गया तो ब्राह्मण ने वृद्धा से कहा—अपने लड़के को बुलाओ। वह भी आकर प्रसाद ले जाए। वृद्धा दुःखी होकर तथा रोकर बोली—ब्राह्मण, क्यों हँसी कर रहे हो? उसी की पीठ पर अँगीठी में आग जलाकर आपने भोजन बनाया है। वह तो मर चुका होगा। ब्राह्मण द्वारा आग्रह करने पर वृद्धा ने 'मंगलिया' कहकर अपने पुत्र को आवाज लगाई। आवाज लगाते ही उसका पुत्र एक ओर से दौड़ता हुआ आ गया। ब्राह्मण ने लड़के को प्रसाद दिया। तुम्हारे हृदय में अपने इष्टदेव के लिए अटल निष्ठा एवं विश्वास भी है। तुम्हें कभी भी कोई कष्ट नहीं होगा। तुम्हारा सदा कल्याण ही होगा।

बुधवार व्रत की विधि

विधि—बुध ग्रह की शांति तथा सर्वसुखों की प्राप्ति के लिए बुधवार का व्रत रखा जाता है। श्वेत पुष्प, श्वेत वस्त्र तथा श्वेत चंदन से बुध भगवान् की पूजा की जाती है। इस व्रत में हरी वस्तुओं का प्रयोग करना श्रेष्ठ रहता है। व्रत के अंत में शंकरजी की पूजा, धूप, दीप, वेलपत्र आदि से की जाती है। कथा सुनकर प्रसाद लेकर जाते हैं, बीच में नहीं उठते।

बुधवार व्रत की कथा

एक व्यक्ति अपनी पत्नी को विदा करवाने अपनी ससुराल गया। कुछ दिन वहाँ रहने के बाद उसने अपने सास-ससुर से अपनी पत्नी को विदा करने के लिए कहा। उस दिन बुधवार था। उसके सास-ससुर तथा अन्य संबंधियों ने कहा—आज बुधवार है। आज के दिन गमन नहीं करते। वह व्यक्ति नहीं माना और बुधवार के दिन ही पत्नी को विदा करवाकर अपने शहर की ओर चल दिया। रास्ते में उसकी पत्नी को बहुत जोर से प्यास लगी। उसने पति से जल लाने को कहा। वह व्यक्ति लोटा लेकर गाड़ी से उतरकर जल लेने चला गया। जब वह जल लेकर लौटा और अपनी

पत्नी के पास आया तो वह यह देखकर आश्चर्यचकित रह गया कि ठीक उसकी जैसी सूरत तथा वैसी ही वेशभूषा वाला एक व्यक्ति उसकी पत्नी के पास गाड़ी में बैठा है। उसने क्रोध से दूसरे व्यक्ति से पूछा—तू कौन है, जो मेरी पत्नी के निकट बैठा है ? उस व्यक्ति ने उत्तर दिया—यह मेरी पत्नी है, मैं अभी-अभी इसे ससुराल से विदा कराकर ला रहा हूँ। वे दोनों परस्पर लड़ने लगे। तभी वहाँ राज्य के सिपाही आ गए और उन्होंने लोटे वाले व्यक्ति को पकड़ लिया तथा स्त्री से पूछा—तुम्हारा असली पति कौन सा है ? उसकी पत्नी शांत रही। क्योंकि दोनों ही एक जैसे थे। जरा भी अंतर नहीं था। वह असमंजस में थी कि किसे अपना पति कहे। वह व्यक्ति ईश्वर से प्रार्थना करते हुए बोला—हे भगवान्! यह क्या लीला है ? सच झूठा बन रहा है ! तभी आकाशवाणी हुई कि मूर्ख ! आज बुधवार के दिन तुझे गमन नहीं करना चाहिए था। तूने किसी की बात नहीं मानी। यह सब लीलाबुध देव भगवान् की है। उस व्यक्ति ने भगवान् बुधदेव से प्रार्थना की और अपनी गलती के लिए क्षमा माँगी। तब मनुष्य के रूप में आए भगवान् बुधदेव अंतर्धान हो गए।

वह व्यक्ति अपनी स्त्री को लेकर घर आया। इसके बाद पति-पत्नी बुधवार का व्रत नियमपूर्वक करने लगे। जो व्यक्ति इस कथा को श्रवण करता है तथा दूसरों को सुनाता है, उसको बुधवार के दिन यात्रा करने का कोई दोष नहीं लगता है तथा सब सुखों की प्राप्ति होती है।

बृहस्पतिवार व्रत की कथा एवं पूजन विधि

विधि—इस व्रत में केले के वृक्ष की जड़ में विष्णु भगवान् का हल्दी, चने की दाल तथा गुड़ से पूजन होता है। स्नानादि से निवृत्त होकर पीले वस्त्र पहनने चाहिए। दिन में एक ही समय भोजन पीले चने की दाल आदि का किया जाता है। नमक नहीं खाया जाता। पीले वस्त्र तथा पीले फूल, चने के बेसन की मिठाई आदि पूजा में चढ़ाए जाते हैं। इस दिन स्त्रियाँ अपना सिर तथा कपड़े नहीं धोतीं। पूजा के बाद कथा पढ़नी अथवा श्रवण करनी चाहिए। इस व्रत को करने से सभी मनोकामनाएँ पूरी होती हैं। बृहस्पति भगवान् प्रसन्न होते हैं। परिवार में सुख-शांति रहती है। अत: यह व्रत श्रेष्ठ एवं शुभ फलदायक है।

बृहस्पतिवार व्रत की कथा

प्राचीन समय की बात है कि भारत में एक राजा राज्य करता था। वह बड़ा

प्रतापी और दानी था। उसके द्वार से कोई भी याचक निराश होकर नहीं लौटता था। वह प्रत्येक गुरुवार को व्रत रखता और पूजन करता था। उसकी रानी को यह सब बातें अच्छी नहीं लगती थीं। वह राजा से भी ऐसा करने को मना किया करती थी।

एक दिन राजा शिकार खेलने वन में गए हुए थे। घर पर रानी और दासी थी। उस समय बृहस्पति भगवान् साधु का रूप धारण कर राजा के महल में भिक्षा लेने आए। रानी साधु से कहने लगी, "हे साधु महाराज! मैं इस दान-पुण्य से तंग आई गई हूँ। आप ऐसा उपाय बताएँ, जिससे सारा धन नष्ट हो जाए तथा मैं आराम से रह सकूँ।"

साधुरूपी बृहस्पति देव ने कहा, "यदि तुम्हारे पास धन अधिक है तो भूखे मनुष्यों को भोजन कराओ, प्याऊ लगवाओ, नल लगवाओ, गरीबों को दान दो, धर्मशालाएँ बनवाओ, कुआँ, तालाब, बाग-बगीचे आदि का निर्माण कराओ। इस प्रकार के कर्मों से आप अपना लोक-परलोक सुधार सकती हो।"

परंतु रानी इन बातों से प्रसन्न नहीं हुई।

साधु ने कहा, "हे देवी! यदि तुम्हारी ऐसी ही इच्छा है तो ऐसा ही होगा। बृहस्पतिवार के दिन घर को गोबर से लीपना, अपने केशों को पीली मिट्टी से धोना, केशों को धोते समय स्नान करना, राजा से कहना कि वह बृहस्पति के दिन ही हजामत बनवाए, भोजन में मांस-मदिरा खाना तथा कपड़े धोबी के यहाँ धुलने डालना। इस प्रकार सात बृहस्पतिवार करने से तुम्हारा सब धन नष्ट हो जाएगा।"

साधु के बताए अनुसार करते हुए तीन बृहस्पतिवार ही बीते थे कि उनकी समस्त धन-संपत्ति नष्ट हो गई। भोजन के लिए भी राजा-रानी तरसने लगे तथा सांसारिक कष्टों से दु:खी रहने लगे। राजा ने रानी से कहा कि देस चोरी, परदेस भीख बराबर है। वह परदेस चला गया। वहाँ जंगल से लकड़ी काटकर लाता और शहर में बेचकर अपना जीवन निर्वाह करता।

इधर राजा के बिना रानी और दासी दु:खी रहने लगीं। एक बृहस्पति के दिन उन्हें भोजन नहीं मिला। तब रानी ने अपनी दासी से कहा, "हे दासी! यहाँ पास ही के नगर में मेरी बहन रहती है। वह बड़ी धनवान है, तू उसके यहाँ जा और पाँच सेर बेझर माँगकर ला।"

दासी रानी की बहन के पास गई। रानी की बहन उस समय पूजा कर रही थी। बृहस्पतिवार का दिन था। दासी ने रानी से कई बार बेझर माँगी। पर रानी ने उसकी बात का उत्तर नहीं दिया, क्योंकि उस समय वह बृहस्पतिवार की कथा सुन रही थी।

दासी लौट आई और अपनी रानी से बोली, "हे रानी, आपकी बहन बहुत ही धनवान है। वह छोटे लोगों से बात नहीं करती। मैंने कई बार उनसे कहा, पर उन्होंने उत्तर नहीं दिया।" रानी बोली, "हे दासी, इसमें उसका कोई दोष नहीं है, जब बुरे दिन आते हैं, तब ऐसा ही होता है।"

उधर रानी की बहन विष्णु भगवान् का पूजन व कथा समाप्त करके अपनी बहन के घर आई और कहने लगी, "हे बहन! जब तुम्हारी दासी गई थी, मैं बृहस्पतिवार का पूजन कर रही थी। जब तक कथा होती है, न उठते हैं और न बोलते हैं। इसलिए मैं दासी की बात का उत्तर नहीं दे पाई।" रानी बोली, "बहन, हमारे यहाँ अनाज नहीं है। मैंने तुम्हारे यहाँ से पाँच सेर बेझर मँगवाई थी।"

रानी की बहन बोली, "बहन देखो! बृहस्पतिजी भगवान् सबकी मनोकामना पूर्ण करते हैं। देखो, शायद तुम्हारे घर में ही अनाज रखा हो। वह दासी घर के अंदर गई तो वहाँ उसे एक घड़ा बेझर का भरा हुआ मिल गया।

दासी के कहने पर रानी ने अपनी बहन से बृहस्पतिवार व्रत के बारे में पूछा। उसकी बहन ने बताया, "बृहस्पतिवार के व्रत में चने की दाल और मुनक्का से विष्णु भगवान् का केले की जड़ में पूजन करना चाहिए तथा दीपक जलाना चाहिए। तत्पश्चात् कथा सुननी चाहिए। भोजन पीला करना चाहिए। इस प्रकार से करने से बृहस्पति भगवान् प्रसन्न होते हैं। अन्न, पुत्र तथा धन देते हैं। सभी मनोकामनाएँ पूरी करते हैं।" व्रत और पूजन की विधि बताकर रानी की बहन अपने घर चली गई।

सात रोज बाद जब बृहस्पतिवार आया तो उन दोनों ने व्रत रखा। दासी घुड़साल में जाकर चने और गुड़ बीन लाई। उसकी दाल में से उन्होंने केले की जड़ और विष्णु भगवान् का पूजन किया। अब पीला भोजन कहाँ से आए? उन दोनों के व्रत रखने तथा पूजन करने से बृहस्पति भगवान् प्रसन्न हो गए तथा दो थालों में सुंदर पीला भोजन लेकर आए और दासी को देकर बोले, "हे दासी! यह भोजन तुम्हारे और रानी के लिए है। तुम दोनों करना।" दासी भोजन पाकर अत्यंत प्रसन्न हुई और रानी से बोली, "रानीजी, भोजन कर लीजिए।" रानी को भोजन के बारे में कुछ पता नहीं था, अत: वह दासी से बोली, "जा तू ही कर ले। व्यर्थ में हमारी हँसी क्यों उड़ाती है?" तब दासी ने बताया, "एक व्यक्ति दो थालों में भोजन दे गया है। इसलिए मैं और आप दोनों साथ-साथ ही भोजन करेंगे।" दोनों ने बृहस्पति भगवान् को प्रणाम कर भोजन ग्रहण किया।

उसके बाद प्रत्येक बृहस्पतिवार को वे दोनों बड़ी श्रद्धा से व्रत करने लगीं।

बृहस्पति भगवान् की कृपा से उनके पास पहले से भी अधिक धन हो गया।

एक दिन रानी और दासी आपस में विचार करने लगीं कि न जाने राजा कि दशा में होंगे। हे बृहस्पति भगवान्! उनकी रक्षा करना। और वह जल्दी ही घर आ जाएँ। उन्होंने रात्रि में राजा को स्वप्न में कहा, "हे राजा! उठ, तेरी रानी तुझको याद करती है, अब अपने देश को लौट जा।" राजा प्रात:काल उठा और अपने नगर को जाने के लिए तैयार हुआ।

जब राजा परदेश गया था तो उसने वहाँ बहुत दु:ख पाया। जंगल से लकड़ी काटकर, शहर में उसे बेचकर बड़ी मुश्किल से अपना निर्वाह करता था। बृहस्पति देव वहाँ एक साधु का रूप धारण कर आए और राजा के पास आकर बोले, "हे लकड़हारे! तुम इस सुनसान जंगल में किस चिंता में बैठे हो?" यह सुनकर राजा के नेत्रों में जल भर आया। वह साधु की वंदना कर बोला, "हे प्रभो! आप सबकुछ जाननेवाले हैं।" इतना कहकर राजा ने अपनी कहानी सुना दी। साधु ने कहा, "हे राजा, तुम्हारी पत्नी ने बृहस्पति देव के प्रति अपराध किया था, जिस कारण तुम्हारी यह दशा हुई। अब चिंता मत करो। तुम्हारी पत्नी ने भी बृहस्पतिवार का व्रत प्रारंभ कर दिया है। तुम्हें पहले से भी अधिक धन प्राप्त होगा। भगवान् तुम्हारी सब मनोकामनाओं को पूर्ण करेंगे।"

बृहस्पति देव की कहानी

प्राचीन काल में एक बहुत ही निर्धन ब्राह्मण था, जिसकी पत्नी बहुत मलिनता से रहती थी। वह न स्नान करती, न ही पूजा-पाठ करती। प्रात:काल उठते ही सर्वप्रथम भोजन करती, बाद में अन्य कोई कार्य करती। ब्राह्मण देवता उसको समझाते, पर वह नहीं मानती थी।

भगवान् की कृपा से उसके एक कन्या उत्पन्न हुई। वह कन्या बड़ी होने लगी। वह बालिका प्रात: स्नान करके विष्णु भगवान् का जप करती तथा बृहस्पतिवार का व्रत भी करती। पूजा-पाठ समाप्त कर स्कूल जाती तो अपनी मुट्ठी में जौ भरकर ले जाती और पाठशाला जाने के मार्ग में डालती जाती। वही जौ स्वर्ण के हो जाते। स्कूल से लौटते समय वह उनको बीनकर घर ले आती। एक दिन वह बालिका धूप में उन सोने के जौ को फटककर साफ कर रही थी, तभी उसकी माँ ने देख लिया और कहा, "बेटी, सोने के जौ को फटकने के लिए सूप भी सोने का ही होना चाहिए।"

दूसरे दिन बृहस्पतिवार था। इस कन्या ने व्रत रखा और बृहस्पति देव से प्रार्थना

की, ''हे प्रभो! यदि मैंने सच्चे मन से आपकी पूजा की हो तो मुझे सोने का सूप दे दीजिए।''

बृहस्पति देव ने उसकी प्रार्थना स्वीकार कर ली। बृहस्पति देव की कृपा से उसे सोने का सूप मिला। उसे वह घर ले आई और उससे जौ साफ करने लगी।

एक दिन वह ब्राह्मण कन्या सोने के सूप में सोने के जौ साफ कर ही थी, उस समय उस नगर का राजकुमार वहाँ से होकर निकला। इस कन्या के रूप और कार्य को देखकर वह मोहित हो गया। राजमहल आकर उसने अन्न-जल त्याग दिया। जब राजा ने यह समाचार सुना। राजकुमार से कारण जानकर उन्होंने राजकुमार का विवाह उस ब्राह्मण कन्या से कर दिया।

कन्या के घर से जाते ही ब्राह्मण देवता के यहाँ पहले की तरह गरीबी का निवास हो गया। भोजन के लिए अन्न भी बड़ी मुश्किल से मिलता था। एक दिन दु:खी होकर ब्राह्मण अपनी पुत्री से मिलने गया। बेटी ने अपनी माँ का समाचार पूछा। ब्राह्मण ने सभी बात बताई। कन्या ने बहुत-सा धन देकर पिता को विदा कर दिया। जब वह धन समाप्त हो गया तो ब्राह्मण पुन: अपनी बेटी के यहाँ गया। सब समाचार जानकर पुत्री बोली, "हे पिताजी, आप माताजी को यहाँ ले आओ। मैं उन्हें गरीबी दूर करने का उपाय बता दूँगी।"

ब्राह्मण देवता अपनी पत्नी को लेकर बेटी के यहाँ आ गए। बेटी माँ को समझाने लगी, "हे माँ! तुम प्रात:काल उठकर सर्वप्रथम स्नानादि करके विष्णु भगवान् का पूजन करो तो सब दरिद्रता दूर हो जाएगी," परंतु उसकी माँ ने उसकी एक भी बात नहीं मानी। वह प्रात:काल उठकर अपनी पुत्री के बच्चों की जूठन उठाकर खा लेती थी।

एक दिन उसकी पुत्री को बहुत गुस्सा आया। उसने एक रात एक कोठरी में से खाने-पीने का सारा सामान निकालकर उसमें अपनी माँ को बंद कर दिया। प्रात: उसमें से उसे निकालकर स्नानादि कराके पूजा-पाठ करवाया तो उसकी बुद्धि ठीक हो गई। अब तो वह नियम से पूजा-पाठ करती और प्रत्येक बृहस्पतिवार को व्रत रखती। इस व्रत के प्रभाव से उसकी माँ भी बहुत धनवान तथा पुत्रवती हो गई। इस संसार में सब सुख भोगकर ब्राह्मण और ब्राह्मणी दोनों स्वर्गलोक को गए। कहानी कहकर साधु देवता अंतर्धान हो गए।

जब लकड़हारा राजा जेलखाने में गया तो दु:खी होकर विचार करने लगा कि न जाने कौन से पूर्वजन्म के कर्म से मुझे यह दु:ख प्राप्त हुआ है और उस साधु को याद करने लगा, जो जंगल में मिला था। याद करने पर बृहस्पति देवता साधु के रूप

में वहाँ प्रकट हो गए और उससे बोले, "अरे मूर्ख! तूने बृहस्पति देवता की कथा नहीं की, इसी कारण तुझे दुःख प्राप्त हुआ है। बृहस्पतिवार के दिन जेलखाने के द्वार पर तुझे चार पैसे पड़े मिलेंगे, उनसे तू बृहस्पति देव की पूजा करना। तेरे सभी कष्ट दूर हो जाएँगे।" अगले बृहस्पतिवार को जेल के दरवाजे पर चार पैसे पड़े मिले। उन पैसों से राजा ने पूजा का सामान मँगवाकर कथा कही और प्रसाद बाँटा। उसी रात्रि को बृहस्पति देव ने उस नगर के राजा से स्वप्न में कहा, "हे राजा! तूने जिस आदमी को जेल में बंद कर रखा है, वह निर्दोष है। उसे छोड़ देना। रानी का हार खूँटी पर लटका हुआ है। अगर तू ऐसा नहीं करेगा तो तेरा राज्य नष्ट कर दूँगा।" राजा प्रातःकाल उठा तो खूँटी पर हार टँगा देखकर लकड़हारे को बुलाकर क्षमा माँगी तथा राजा ने योग्य वस्त्र-आभूषण देकर उसे विदा किया।

राजा ने निश्चय किया, सात रोज बाद तो सभी बृहस्पति देव का पूजन करते हैं, परंतु मैं दिन में तीन बार कथा कहा करूँगा तथा रोज ही व्रत किया करूँगा। अब हर समय राजा के दुपट्टे में चने की दाल बँधी रहती तथा दिन में तीन बार कथा कहता।

एक बार राजा जंगल में से कहीं जा रहा था तो उसने देखा कि एक किसान हल चला रहा था। राजा ने किसान से बृहस्पति देव की कथा सुनने को कहा तो किसान बोला, "मैं जब तक तुम्हारी कथा सुनूँगा, चार हरैया जोत लूँगा।" राजा आगे चल दिया। राजा के जाते ही उस किसान के पेट में दर्द होने लगा और बैल पछाड़ खाकर गिर पड़ा। किसान की माँ वहाँ आई और राजा से वहीं खेत पर कथा करवाई। कथा के बाद किसान को प्रसाद दिया तथा बैलों पर पूजा का जल छिड़का। तब सब ठीक हो गया।

एक दिन एक बुढ़िया अपने मृत बेटे के लिए कफन लेने जा रही थी। राजा ने उससे कहा, "बुढ़िया माँ! बृहस्पति भगवान् की कथा सुन लो।" बुढ़िया ने बड़ी श्रद्धा से बृहस्पति की कथा सुनी और प्रसाद लाकर अपने मृत पुत्र के मुख में डाला। बुढ़िया का बेटा प्रसाद मुख में पड़ते ही जीवित हो गया। चारों तरफ राजा की प्रशंसा होने लगी।

बृहस्पति भगवान् ऐसे ही हैं, जैसी जिसके मन में कामनाएँ होती हैं—सभी को पूर्ण करते हैं। जो प्रेम से बृहस्पतिवार का व्रत करता है एवं कथा पढ़ता है अथवा सुनता है और दूसरों को सुनाता है, उसकी सभी मनोकामनाएँ पूरी होती हैं। बृहस्पति देव उसकी सदैव रक्षा करते हैं। कथा सुनने के बाद प्रसाद लेकर जाना चाहिए तथा हृदय से उनका मनन करते हुए जयकारा बोलना चाहिए।

शुक्रवार व्रत की कथा एवं पूजन विधि

विधि—स्नानादि से निवृत्त होकर स्वच्छ वस्त्र पहनें। सुवर्ण निर्मित शुक्रमूर्ति को चाँदी या कौसी के पात्र में स्थापित कर सफेद गंध, पुष्पादि से पूजन करें। सफेद वस्त्र धारण कराएँ। अपने संकट को दूर करने की प्रार्थना करें। एक वक्त रात्रि में भोजन करें। इस प्रकार सात शुक्रवारों को व्रत करके शुक्र के नाम-मंत्र से हवन करें। ब्राह्मणों को खीर का भोजन कराकर मूर्ति सहित पूजन सामग्री का दान करें और रात्रि में स्वयं भोजन करें। इस प्रकार करने से शुक्र जनित सब व्याधियाँ शांत हो जाती हैं तथा सब प्रकार का सुख मिलता है।

शुक्रवार व्रत की कथा

एक नगर में तीन लड़कों में गहरी मित्रता थी। तीनों अलग-अलग जाति के थे। एक कायस्थ था, एक ब्राह्मण था और एक वैश्य था। उन तीनों का विवाह हुआ। ब्राह्मण और कायस्थ लड़कों का गौना भी हो चुका था। वैश्य लड़के का गौना नहीं हुआ था। एक दिन उसके कायस्थ मित्र ने कहा, "मित्र, तुम भी गौना कराकर अपनी पत्नी को घर ले आओ। पत्नी के बिना घर सूना लगता है।"

वैश्य का लड़का बोला, "मित्र, तुम ठीक कह रहे हो। मैं अभी जाकर गौना कराकर पत्नी को घर ले आता हूँ।" इस पर ब्राह्मण का लड़का, जो उन दोनों की बात सुन रहा था, बोला, "मित्र, अभी मत जाना, क्योंकि शुक्र अस्त हो रहा है। जब उदय हो जाए, तब जाकर ले आना।" उसके घरवालों ने भी यही बात उसे समझाई, पर वह नहीं माना और पत्नी को विदा कराने ससुराल चला गया। ससुराल में उसकी बहुत आवभगत हुई, लेकिन उसके आने का अभिप्राय जानकर वे लोग असमंजस में पड़ गए। ससुरालवालों ने भी उसे बहुत समझाया कि इन दिनों शुक्र अस्त है, उदय होने पर ले जाना। परंतु उसने उनकी बात नहीं मानी और कहा कि वह पत्नी को अभी विदा करा ले जाएगा। जब वह किसी प्रकार नहीं माना तो उन्होंने अपनी पुत्री को उसके साथ विदा कर दिया।

वैश्य पुत्र अपनी पत्नी को एक रथ में बैठाकर अपने घर की ओर चल पड़ा। थोड़ी ही दूर जाने के बाद मार्ग में उसके रथ का पहिया टूटकर गिर गया और बैल की टाँग टूट गई। उसकी पत्नी भी गिर गई और घायल हो गई। थोड़ा और आगे जाने पर रास्ते में डाकू मिले। उसके पास जो धन, वस्त्र तथा आभूषण थे, वह सब उन्होंने छीन लिये।

इस प्रकार अनेक कष्टों का सामना करते हुए जब पति-पत्नी अपने घर पहुँचे तो आते ही वैश्य के लड़के को सर्प ने काट लिया। वह बेहोश हो गया। उसकी पत्नी विलाप कर रोने लगी। वैश्य ने अपने पुत्र को वैद्य-हकीमों को दिखलाया तो वे कहने लगे—यह तीन दिन में मृत्यु को प्राप्त हो जाएगा। सब बहुत दुःखी हुए।

जब उसके मित्र ब्राह्मण के लड़के को इस बात का पता लगा तो वह अपने वैश्य मित्र को देखने आया। उसने उसके पिता से कहा, "शुक्र अस्त होने पर कोई कार्य नहीं किया जाता। इस समय कोई अपनी पत्नी को विदा कराकर नहीं लाता। परंतु यह शुक्र के अस्त में पत्नी को विदा कराकर ले आया है। इस कारण यह सब हुआ है। यदि इन दोनों पति-पत्नी को इसी समय पत्नी के घर भेज दिया जाए और शुक्र के उदय होने पर ये दोनों घर आएँ तो निश्चय ही यह विपत्ति टल सकती है।"

सेठ ने तुरंत ही अपने पुत्र को पत्नी सहित उसकी ससुराल वापस पहुँचा दिया। वहाँ पहुँचते ही वैश्य पुत्र की मूर्च्छा दूर हो गई और साधारण से उपचार से ही सर्प विष से मुक्त हो गया। अपने दामाद को स्वस्थ देखकर ससुरालवाले अत्यंत प्रसन्न हुए। वैश्य पुत्र ससुराल में ही स्वास्थ्य-लाभ करता रहा और जब शुक्र का उदय हुआ, तब उसने अपनी पत्नी को उसके साथ विदा करने के लिए कहा। उसकी ससुरालवालों ने हर्षपूर्वक अपनी पुत्री इसके साथ विदा कर दी। पति-पत्नी दोनों घर आनंद से रहने लगे। इस व्रत को करने से संकट दूर होते हैं तथा विघ्न-बाधाओं का नाश होता है।

शनिवार व्रत की कथा एवं पूजन विधि

विधि—इस दिन शनि देव की पूजा होती है। काला तिल, काला वस्त्र, तेल, उड़द शनिदेव को अत्यंत प्रिय हैं; इसलिए इनसे शनिदेव का पूजन किया जाता है। शनि की दशा को दूर करने के लिए यह व्रत किया जाता है।

शनिवार व्रत की कथा

एक समय नवग्रहों सूर्य, चंद्रमा, मंगल, बुध, बृहस्पति, शुक्र, शनि, राहु और केतु में विवाद हो गया कि उनमें बड़ा कौन है? सब अपने को बड़ा कहते थे। आपस में निर्णय न होने पर वे देवराज इंद्र के पास पहुँचे और कहा, "आप सब देवताओं के राजा हैं, इसलिए आप बताएँ कि हम नवग्रहों में सबसे बड़ा ग्रह कौन है?"

देवराज इंद्र, इन देवताओं का प्रश्न सुनकर घबरा गए। कैसे किसी को छोटा

या बड़ा बताएँ? उन्होंने उन्हें बुद्धिमान तथा न्यायाप्रिय राजा विक्रमादित्य के पास इस प्रश्न के हल के लिए पृथ्वी पर भेज दिया।

राजा विक्रमादित्य गहरी चिंता में पड़ गए। अपने मुख से कैसे किसको छोटा और किसको बड़ा बताएँ? जिसको छोटा बताते, उसी के कोपभाजन बनते! बहुत सोच-विचार करने के बाद उन्होंने सोना, चाँदी, काँसा, पीतल, सीसा, राँगा, जस्ता, अभ्रक और लोहा—इन नौ धातुओं के नौ आसन बनवाए। सब आसनों को क्रम से बिछाया, जैसे सबसे पहले सोना और लोहा सबसे पीछे बिछाया गया। राजा विक्रमादित्य ने सब ग्रहों से अपना-अपना आसन ग्रहण करने को कहा। उन्होंने कहा—जिसका आसन सबसे आगे, वह सबसे बड़ा और जिसका आसन सबसे पीछे, वह सबसे छोटा जानिए। लोहा सबसे पीछे था और वह शनिदेव का आसन था, इसलिए शनिदेव ने समझ लिया कि राजा ने तुझको सबसे छोटा बना दिया है।

इसलिए इस निर्णय से शनिदेव नाराज हो गए। उन्होंने राजा विक्रमादित्य से कहा, "हे राजन्! तुम मेरे पराक्रम को नहीं जानते। बड़े-बड़े देवता तथा महारथी भी मेरे सामने थर-थर काँपते हैं। श्रीरामचंद्रजी को साढ़ेसाती आई और उन्हें वनवास हो गया। रावण पर आई तो राम ने वानरों की सेना लेकर लंका पर चढ़ाई कर दी और रावण के कुल का नाश कर दिया। अब तुम सावधान रहना।"

कुछ समय पश्चात् जब राजा विक्रमादित्य पर शनि की साढ़ेसाती की दशा आई तो शनिदेव घोड़ों का सौदागर बनकर सुंदर घोड़े लेकर राजा विक्रमादित्य की राजधानी में आए। तब राजा ने घोड़ों के सौदागर के आने की खबर सुनी, उन्होंने अपने अश्वपाल को अच्छी नस्ल के घोड़े खरीदने की आज्ञा दी। राजा विक्रमादित्य उन घोड़ों को देखकर प्रसन्न हुए और एक अच्छा-सा घोड़ा चुनकर सवारी के लिए उस पर चढ़े। राजा के पीठ पर चढ़ते ही घोड़ा तेजी से भागा। वह राजा के काबू से बाहर हो गया। राजा को बहुत दूर एक घने जंगल में पटककर अंतर्धान हो गया। राजा विक्रमादित्य अकेला जंगल में भूख-प्यास से व्याकुल होकर भटकता रहा। उसे एक ग्वाला मिला। ग्वाले ने उसे पानी पिलाया। राजा शहर में पहुँचकर एक सेठ की दुकान पर बैठ गया। उसने अपने आपको उज्जैन का रहनेवाला तथा अपना नाम 'वीका' बताया। सेठ ने उसे कुलीन मनुष्य समझकर जल आदि पिलाया। सेठ की दुकान पर उस दिन और दिनों की अपेक्षा बहुत अधिक बिक्री हुई। सेठ उसे भोजन कराने के लिए अपने घर ले गया। भोजन करते समय राजा विक्रमादित्य ने देखा कि जिस खूँटी पर सोने का नौलखा हार लटक रहा था, वह खूँटी उस हार को निगल रही थी।

सेठ कमरे में आया तो उस कमरे में हार नहीं मिला। उसने सोचा, वीका के अलावा और तो कोई व्यक्ति यहाँ आया नहीं है। पूछने पर वीका ने हार लेने से मना कर दिया। कोतवाल ने वीका को राजा के सामने उपस्थित कर दिया और कहा, "महाराज, यह आदमी भला प्रतीत होता है। परंतु सेठ का कहना है कि इसके सिवाय और कोई व्यक्ति घर में आया ही नहीं। इसलिए इसी ने चोरी की है।" राजा ने आज्ञा दी, "इसके हाथ-पैर काटकर चौरंगिया किया जाए।" राजा की आज्ञा से वीका के हाथ-पैर काट दिए गए।

एक तेली उसको अपने घर ले गया और उसको कोल्हू पर बिठा दिया। इसी दौरान इस काल में राजा की शनि की दशा समाप्त हो गई। वर्षा ऋतु के समय वह मल्हार राग गाने लगा। शहर के राजा की कन्या मनभावनी उस राग पर मोहित हो गई। राजकुमारी ने अपनी दासी से राग गानेवाले का पता लगवाया।

दासी ने महल में आकर राजकुमारी मनभावनी को चौरंगिया के राग गाने के बारे में जानकारी दी। उसी क्षण राजकुमारी ने फैसला कर लिया, चाहे कुछ भी हो, वह चौरंगिया के साथ ही विवाह करेगी।

राजकुमारी अनशन व्रत लेकर पड़ी रही। रानी ने वहाँ आकर राजकुमारी को जगाया और उसके दुःख का कारण पूछा। राजकुमारी ने कहा, "माँ, मैंने प्रण कर लिया है कि तेली के घर में जो चौरंगिया है, मैं उसके साथ विवाह करूँगी।" माँ ने उससे कहा, "बेटी, तुम यह क्या कह रही हो? तुम्हारा विवाह किसी स्वस्थ और सुंदर राजकुमार के साथ किया जाएगा।" राजकुमारी ने उत्तर दिया, "माँ, मैंने प्रण कर लिया है। मेरा प्रण अटल है।" राजा ने तेली को बुलाकर कहा, "तेरे घर में जो चौरंगिया है, उसके साथ मैं अपनी कन्या की शादी करूँगा। जाओ तैयारी करो।" तेली हतप्रभ रह गया और बोला, "महाराज, यह क्या कह रहे हैं? कहाँ हमारे महाराज और कहाँ मैं एक तेली!" राजा ने कहा, "भाग्य का लिखा टल नहीं सकता। जाओ, तैयारी करो।"

राजा ने चौरंगिया के साथ राजकुमारी का विवाह कर दिया। रात्रि को जब चौरंगिया (राजा विक्रमादित्य) और राजकुमारी महल में सोए तो शनिदेव ने विक्रमादित्य को स्वप्न दिया और कहा, "राजा, तुमने मुझे छोटा बताकर कितना दुःख पाया।" राजा ने शनिदेव से क्षमा माँगी। शनिदेव ने राजा को क्षमा कर दिया और प्रसन्न होकर विक्रमादित्य को हाथ-पैर दिए। राजा विक्रमादित्य ने शनिदेव से प्रार्थना की, "महाराज! जैसा दुःख आपने मुझे दिया है, वैसा किसी और को न

देना।" शनिदेव ने कहा, "ऐसा ही होगा, जो व्यक्ति मेरी कथा सुनेगा या कहेगा, उसको मेरी दशा में कभी किसी प्रकार का दुःख नहीं होगा और जो व्यक्ति नित्य ही मेरा ध्यान करेगा और चींटियों को आटा डालेगा, उसके सब मनोरथ पूरे होंगे।" इतना कहकर शनिदेव अंतर्धान हो गए।

जब राजकुमारी की आँख खुली, उसने देखा कि चौरंगिया के हाथ-पाँव बिल्कुल ठीक हैं, तो वह आश्चर्यचकित हो गई। तब राजा विक्रमादित्य ने अपना परिचय दिया कि वह उज्जैन का राजा विक्रमादित्य है।

उसके राज्य में सब लोग शनिदेव की पूजा और कथा करने लगे। राजा और प्रजा सब प्रकार से सुखी हुए। जो भी व्यक्ति शनिदेव की इस कथा को पढ़ता है या सुनता है, शनिदेव की कृपा से उसके सब दुःख दूर हो जाते हैं।

□

प्रदोष व्रत

मंगलकारी और शिव कृपा प्रदान करनेवाला व्रत है। सूर्यास्त के पश्चात् रात्रि के आने से पूर्व का समय 'प्रदोष काल' कहलाता है। इस व्रत में महादेव भोले शंकर की पूजा की जाती है। यह व्रत प्रत्येक महीने के कृष्ण व शुक्ल पक्ष की त्रयोदशी को रखा जाता है, इसलिए इससे वार के अनुसार पूजन करने का विधान शास्त्रसम्मत माना गया है। इस व्रत में व्रती को निर्जल रहकर व्रत रखना होता है। प्रत्येक वार के प्रदोष व्रत की पूजन विधि अलग-अलग मानी गई है। व्रती ब्रह्ममुहूर्त में उठकर स्नानादि से निवृत्त होकर श्रद्धा और विश्वास के साथ भगवान् का ध्यान करते हुए व्रत आरंभ करते हैं। इस व्रत के मुख्य देवता शिव माने गए हैं। उनके साथ पार्वतीजी की भी पूजा की जाती है। इस दिन निराहार रहकर सायंकाल स्नान करने के बाद सफेद वस्त्रों में संध्या आदि करके शिव का पूजन किया जाता है। प्रदोष व्रत को करने से हर प्रकार का दोष मिट जाता है।

सप्ताह के सातों दिन के प्रदोष व्रत का अपना विशेष महत्त्व है-

- रविवार के दिन प्रदोष व्रत आप रखते हैं तो सदा निरोग रहेंगे।
- सोमवार के दिन व्रत करने से आपकी इच्छा फलित होती है।
- मंगलवार को प्रदोष व्रत रखने से रोग से मुक्ति मिलती है और आप स्वस्थ रहते हैं।
- बुधवार के दिन इस व्रत का पालन करने से सभी प्रकार की कामना सिद्ध होती है।
- बृहस्पतिवार के व्रत से शत्रु का नाश होता है।
- शुक्रवार प्रदोष व्रत से सौभाग्य की वृद्धि होती है।
- शनिवार प्रदोष व्रत से पुत्र की प्राप्ति होती है।
- जो व्रत करना हो, उस वार को पड़नेवाली त्रयोदशी का चयन करें तथा उसी वार के अनुसार कथा पढ़े-सुनें।

□□□

* 9 7 8 9 3 5 3 2 2 2 3 7 6 *

FCW - #0061 - 061026 - C0 - 216/140/12 - PB - 9789353222376 - Matt Lamination